Ottokar Janetschek

Der Raxkönig

Umschlag:

Hintergrundbild: Franz Steinfeld, „Landschaft im Höllental", 1837.

Im Oval: Georg Hubmer (1755 - 1833), Schwemmunternehmer und Gründer des Ortes Naßwald (Ölkreidezeichnung nach einem Ölbild von Leopold von Stubenrauch, 1944 / Bergbau- und Heimatmuseum Reichenau a.d. Rax)

Ottokar Janetschek

Der RAXKÖNIG

Ein österreichischer Heimatroman
aus der Bergwelt des Raxgebietes

KRAL VERLAG

„Himmelkreuztibidomine!“ schrie der Oberverweser des kaiserlichen Eisengewerks zu Hirschwang und prellte die Faust auf den Amtstisch. „Zu was schickt man euch Maulaffen hin? Zum Faulenzen und Tagdieben im Gutensteinerischen werdet ihr nit bezahlt! Und Ihre Majestät, die gnädigste Frau Kaiserin, die alleweil ein Augenmerk auf unsere Gewerkschaft gehabt hat, wird uns das Lederzeug anstreichen lassen. Aber ich, so wahr mir Gott helf, übernehm die Verantwortung nit für euch Faulenzer und Galgenstrick. Soll Ihre Majestät euch nur fünfundzwanzig ‘runterziehn lassen.“

„Warum schreit denn der Herr Oberverweser so?“ fragte der Waldmeister, der auf langem Weg aus dem verborgenen Naßtal herübergekommen war. „Viertausend Klafter sind geschlagen und liegen fein geschlichtet! Genau nach dem Vertrag, den der Herr Oberverweser mit dem Herrn Grafen Hoyos abgemacht hat! Von uns aus ist alles fix und fertig! Das Holz liegt zum Wegbringen.“

„Um das handelt sich’s ja! Ums Wegbringen! Ja, schlagen und schlichten, das bringt jeder Tepp zuweg! Aber das Bringen! Jetzt liegen viertausend Klafter Holz in dem Urwald, und kein Mensch schafft’s her!“

„Herr Oberverweser, das war nit meine Sach. Ich krieg den Auftrag, viertausend Klafter zu schlagen und zu schlichten. Ich tu’s, und mein Auftrag ist erledigt. Jetzt liegt das Holz!“

„Liegt! Liegt in alle Ewigkeit dort in dem Urwald, und niemand bringt’s her! Über die Berg kann man doch nicht jedes Scheitel mit dem Seil herüberziehen! Da möchten wir grad im nächsten Jahrhundert fertig werden! Aber wenn ich einem Menschen sag, er soll im Naßtal viertausend Klafter Holz schlagen, so muß doch so ein Mensch so viel Hirn im Kopf haben, daß er denkt: Wie bring ich's nach Hirschwang?"

„Jetzt das, Herr Oberverweser, wie das Holz aus der Wildnis herauskommt, ist nit meine Sach. Das hätten schier der Herr Oberverweser auch bedenken müssen. Ich hab meine Schuldigkeit getan, was weiter ist, was kümmert's mich!"

„So! Das redet einer, der rundherum nix versteht! Es wär doch verteufelt, wenn man das Holz durch das Höllental nicht herausschwemmen könnt! Soll alles ich machen? Wenn ihr zu nix zu brauchen seid, so ist um jeden Kreuzer schad, den Ihre Majestät, die gnädigste Frau Kaiserin, für euch hinauswirft! Jetzt, wo alles so schön in Arbeit ist, müssen wir die Schmelzöfen ausblasen und die Pochhämmer feiern lassen, weil uns das Holz ein paar Meilen weiter vor der Nase verfault. Und das Holz muß her, sag ich, muß! Das möcht ich sehen, ob man's nicht schwemmen könnt."

„Aber, Herr Oberverweser, das haben wir doch probiert! Aber die Naß ist halt kein so braves Bacherl, das uns die Holzprügel aus den Urwaldgründen herausschafft. Alles voll Felsentrümmer, Geklüft und Wirbeln, das Wasser strudelt, ist bockig in tausend Zacken und Zinken, so daß kein Prügel vorwärts kommt. Und verspießt sich einmal so ein Scheit, so bleiben die anderen hängen, und es stockt alles. Wir haben Plag genug damit gehabt, daß wir das eingeworfene Holz wieder herauskriegt haben! Die Naß ist kein Fluß zum Schwemmen, und auch die Schwarza nit! Durchs Höllental ist es unmöglich, auch nur ein Scheitel zu bringen."

„Also wie denn sonst? Übers Gutensteinerische geht's nicht, weil man das Holz mit der Hand tragen müßt aus dem gottverfluchten Winkel in den Malefizbergen. Es ist zum Haarausreißen! Der Graf lacht sich den Buckel voll, und ihm bleibt erst noch das Holz und das Geld. Jetzt wo ich geglaubt hab, daß ich dem Oberverweser vom Eisenerzer Gewerk einmal auf die Kappen steigen könnt und zeigen, daß unser Gewerk mehr leistet als seines, wo er sich ohnehin nicht genug zu protzen weiß mit seinen Kenntnissen, passiert mir so was! Und Arbeit in Hülle und Fülle und kein Holz zum Öfenheizen!"

„Verlauben, Herr Oberverweser, aber der Oberverweser von Eisenerz, der arbeitet mit den Gosauer Holzknechten! Das sind Kerle, verwegen und trutzig, die alles wagen und alles können! Weiß Gott! Als ob der Teufel mit ihnen wär! Ich hab's gesehn in den Ötschergräben zwischen Himmel und Erd! Herr! Wenn's niemand kann, die Gosauer schaffen's, so wahr ein Gott lebt!"

„Larifari! Vielleicht noch der kaiserlichen Gewerkschaft eine Menge Unkosten machen, daß am End nix aus dem Höllental herauskommt! Auf solche Sachen laß ich mich nit ein! Wir müssen halt Holz aus dem Steirischen kaufen, wann es nit anders geht! Aber es muß gehen, auch durchs Höllental! Freilich nit mit solchen Maulaffen, wie ihr seid. So muß ich mich halt selber auf den Weg machen. Und du gehst mit, Waldmeister, durchs Höllental, und noch zwei

Herren von der Gewerkschaft! In einer Stund gehn wir! Jetzt ist's neun, in fünf Stunden können wir an Ort und Stelle sein! Also verständig die Herren vom Oberamt, den Herrn Schmelzmeister und den Herrn Obergießer, sie sollen sich fertigmachen!"

„Durchs Höllental? Aber, Herr Oberverweser! Bis zur Kaiserquelle kommen wir, ja! Aber weiter geht kein Weg!"

„Es wird sich schon einer finden! Man muß nur wollen! Also vorwärts!"

Der Waldmeister ging kopfschüttelnd davon, um die beiden Herren zu verständigen. Er wußte von vornherein, daß es ein Unsinn war, durchs Höllental weiter als bis zur Kaiserquelle vordringen zu wollen. Denn hinter der Kaiserquelle lag das enge, ungangbare, wildverwachsene Höllental, durch das noch kein Mensch eingedrungen war. Bis zur Kaiserquelle hatten die kaiserlichen „Wasserreiter", die tagtäglich auf Saumpfaden das Trinkwasser zur kaiserlichen Tafel nach Wien zu bringen hatten, wohl einen schmalen, an den Felswänden klebenden Steig getreten, der oft haushoch über dem gischtenden Wasser der Schwarza förmlich in der Luft hing. Aber jetzt sprach man schon davon, daß die Kaiserin Maria Theresia diese „Wasserreiterei" wegen der Mühseligkeit der ganzen Sache abschaffen wolle. Denn dreieinhalb Tage war so ein Wasserreiter unterwegs von Wien über Wiener Neustadt, Neunkirchen, Gloggnitz und Payerbach bis zur Kaiserquelle im Höllental. In der Kaiserburg zu Wien trank man ja schon längst das viel frischere Wasser, das aus Schönbrunn in Röhren geflossen kam. Und die Kaiserin hielt das überflüssige Amt der Wasserreiter nur aus Pietät für ihren kaiserlichen Vater, Karl den Sechsten, aufrecht. Jetzt im Jahre 1780 ritten die Wasserreiter ihren Turnus zwar pflichtgemäß, unterhielten sich aber unterwegs mit allen sauberen Weibsbildern, lungerten in den Wirtsstuben herum und waren das Überflüssigste, das man sich denken konnte. Zwar hatte Kaiser Joseph der Zweite, der Sohn und Mitregent der Kaiserin, ein scharfes Auge auf die Wasserreiter. Aber auch er griff vorläufig der Mutter zuliebe nicht ein und ließ die Wasserreiter weiterreiten. Der Schmelzmeister und der Obergießer des Hirschwanger Gewerkes waren wie aus allen Wolken gefallen, als sie den Befehl des Oberverwesers hörten. Sie sollten den Weg durchs Höllental bis in das Tal der Naß nehmen, einen Weg, den noch kein Mensch gegangen war? Widerspruch war ausgeschlossen, und so bereiteten sie sich für die närrische Unternehmung entsprechend vor. Eine Stunde später brachen sie auf.

Im Höllental ging es auf dem „Wasserweg“ anfänglich recht gut. Aber bald zog der Steig hoch über der brandenden Schwarza, die unter ihren Füßen tobte, an den Felswänden dahin, auf Eisenklammern und eingemauerten Balken schwebend. Hängebrücken schaukelten über grausiger Tiefe. Mitten in der Schlucht stand eine Hütte. Ein Wasserreiter saß auf einer Bank und ließ die Wanderer herankommen.

„Wohin gehn die Herren?“ fragte er.

„Durchs Höllental ins Naßtal!“

„So?“ lachte der Wasserreiter. „Dann sehn wir uns ja in einem Stündel wieder!“

„Oder was!“ sagte der Oberverweser und stapfte weiter.

Bald standen sie bei der Kaiserquelle. Aus einer Steinfassung sprudelte kristallklares Wasser mit starker Mächtigkeit aus dem Boden. Sie nahmen einen ausgiebigen Labetrunk, dann gingen sie rüstig weiter. Etliche hundert Schritte kamen sie noch. Da aber versperrten gestürzte Felsen und niedergebrochene Urwaldriesen den Weg. Nun galt es zu springen und zu turnen. Mühselig arbeiteten sie sich in fast undurchdringlichem Dickicht vorwärts. Mit Messer, Säge und Hacke bahnten sie sich einen Weg. Dann standen sie auf einer Lichtung.

„Na also!" triumphierte der Oberverweser „es geht ja, wenn man nur will!" Aber bald verlegte schweres Geröll den Weg. Steil wuchteten die Felsstücke in den Abgrund und klatschten tief unten in das schäumende, gurgelnde Wasser.

Eine himmelhochragende Wand, kerzengerade, klotzig, stand vor ihnen, unbezwingbar.

„Also, was jetzt?" fragte der Oberverweser verzweifelt.

„Da bleibt nix anders übrig als umzukehren!" sagte der Obergießer.

„Umkehren?" rief der Oberverweser. „Das wär noch schöner! Wir müssen hinüber auf die andere Seite!" Er versuchte es da und dort. Kletterte hinauf, hinab. Unmöglich. Lange stand er sinnend.

„Wie kommen wir hinüber?" fragte einer.

„Das ist's eben! Wir müssen zur Kaiserquelle zurück und von dort hinüber!"

Und sie machten den Weg wieder zurück zum Kaiserbrunnen. Dort stand der Oberverweser wieder lange sinnend vor der Steilwand. Dann sprach er: „Ich erinnere mich,

daß wir von der Wasserreiterhütte hinüberkönnen!"
Also schritten sie zur Wasserreiterhütte. Dort saß der Wasserreiter und lachte: „Also genau ein Stündel, wie ich's gesagt hab!"
„Kommt man da nicht irgendwie auf die andere Seite?" fragte der Oberverweser.
„Von hier doch nit! Höchstens weiter unten!" Sie schritten also weiter abwärts. Immer weiter, und der Oberverweser suchte einen Übergang. Und auf einmal standen sie im Hirschwanger Gewerk, und der Oberverweser meinte: „Wir wollen doch lieber das Holz aus dem Steirischen kaufen. Einverstanden, meine Herren?"
„Einverstanden!"
So fuhren alsbald die Holzwagen aus dem Mürztal über den Semmeringpaß nach Hirschwang. Tag und Nacht zogen die Fuhren den weiten Weg und brachten nie so viel Brennmaterial, daß die Öfen genug hatten. Nasses, frisches Holz obendrein, das keine Wärme gab.
Und im Naßtal lagen viertausend Klafter gutes Holz, trokken wie Zunder!
„Es ist zum Haarausreißen!" rief tausendmal der Oberverweser und riß an seinem schwarzen Schnurrbart. „Und der Oberverweser in Eisenerz macht sich bei Ihrer Majestät lieb Kind!"

Die trübseligen Novembertage kamen. Auf dem Semmeringpaß lag Schnee. Die Holzzufuhr aus dem Steirischen kam ins Stocken. Ein Ofen des Hirschwanger Werks nach dem andern mußte ausgeblasen werden. Der Oberverweser

Der Eisenhammer in Hirschwang, 1810

wurde fast närrisch vor Verzweiflung. „Um Himmels willen, wenn Ihre Majestät das erfährt!“
Sie erfuhr nichts davon, denn sie starb in den Novembertagen des Jahres 1780.
Der Oberverweser seufzte erleichtert auf. Aber nicht lange dauerte diese Erleichterung. Denn von Wien brachte ein Wasserreiter die Nachricht, daß der junge Kaiser schneidig zupacke.
„Was nichts taugt, fliegt!“ sagte er.
Es war im Dezember, als die Holzzufuhr aus dem Steirischen ganz aufhörte. Und so blieb es bis in den Frühling hinein.
Gott sei Dank! Der Kaiser hatte Wichtigeres zu tun, als an Hirschwang zu denken.
Aber das Holz im Naßtal! Es mußte her, ehe der Kaiser aufmerksam wurde. In seiner Not wandte sich der Oberverweser von Hirschwang an den in Eisenerz mit einem Bittbrieflein, ob er ihm nicht Hilfe schaffen könne, das Holz aus dem Naßtal zu bringen.
Ein vergessenes Stück Land, eine nur von der Gutensteiner Seite durch das sogenannte Klostertal zugängliche Gebirgswildnis, lag das Naßtal mit seinen Urwaldriesen und Sturzblöcken, wie sie die Jahrtausende, unberührt von Menschenhand, geschaffen hatten, eingebettet in den düsteren Klüften der Raxalpe. Die Rax trug ihre Wolkenhaube und braute das Wetter. Die Menschen, die im Vorland saßen, erzählten einander unheimliche Märchen und Sagen von der bösen Raxhexe, die in den Felsen saß und Unheil spann. Durch das Tal, das von Hirschwang her in die Wildnis führte, geht

es in die Hölle, sagten die Leute. Höllental hieß es; unheimlich, unwegbar, gefahrdrohend. Zu all den Gefahren noch wilde Tiere in den Wäldern. Wer es da wagte, einzudringen in die düstere Wildnis, der mußte ein Wagemutiger sein, ein Mensch mit stählernen Muskeln, mit eisernen Nerven. Zwar waren die Hirschwanger Holzschläger über Gutenstein durch das Klostertal in das Tal der Naß gekommen und hatten dort, wo es ihnen am bequemsten war, das Holz geschlägert. Sie hatten die bis dicht an das schäumende Naßufer von den Bergen herabsteigenden Urwaldriesen umgesägt, aber noch standen tausende von gewaltigen, uralten Fichtenstämmen im Hochgebirge, auf die das Hirschwanger Eisenwerk Anspruch erheben konnte nach dem Vertrag mit dem Grafen Hoyos. Nachdem die Hirschwanger Holzfäller viertausend Klafter geschnitten, gespaltet und geschlichtet liegen hatten, da fuhr ihnen plötzlich die Frage durch den Sinn: Wie bringen wir das Holz aus dieser Wildnis hinaus?
Sie versuchten es mit dem reißenden Gewässer der Naß und warfen Prügel in die Flut. Die schossen dahin, stauten an den Felsblöcken, türmten sich und kamen nicht weiter. Was tun? Viertausend Klafter Holz lagen da und warteten darauf, weggebracht zu werden. Kein Mensch wußte Rat. Straßen gab es keine, und wenn es solche gegeben hätte, so wäre das Bringen durch das Klostertal über Gutenstein eine Arbeit vieler Monate gewesen, abgesehen von den ungeheuren Kosten, die ein solch unwegiger Transport verschlungen hätte. Also lag das Holz und die Holzfäller, froh, aus dieser furchtbaren Wildnis entkommen zu sein, kehrten nach

Hirschwang heim. Der Oberverweser fluchte.

Sommer war da. Aus der Steiermark fuhren wieder die Holzwagen. Das Hirschwanger Gewerk kam allgemach in Gang. Wenn aber der Oberverweser an den Winter dachte, wurde ihm damisch ungut zumute.
Da klopfte es eines Tages kräftig an die Tür des Oberverweseramtes zu Hirschwang.
„Herein!“
Zwei riesengroße Menschen, blauäugige Burschen mit kühnem Gesichtsausdruck, scharfer Hakennase, trutzigen Lippen, standen da mit gespreizten Haxen. Die starken, muskulösen Beine staken in Knielederhosen, ein derber Janker hing über den Schultern.
„Grüaß Gott!“ sagten sie fast gleichzeitig.
„Na und?“ fragte der Oberverweser.
„Uns schickt der Herr Oberverweser z´Eisenerz!“ sagte der eine, der der Ältere von beiden schien.
„Das ist recht schön vom Herrn Oberverweser z´Eisenerz, aber jetzt kann ich keine Leut brauchen. Haben die meinigen Feiertäg genug. Das kaiserliche Werk zu Hirschwang kann jetzt niemanden brauchen.“
„Im Gewerk“, sagte der Ältere, „hätten wir nix z´tun! Wir sind da wegen dem Holz, das ihr in Hirschwang nit aus die Berg außerbringts! So wollten wir halt uns die Gschicht anschaun, ob´s nit möglich wär, daß wir die paar Scheiteln nach Hirschwang herkriegen.“
„Was? Ach so! Ihr seids da wegen die Naßwalder Klafter?“
„Ja, derentwegen!“

„Also, das ist eine Sach, liebe Freund, die nit geht!“
„Sie muß gehn!“
„Na freilich! Wo unsereiner sich schon den Schädel zerbrochen hat! Habt ihr das Höllental gsehn?“
„No nit! Aber anschaun, das kost nix!“
„Wann´s nix kost, also schauts euch halt die Sach an! Aber zahln tu ich fürs Anschaun keinen luckerten Kreuzer!“
„Is nit notwendig! Wir Gosauer nehmen erst den Lohn, bis wir was gleistet haben!“
„Gosauer seid ihr?“
„Wohl, wohl! Zwei Brüder aus dem Salzburgischen. Vom Rueppelgut im Gosautal sind wir, wenn der Herr Oberverweser weiß, wo das ist. Eingsessene Holzknechtleut, solang die Erinnerung geht; seit etliche Jahr auf der Wanderschaft und im Geding zum Abstocken, zuletzt beim Oberverweser z´Eisenerz! Von dort sind wir hergschickt, und da ist ein Brief vom Herrn Oberverweser z´Eisenerz!“ Der Ältere überreichte einen Brief.
„Warum habts das nit gleich gsagt?“ meinte der Oberverweser, nachdem er das Schreiben überflogen hatte. „Aber das muß ich sagen, daß ich nit viel Hoffnung hab, daß ihr die Sach machen könnt. Denn durch das Höllental ist noch kein Mensch kommen.“
„Wir kommen schon durch.“
„Und wenn ihr nit durchkommt?“
„Dann ist nix zu machen, und das Hirschwanger Gewerk hat weiter mit uns nix z´schaffen. Aber wir kommen durch! Und also fragen wir an, wo der Weg ins Höllental geht und wo das Holz liegt?“

„Ich geb euch einen Begleiter mit, der soll euch bis zur Kaiserquellen weisen."
„Recht so. So gehn wir halt in Gotts Nam! Bhüt Gott!"

Der Oberverweser sah ihnen nach, als sie mit dem Begleiter davonschritten. Jeder hatte ein Seil um die Schultern hängen, über dem Buckelsack ein Paar Steigeisen, in der Rechten einen derben Alpenstock, unter dem Arm die unvermeidliche Holzknechtaxt. So schritten sie dem Höllentale zu.
Nochmals studierte der Oberverweser den Brief seines Eisenerzer Kollegen. Der schrieb, daß er ihm auf seine Anfrage zwei tüchtige Menschen sende, die in dem Urwaldgebiet der steirischen Herrenalpe ganz Unglaubliches geleistet hätten. Die jungen Leute, Johann und Georg Hubmer hießen sie, seien kühne Menschen, denen kein Berg zu hoch, kein Fluß zu tief, keine Kluft zu gefährlich sei. Es grenze an das Wunderbare, was die zwei Burschen imstande wären. Wenn die Hubmerleute das Holz nicht aus dem Naßtal brächten, so gäb es auf der ganzen Welt keinen Menschen mehr, der da Abhilfe schaffen könne. Das Hirschwanger Werk möge es mit ihnen nur ruhig versuchen, und falls es nicht gelänge, die viertausend Klafter nach Hirschwang zu schaffen, so möge der Herr Oberverweser zu Hirschwang die Güte haben, die beiden wieder nach Eisenerz zurückzuschicken. Man könne sie dort noch weiter gut brauchen.
Der Herr Oberverweser sah nachdenklich zum Fenster hinaus. Da schwankten eben einige Holzwagen hochbeladen zum Tor herein. Nun, solange die Zufuhr so glatt aus dem

Steirischen ging, brauchte das Hirschwanger Werk nicht zu frieren. Und wenn man etliche Vorräte für den Winter ansammeln könnte, war es mit dem Naßtaler Holz nicht so dringend. Achtzig Pferdegespanne von Steiermark her auf dem Weg, der Turnus ging wie ein Uhrwerk.
Was also konnte es den Oberverweser bekümmern, ob das Naßtaler Holz zu bringen war oder nicht? Mochten die Gosauer das vorgesteckte Ziel erreichen oder nicht, ihm war es jetzt schon gleichgültig.
Bei dem Getriebe im Hirschwanger Werk vergaß der Oberverweser bald die beiden jungen Holzknechte, die sich in das unwegsame Urwaldgebiet der Naß begeben hatten.
Der Begleiter, den er ihnen bis zur Kaiserquelle mitgegeben hatte, war ins Gewerk heimgekehrt und hatte vermeldet, daß sich die beiden Knechte von ihm mit den Worten verabschiedet hätten: „Das wär nit schlecht, ob das nit gelingen sollt!“ Weiter nichts. Dann seien sie in die Ödnis hineingewandert. Er habe ihnen eine Zeitlang nachgehorcht, sie über Stock und Stein springen gehört, habe schließlich noch nachgerufen, aber keine Antwort mehr aus dem Urwalddickicht erhalten. Weiter wisse er nichts zu vermelden.
„Ist recht!“ hatte der Oberverweser gleichgültig gesagt. „Ist ja doch nur eine unnütze Narretei. Und was die Zwei für eine Post aus dem Naßtal bringen, das weiß ich heut schon. Heißt das, wenn sie überhaupt noch lebendig aus dem Naßtal herauskommen! Ich hab´s ihnen nit gschafft!“

Von Wien kam eines schönen, klaren Sommermorgens kai-

serliche Inspektion nach Hirschwang. Unangesagt, so wie Kaiser Joseph die Inspektionen zu schicken beliebte. Der Oberverweser war in schrecklicher Aufregung, als plötzlich ein kaiserlicher Beamter dastand und Aufklärung verlangte, warum das Gewerk nicht voll arbeitete.
„Wie?“ rief der Oberverweser. „Das Gewerk ist doch im schönsten Gang!“
„Seine Majestät findet die Leistung zu klein im Verhältnis zu den Kosten!“ sagte der kaiserliche Beamte und setzte sich hin, um Berechnungen anzustellen. Und meinte dann: „Die Zufuhr des Holzes aus der Steiermark verteuert die ganze Arbeit. Das Hirschwanger Gewerk muß das Holz billiger herschaffen, da es doch vor der Nase steht! Wenn das Eisenerzer Gewerk so arbeiten kann, warum nicht auch das Hirschwanger?“
„Ja, aber wie denn?“ fragte der Oberverweser. „Wir haben alles Menschenmögliche versucht, das Holz aus dem Naßtal herauszukriegen! Aber es geht nicht! Die Schwarza ist kein Fluß zum Schwemmen! Durch das Höllental kommt kein Scheit! Wenn sich der Herr kaiserliche Beamte selbst überzeugen will?“
Der überzeugte sich und fand auch, daß es unmöglich sei, durch das schreckliche Tal ein Holzscheit zu schwemmen. „Schade“, sagte er und reiste ab, um dem Kaiser Meldung zu erstatten.

Kaum war er fort, standen die Gosauer da, wischten sich den Schweiß aus der Stirn und lachten.
„Na, habts gnug jetzt?“ fragte der Oberverweser. „Es geht

halt nit! Wie ich´s schon längst gsagt hab!"
„Es geht", sagten die Brüder trocken.
„Es geht? Nit möglich!"
„Es ist möglich!" sagte der Jüngere, der Georg.
„Ja, wart ihr denn beim Holz im Naßtal?"
„Wo denn sonst, Himmelsakra! Wann´s auf´n Ernst geht, haben wir keine Zeit zum Spazierengehn wie die hohen Herren, die sonst nix zu tun haben!"
„Wie?" Der Oberverweser fuhr auf. „Ist das eine anständige Red von so einem Grünschnabel?" Da mischte sich der Ältere, der Hans, ein. „Er ist halt ein bissel hitzig, mein Bruder, aber er meint´s nit so schlecht!"
„Ah, da schau her! Da haut mir der ungefüge Lackel das nächste Mal eine ins Gsicht, und sein Bruder sagt dann, er meint,s nit so schlecht!" „Weil i halt so dumme Reden nit anhören mag!" sagte Georg brummend. „Halts Maul!" brummte ihn der Bruder an. „Ich muß jetzt dem Herrn Oberverweser die Sach ausdeutschen. Also, wie gsagt, die Gschicht geht! Und wir fangen gleich an."
„Wer gibt euch denn einen Auftrag dazu? Und wann wär denn das Holz da?"
„Das Holz? Ja, im Frühjahr halt, bis wir gnug Wasser zum Schwemmen haben. Jetzt im Sommer, wo die Berg ohne Schnee sind, kriegen wir zu wenig Schwemmkraft. Aber im Frühjahr bei der Schneeschmelz bringen wir das Holz."
„Bis dahin ist noch lang Zeit! Und für das, was vielleicht im Frühjahr ist, geb ich keinen Pfifferling!"
„Ist auch gar nit notwendig! Wenn uns der Herr Oberverweser vertraut, machen wir den Fluß derweil ein bissel

sauber, daß im Frühjahr das Holz durchkann. Und erst bis das Holz am Hirschwanger Rechen staut und aufs Geländ gfischt ist, wollen wir die Bezahlung. Nit eher!"
Der Oberverweser überlegte. „Also gut!" sagte er, „keine Kreuzer kriegt ihr früher, bis wir nit die viertausend Klafter bis aufs letzte Scheitel in Hirschwang haben. Ist´s recht so?"
„Es ist recht so!" sagten die Brüder und gingen davon.
Der Oberverweser lachte ihnen höhnisch nach. „Narren!"

Über den Semmering, durch Mürzzuschlag, vorbei am Stift Neuberg, durch das „Tote Weib" nahm Georg, der sechsundzwanzigjährige Holzknecht, seinen Weg nach dem weltberühmten Gnadenort Mariazell. Dort stand die Gnadenkirche mit dem wundertätigen Marienbilde, wo Tausende Trost im Leide und Hilfe in der Not suchten. Als Georg vor der imposanten Gnadenkirche stand und sah, wie so viele Menschen auf den Knien in die Kirche strebten, riß er seine junge Kraft zusammen, spannte seine Muskeln und sprach zu sich: „Ob´s Wunder gibt, ich weiß es nit! Doch hat´s mir mein Vater mit auf den Lebensweg gegeben: Leid tragen und nie verzagen; aufwärts schauen und auf Gott vertrauen; hilf dir selbst, so hilft dir Gott!" Dann fragte er einen, der des Weges kam: „Wo geht der Weg nach Mitterbach?"
Der Angefragte gab ihm Bescheid, und Georg schritt rüstig davon.
In Mariazell hatte er nichts zu erbitten. Er hatte anderes zu tun, denn es galt das große Werk des Holzbringens aus dem Naßtal. Dazu waren Ausdauer, Geduld, Liebe zum Werk und viel viel Kraft notwendig. Sie suchte er nicht weit vom

Gnadenort in Mitterbach, dort, wo ein großes Geheimnis ungeheure Menschenkraft entfesselte, wenn es sein mußte. Mitterbach war eine Siedlung salzburgischer Holzknechte, die seit vielen Jahren in dem wilden Alpengebiet des Ötschers für den Holzunternehmer Gigl, der einen Vertrag mit dem Zisterzienserstifte Lilienfeld hatte, Arbeit leisteten. Verstreute Holzknechthütten hatten lange Jahre einen Sammelpunkt in der Kirche und Pfarrei zu „St. Johann in der Wüste", die das Stift den Leuten hingestellt hatte, um sie im Glauben zu erhalten. Aber die Holzknechtleute hatten keinen guten Ruf; sie galten nicht als glaubensstark genug, und der Pfarrer hatte Auftrag, die Leute sorgfältig zu prüfen. Sagte man ihnen doch nach, daß sie Ketzerstämmlinge seien, Nachfahren jener Salzburger Emigranten, die unter der Regierung des Erzbischofs Firmian aus dem Heimatlande gejagt worden waren, weil sie dem lutherischen Glauben anhingen.

Freilich, die Holzknechte ließen von der „Sünde" ihrer Vorfahren nichts merken, sie kamen in die Kirche hörten die Messe; aber es bemerkte der Pfarrer doch zuweilen ganz absonderliche Gebräuche, hörte von heimlichen Zusammenkünften, von fremdartigen Gesängen und mußte sehen, daß zwischen den Leuten ein ganz sonderbares Geheimnis wob, das keiner verriet. Vielleicht, daß doch noch das Ketzertum in den Winkeln der Holzknechthütten saß und dem wachsamen Auge des Pfarrers entging? Da geschah eines Tages etwas Furchtbares! Die katholische Kirche „St. Johann in der Wüste" und die Pfarrei brannten, eben als der Pfarrer bei einer Festlichkeit in Lilienfeld weilte, bis auf den Grund

nieder. Wer tat´s? Niemand wußte es. Die Holzknechte aber hatten keine Sorge, die Kirche wiederaufzubauen. So stand sie bereits seit sechs Jahren als Ruine.
Die Nacht hing über den Dächern der Holzhäuser, die Leute standen und saßen noch im Freien und unterhielten sich nach des Tages Mühsal, als Georg nach Mitterbach kam.
„Ich such den Rueppel-Toni“, sagte er zu einem Holzknecht. „Wo find ich den?“
„In der Hinterhagen, noch ein gut Stündel bis dahin. Das letzte Häusel am Weg! Gehst gradaus alleweil der Nasen nach!“
„Schön Dank!“
Eine Stunde später klopfte Georg an das Rueppel-Toni-Haus in der Hinterhagen. Der Rueppel-Toni war ein Bruder seines Vaters, einer von denen, die noch mit Joseph Schaitberger das Exulantenlied gesungen hatten, als sie Anno 1731 für immer aus dem Heimatland gejagt worden waren. Der Rueppel-Toni war heute ein alter Mann, der nicht mehr ins Geding ging, der aber den Jungen ein geistlicher Führer war und das heilige Buch für die Gemeinde hütete.
Es dauerte lange, bis es auf das Klopfen licht im Hause wurde. Dann schlurften Schritte zur Tür.
„Wer ist´s in der Nacht?“
„Ich bin´s, der Georg, dein Brudersohn!“
Ein Ausruf des Erstaunens und der Freude, und wenige Minuten später lagen sich die Verwandten in den Armen. Nun gab es viel zu erzählen, und schließlich rückte Georg umständlich mit seinem Anliegen heraus. „Du weißt“, sagte der Alte, „daß es unsere Pflicht ist, einander zu helfen. Was

du da sagst, ist soweit gut für unsere jungen Leut, daß sie sich nicht in Mitterbach verhocken. Man hat´s ohnedem scharf auf unsere Siedlung und quält uns mit Visitationen, so daß ich nimmer weiß, wie ich den guten, alten Glauben erhalt vor all der Sekkatur. Gleich jetzt versammel ich die Gemeinde in der Hinterhagen, und morgen kannst mit einem Dutzend Buben ziehen, mitten in die Wildnis hinein!"
Noch in derselben Nacht ging ein Bub als Einsagbote von Haus zu Haus und meldete kurz: „Der Toni hat was zu verkünden. Eine Stund nach Mitternacht!"
„Wir kommen!" antworteten die Mannsleute, denen die Botschaft wie ein Befehl kam.
Und eine Stunde nach Mitternacht kamen sie. Drei kurze Schläge tat jeder an die Tür und wartete auf Einlaß.
„Wer klopft zu Mitternacht?" fragte der Toni.
„Einer vom lichten Weg!"
„Was will er?"
„Hören und raunen!"
„Wer sagt´s?"
„Ein Bote war da, Toni, mach auf!"
Als alle versammelt waren, trutzige Männergestalten, da sprach der Toni, auf Georg weisend: „Der da ist mein Brudersohn, einer von den Unsrigen. Und kommt, um sich gute Händ zu holen für eine große Arbeit drüben über die Berg. Neuland gilt´s zu roden für den kaiserlichen Herrn. Ein hartes Stück Arbeit ist´s, und junge Fäuste braucht´s, die zupacken mögen. Und vorderhand um Gottes Lohn und weiter nix! Bis der kaiserliche Herr sieht, was die Gosauer vermögen. So sag ihnen du, Georg, was zu tun ist."

Am Weg von Hirschwang nach Kaiserbrunn, 1820

Georg sah in die Runde. Seine Augen leuchteten, als er seine Rede begann. Er schilderte, wie er und sein Bruder, vom Eisenerzer Oberverweser nach Hirschwang geschickt, dort großen Zweifel am Gelingen des Werkes vorgefunden hätten, wie sie der Hirschwanger Gewerkverweser verhöhnt hatte, als er ihnen die Arbeit überließ. „Freunde“, rief Georg, „ich weiß, wir zwei allein sind zu schwach. Wir brauchen gute Helfer. Und da komm ich zu euch, damit ihr uns helft. Es steht viel am Spiel! Das ganze Glück der Gosauer Landsleute hängt daran. Denn es geht ein Geraun durch das Land, daß der Kaiser unserer Bedrängnis im Glauben will ein End machen. Man sagt, daß er uns Evangelischen freie Religionsausübung gestatten will. Seht, Leut, wenn das wahr wird, braucht es keiner Heimlichkeit mehr. Aber noch mehr: Man sagt, daß der Kaiser auch den Evangelischen den Eintritt in die kaiserlichen Ämter will gewähren. Und stehn wir dann einmal im kaiserlichen Waldrevier, dann hat´s nur einen kleinen Schritt, und wir sind kaiserliche Holzknechte.“

Kaiserliche Holzknechte! Die beiden Worte wirkten Wunder.

„Kaiserliche Holzknechte!“ ging es in der Runde, und die Augen der Gosauer glänzten.

„Wer geht mit?“ fragte der Toni.

Da drängten sich die Leute laut rufend vor. „Ich geh! Ich geh! Ich....! Ich....!“

„Nur die Jüngsten!“ entschied der Toni.

„Zwölfe! Du, Wendel Balthauser! Du, Michel! Du, Bertram! Und du! Und du!“ Die Ausgesuchten traten zur Seite.

„Und Weib und Kind bleiben einstweilen daheim, bis ihr euch eine neue Heimat habts gerichtet drin in der Wildnis! Und jeder nimmt nur so viel mit, als er für den Anfang braucht. Muß sich halt jeder durchfretten, so gut es geht! Ein gutes Quantel Salz nit vergessen, damit ihr euch den Wildbraten salzen könnt. Weiter nix. Gott hat noch keinen ordentlichen Holzknecht verhungern lassen. Und haust euch gut ein in der Wildnis, Landsleut, und haltets z´samm wie Eisen, dann wird´s schon gehn! Ein bissel Mehl und Brot werdet ihr schon auftreiben für den Winter! Und im Frühjahr sollt ihr dem Kaiser zeigen, was ihr könnt! Es muß gehn, Leut, denkts dran! Ihr seids kaiserliche Holzknecht!" So sprach der Toni und reichte jedem die Hand zum Abschied. „Und viel Glück auf den Weg! Und jetzt:

> Ein feste Burg ist unser Gott,
> Ein gute Wehr und Waffen!"

Feierlich klang das Lied aus den Männerkehlen durch den armseligen Raum der Holzknechthütte.
Dann gingen die Männer in die Hütten, um kurz Abschied zu nehmen von Eltern, Geschwistern, Weib und Kind.
Ein bissel Mundvorrat im Buckelsack und etliches Kleingeld in der Börse, mit viel Hoffnung im Herzen, so schritten sie noch in dieser Nacht davon gegen Mariazell. Am Ortsausgang klang noch ein abschiednehmender Juchzer zurück nach Mitterbach. Das klang nicht wie Abschiedstrauer. Der stählerne Mut kennt nur freudige Hoffnung. Sie schritt den Wanderern in der Nacht mit Georg voran. Denn

aus weiter Ferne strahlte wie ein hoffnungsfrohes Licht die Aussicht auf eine schöne Zukunft: „Kaiserliche Holzknechte“!

Die Herren Beamten im Hirschwanger Gewerk hatten keine Ahnung, was im Höllentale vorging. Felstrümmer polterten in die schäumende Schwarza, uralte Baumriesen stürzten nieder und legten sich als Brücken über Schlünde und Abgründe. Axtschlag klang tagaus, tagein, das Bohreisen höhlte uraltes Gestein, und allmählich zog sich ein schlankes Weglein längs der tosenden Schwarza in das unerforschte Höllental. Und das Wasser floß in seinem gereinigten Bett dahin, als ob es seit Urzeiten so fein gekehrten Weg gegangen wäre. Am Hirschwanger Wehr stießen sich Äste und bemooste Rinden. Auch frische Holzsplitter schwammen an. Was das nur war? Die Leute sahen es und vergaßen es wieder. „Es wird wohl eine unnütze Arbeit sein“, sagten sie, „und das Holz kommt in alle Ewigkeit nicht.“
In den wilden Klüften des Höllentales arbeiteten Menschen vorderhand ohne Entlohnung. Menschen, verbunden nur durch eine große Idee und zusammengeschmiedet durch das Martyrium des verfolgten Glaubens. Es war ein heiliges Band, das die weltabgeschiedenen Männer umschlang. Menschen, die sich eine freie Heimat schaffen wollten, irgendwo, um die irdische Glückseligkeit zu finden. Irgendwo! So wie die ersten Christen in den Katakomben Roms, so suchten die Holzknechte ein stilles Winkelchen, die abgeschiedene Öde, die Wildnis, um ungestört dem Ideale des Brotbrechens, getreu dem Vaterbrauch, dienen zu können.

Nichts anderes ersehnten sie, als fern von allen Menschen auf nacktem Gestein ein Altärchen der Liebe aufzuschlagen und aus dem heiligen Buche Weisheitssprüche zu hören. Verfolgte Menschen, deren Herzen durch die Glaubensnot wie mit Eisenklammern aneinandergeschmiedet waren. Seelennot aber schafft ungeahnte, naturgewaltige Kräfte, sie schafft das zähe, unüberwindliche, nackensteife Geheimnis, das den Tod nicht kennt und das Leid verlacht.
Für solche Menschen gibt es kein Hindernis, weil das Müssen stärker ist als das Wollen. Und wenn ihre Seelen in sehnigen, kraftvollen Körpern hausen, werden die Muskeln zu Stahl.
Der in der Ebene seinen bequemen Weg ziehen darf, dem tausende Hände mithelfen, Hindernisse aus dem Weg zu räumen, der seinen Glauben oder Unglauben so einrichten kann, daß er nirgends anstößt, der weiß nicht, was es heißt, ein „ungläubiger" Holzknecht zu sein. Der in der Ebene hängt nicht an einem Seil zwischen Himmel und Erde, hoch über Klüften, Schlünden und Felsenkaminen. Mit den Fingernägeln in die Steilwände gekrallt, arbeitet der Holzknecht. Der in der Ebene, der bequeme Wanderer, sieht nicht die mahnenden „Marterln", die in der Wildeinsamkeit verkünden, daß ein Tollkühner in ehrlicher Arbeit sein Leben lassen mußte, zerschmettert auf dem Felsgrund in schauriger Tiefe.
„Wanderer, bet ein Vaterunser!" Weiter sollst du dich nicht bekümmern, wer hier so einsam starb. Einer weniger, den nur wenige kannten, einer von denen, die den Tod nicht fürchteten. Die in der Ebene leben, die haben Weib und

Kind um sich. Sie haben ein Heim, einen Herd, ein stilles Glück in sicherer Ruhe. Der Holzknecht draußen, wochenlang, monatelang in Eis und Schnee, in Sturm und Gefahr, der kennt kein stilles Glück, solang er schafft. Nur zu den heiligen Zeiten kommt er heim und rastet. Ein unruhiges Rasten, ein Daheimsein mit dem naturgewaltigen Drängen in die gewohnte Gefahr. Ruhe und Behaglichkeit ist nicht Holzknechts Art. Das ziemt den Weibern und den Alten. Siedeln macht unfrei.

Und dennoch: Nach dieser Unfreiheit, nach dem stillen Glück zieht es auch den kühnen Gefahrenstürmer.

Im verborgensten Herzkämmerlein sitzt die Sehnsucht nach Frieden und Ruhe. Und sie tritt allgemach hervor, je näher das Alter rückt. Oder wenn die Lieb kommt!

Die Gosauer aber fanden nicht Zeit zum Rasten, solang die Hand sich rühren und der Fuß klimmen konnte. Das Weib, das sie sich nahmen, war keine Herzallerliebste in geschützter Ruh, solang der Mann in der Wildnis flüchtig ging. Denn Flucht war es, was die Gosauer in die Urwälder trieb, Flucht vor den unduldsamen Menschen, die ihnen den anderen Glauben nicht gönnten. Sie waren abgeschichtete Eremiten um ihres Glaubens willen, stets suchend nach der Ruhe, die sie sich und den Ihrigen irgendwo sichern wollten. Stets hoffend, daß auch sie siedeln könnten als frohe Menschen im stillen, ungestörten Heim. Bis dahin lag aber ungeheure Arbeit am Weg und über dieser Arbeit, die Geist und Körper voll gefangennahm, vergaßen sie Weib und Liebe und Heim. Nun aber ging ein hoffnungsvolles Raunen durch das Land. Man hörte allerhand Schönes vom großen Kaiser, der auch den Evangelischen das Recht auf freie Religionsübung erteilen wollte. Es stand zu hoffen, daß man doch endlich glücklich siedeln könnte mitten im Walde, der dem Kaiser zu eigen war. Gelang das Werk im Naßtal und gab der Kaiser das, was man einander erzählte, dann konnten sie als kaiserliche Holzknechte ihre Hütten bauen und ein stilles Glück begründen für sich, Weib und Kind. Dann war das einsame Mönchtum der Holzknechte zu Ende. Johann und Georg waren verheiratet. Ihre Weiber hatten sie in Eisenerz zurückgelassen, und sie wollten sie erst dann nachrufen, wenn es sicher war, daß man im Naßtal hausen könnte. Jetzt, da es galt, die Schluchten der Schwarza und Naß auszukehren und dem Holz einen Weg zu bahnen, jetzt, da ein Jahr ungeheurer Arbeit vor ihnen lag, konnten sie die Weiber nicht brauchen.

„Bei Weibern rasten soll der Mann, wenn er sein Ziel erreicht hat. Ein Weiberbussel will in Ruh genossen sein, und ein stilles Glück braucht ein gutes Dach!“ meinte Georg. Jetzt aber war bei dem stetigen Aufwärtswandern längs des schäumenden Flusses im unwegigen Gebirge an kein Dach zu denken. Genug, wenn man für die Nacht und gegen ein Unwetter einen sicheren Notschlupf unter einem Felsvorsprung fand. Und dann wohin mit den Weibern, da man Tag und Nacht mit einer Schar kraftstrotzender Mannsbilder hausen mußte? Bei strenger Arbeit kann man nicht auch noch Weiber hüten. Und wo Männer allein in gleicher Pflichterfüllung werken, bildet sich bald echte, wahre Freundschaft. Doch wehe! Ein einziges Weibchen bringt die besten Freunde auseinander.

Der Sommer ging hin, der Herbst saß im Land! Frühzeitig setzte die Rax ihr Schneekäppchen auf und zog den weißen Schleier vor das steinerne Gesicht. Und als die ersten Flokken fielen, da hatten sich die Gosauer durch das Höllental durchgearbeitet und überwinterten in den vier einsamen Menschensiedlungen, die am Ende des Höllentales und am Anfang des Naßtales standen. Von Gutenstein her durch das Klostertal waren vor hundert Jahren landflüchtige Leute gekommen und hatten sich in die Wildnis eingehaust. Da war der Wasserbauer an der Schwarza, ein Stündlein weiter die Hinterleuthen, dann die Naßalm und der Oberhof. Vier Blockhütten in wilder Einsamkeit, die den Holzknechten Dach und Feuer boten. An schönen Wintertagen zogen die Gosauer zur Arbeit aus und machten für die Schwemme alles fertig. Als dann im April der Schnee zu tauen anhub und die Wässerlein von den Bergen plätscherten, da war es Zeit, das letzte Werk zu bauen. Tag und Nacht waren die Männer an der Arbeit, um Balken zu zimmern, Bachställe zu rammen und Erde zu schütten.
Nach acht Tagen war die Klause fertig und staute das Wasser.
Blinkender Sonnenschein lachte hernieder, und nun ging es in den Bergen los. Schneelawinen sausten zu Tal, aus den zahmen Wässerlein wurden reißende Sturzbäche, wilde Wogen schäumten durch das Naßtal, und im Höllental brüllte und heulte der tobende Fluß. Und höher und höher schwollen die Wasser. Auf dem Höllentalweglein marschierten vier Holzknechte nach Hirschwang; ihnen voran Georg Hubmer.

Im Hirschwanger Gewerk meldete sich Georg und sagte zum Oberverweser: „Herr! Heute kommt das Holz!“
„Wie? Was?“ Der Oberverweser ließ den Mund offen vor Staunen. „Das Holz? Was für ein Holz?“
„No, das aus dem Naßtal! Wenn der Herr Oberverweser zuschaun will, in einer Stunde ist es da!“
„Aber das ist ja nit möglich! Geh zu, du Narr!“
„Das Zuschaun kost nix! Also, wenn der Herr Oberverweser Lust hat?... Ich bin am Rechen! Das Holz kommt schon durchs Höllental!“
„Durchs Höllental? Das muß ich mir anschaun! Ob´s aber auch wahr ist?“
Bald standen sie am Rechen. Der Oberverweser und die ganze Beamtenschaft des Hirschwanger Gewerks blickten dem brausenden Schwarzafluß entgegen, der mit hochgehenden Wogen dahergeschossen kam.
„Es rührt sich ja nix!“ sagte der Oberverweser zweifelnd und sah Georg höhnisch lächelnd an. „Ein Viertelstündel noch! Nur ruhig zuwarten! Da! Da kommen die Holzsplitter. Jetzt die Baumrinden! Man muß das Holz bald rodeln hören!“
Auf einmal schwoll das Wasser mächtig an, stieg fast über das Ufer, brauste, grollte und hub zu brüllen an. Die Fluten verdunkelten sich, wurden braun von schwimmenden Rinden.
Georg stand wie eine Bildsäue und blickte den dunklen Wogen entgegen. Regungslos neben ihm die drei Holzknechte. Plötzlich stutzte er und wies mit der Hand auf ein lichtes schwimmendes Etwas. Den Hut riß er vom Kopf und stieß

einen hellen Jauchzer in die Luft.
„Hollioh! Das erste Scheit ist da!"
Dann noch eines, zu zweit, zu viert, zu hundert kamen die Hölzer geschwommen.
Und jetzt kam es näher, ein Tosen, Klingen, Poltern. Schaum in dichten Massen. Der Boden erzitterte. Und da kam majestätisch ein klingender, schreiender, brüllender Berg geschwommen. Todesangst erfaßte den Oberverweser.
„Was ist das? Ist die Hölle los?"
Die Menschen wichen ängstlich zurück. Georg und die Knechte aber standen mit leuchtenden Augen.
Der klingende Berg schob sich näher, tauchte in den gischtenden Schaum, schwankte auf und nieder, hob sich hoch, versank in die Tiefe, schrie, brüllte, lärmte, toste wie Ungewitter, und jetzt -
„Das Holz ist da! Das Holz ist da!" Am Rechen staute der ungeheure Holzberg, und die tobenden Wasser sausten brüllend darüber hinweg. Georg standen die hellen Schweißtropfen auf der Stirn. Aus seinen blauen Augen schimmerte es feucht. Ein kurzer Blick auf seine Getreuen, dann rissen sie die Hüte vom Kopf und sanken in die Knie.
Und mitten im Toben der Wasser erklang es aus jungen Männerkehlen ernst und feierlich:

„Nun danket alle Gott ...."

Das Holz, das ersehnte Holz war da!

Der Ruf der Gosauer drang in die kaiserliche Burg zu Wien. Und als eines Tages Kaiser Joseph in Wiener Neustadt weilte, mußte Georg, der redegewandtere der beiden Brüder,

dorthin zur Audienz.
„Herr Kaiser“, sagte Georg einfach, „ich hab mir halt kein besseres Gwand anlegen können, weil ich kein anderes hab. Also muß der Herr Kaiser schon entschuldigen, wenn ich mit der Hirschledernen komm. Es ist halt eine harte Arbeit bei uns Holzknecht gelt?“
„Das glaub ich“, lachte der Kaiser und betrachtete mit Genugtuung den strammen Gosauer. „Was ich von euch gehört habe, hat mich sehr befriedigt. Ich wollte nur, daß ihr mir erhalten bliebet.“
„Herr Kaiser, es wär unser Stolz, wenn wir kaiserliche Holzknecht sein könnten.“
„So ist uns beiden geholfen. Ich lasse tüchtige Leute nicht gerne los. Er ist wohl der Anführer oder wie er sich nennt?“
„Na ja! Ich nit allein. Mein Bruder, der Johann, ist mit mir. Wir machen alles miteinander. Wir sind halt gut ausgebildet im Wasserfrachten und Holzschlagen. Wir haben auf der Traun geschwemmt und geflößt, hernach waren wir auf der Donau als Flößer, später bei den Kartäusern zu Gaming im Geding und haben mit der Erlaufschwemme viel zu tun ghabt. Hernach in Eisenerz, wie vielleicht der Herr Kaiser weiß...“
„Ich weiß! Ich hab schon viel Schönes von den Brüdern Hubmer gehört. Also bleibt es dabei. Ihr übernehmt die Abstockung meiner Wälder im Naßtal und die gesamte Schwarzaschwemme. Ich lege die ganze Arbeit in eure Hände, und dem Hirschwanger Gewerk werde ich das schriftlich geben.“
„So sind wir jetzt kaiserliche Holzknecht?“

Am Eingang zum Naßtal, Gasthof zur Singerin

Der Kaiser lachte. „Freilich! Kaiserliche Holzknechte, und die Brüder Hubmer ernenne ich zu kaiserlichen Holz- und Schwemmeistern."
„Ob das nit z´viel is?"
„Schon recht so! Dem Verdienste seinen Lohn!"
„Und wird der Herr Oberverweser das erfahren?"
„Er bekommt es schriftlich!"
„Aber - vielleicht, daß der Herr Kaiser doch nur eine Dummheit mit uns macht?"
„Wenn ich es sage, wird es wohl stimmen."
„Na ja! Ich glaub´s schon! Aber der Herr Oberverweser wird schaun!"
„Dazu hat er ja seine Augen!" „Das schon! Aber saudumm wird er schaun! Kaiserlicher Holz- und Schwemmeister! Da hört sich alles auf!"
„Ist der Titel zu gering?"
„Aber, Herr Kaiser! Ich möcht ja vor Freud gleich in einen Bach springen, und ein Bussel möcht ich dem Herrn Kaiser geben, wenn´s verlaubt wär!"
„Das gibt Er lieber seinem Weib!"
„Das bleibt ihr nit erspart! Und mehr wie eins!
Himmelsakra! Was einem so ein Kaiser für eine Freud machen kann!"
„Es freut mich, daß ich das Richtige getroffen habe! So! Und jetzt kann Er gehen!"
„Warum denn?"
„Die Audienz ist zu Ende!"
„So? Das ist wirklich schad. Ich hätt noch so gern mit dem Herrn Kaiser geplaudert! Und gedankt hätt ich halt gern

für die Gnad, weil der Herr Kaiser uns Lutherischen so gut gesinnt ist."
Der Kaiser horchte auf. „Ihr seid Protestanten? Ketzer, wie man so sagt?"
„Wohl! Wohl! Und jetzt können wir´s doch offen sagen, gelt, Herr Kaiser?"
„Vor mir immerhin! Ich achte jede Religion! Aber es sind noch genug Leute da, denen man es nicht sagen soll!"
„So? Wann aber epper der Herr Kaiser denen Großgoscherten das Maul zuschlagen tät? Was wär dann?"
„O lieber Freund! Ich muß mich selber vor den Herren hüten!"
„Da erbarmt mir der Herr Kaiser! Wann ich Kaiser wär, ich hauet drein!"
„Gut, tauschen wir!"
Georg fuhr zurück. „Das geht aber doch nit! Der Herr Kaiser ist was Feineres gwöhnt als Holzhackernocken! Und unsereins als Kaiser, na, das möcht sich nit gut ausnehmen in der Hirschledernen!"
Der Kaiser lachte herzlich. „Es wär schon mitunter gut, ein kaiserlicher Holzknecht würde dreinfahren", sagte er dann ernst.
„Paßt dem Herrn Kaiser wohl auch manches nit, gelt? Mit die Großschädligen, gelt? Kann mir´s denken, die Ganzgscheiten, wie der Hirschwanger Herr Oberverweser!"
„Ist der ein so strenger Herr?"
„Das weiß ich nit! Aber vom Schwemmen versteht er nix! Und will dreinreden, der!"
„Also in Hinkunft seid ihr eigene Anschaffer. Und macht

mir keine Schande!"
„Herr Kaiser! Als kaiserliche Holz- und Schwemmeister stellen wir unseren Mann! Da kann sich der Herr Kaiser verlassen!"
„Schön! - Und wenn euch jemand in Religionssachen etwas anhaben will, wendet euch direkt an mich."
„Das wird schon gschehn, wenn unsere Fäust nimmer langen."
„Gut! Und jetzt kann Er gehen!" „Na, wenn´s sein muß, so geh ich halt! Bhüt Gott, Herr Kaiser!"
Der Kaiser sah dem Davonschreitenden mit einem befriedigten Lächeln nach. Solche Leute müßte man haben! Offen, aufrecht, unbestechlich und treu!

Auf dem Heimweg ins Naßtal kehrte Georg im Hirschwanger Gewerk zu und meldete dem Oberverweser: „Also, damit der Herr Oberverweser sich z´richten weiß. Ich und mein Bruder sind in der kaiserlichen Anstellung. Der Herr Kaiser wird das schon schriftlich geben! Kaiserliche Holz- und Schwemmeister sind wir!"
„Was geht das mich an?"
„Ich glaub, sehr viel! Die Anschafferei, was das Holz anlangt, hat sich aufgehört. Jetzt stehen wir auf unseren eigenen Füßen! Das kommt schriftlich!"
„Will Er mir etwa Vorschriften machen?"
„Vorschriften hin oder her! Wir haben unsere Vorschriften und der Herr Oberverweser die seinigen. Künftig reden wir dem Herrn Oberverweser nix drein und der Herr Oberverweser uns nix!"

„Was? Wer ist hier der Herr?“
„In Hirschwang der Herr Oberverweser und im Naßtal die Brüder Hubmer!“
„Wer sagt das?“
„Der Herr Kaiser, wenn der Herr Oberverweser nix dagegen hat.“
„Das kann ich nicht glauben!“
„So muß der Herr Oberverweser halt abwarten, was der Herr Kaiser schreibt!“
„Seine Majestät wird nichts schreiben!“
„So! Der Herr Oberverweser wird das natürlich besser wissen!“
„Frechdachs!“
„Wer?“
„Er!“
„Ich? Na, ich werd doch noch´s Maul aufmachen dürfen? Und sagen laß ich mir nix, was mir nit paßt! Ich hab auch noch ein Hirn im Schädel! Und jetzt kommt das Holz, wie wir´s schlagen! Aus´m Steirischen kommt nix mehr, hat der Herr Kaiser gsagt. Wir liefern für das Hirschwanger Gewerk aus´m Naßtal! Das ist Auftrag vom Herrn Kaiser, und das hab ich zu vermelden.“
„Unerhört! Der Mensch redet mit mir wie mit einem Holzknecht. Was glaubt Er denn eigentlich, der freche Kerl?“
„Ich weiß schon, was ich z´reden hab als kaiserlicher Holzmeister. Ich muß dem Herrn Kaiser die Treu halten, und die halt ich auch!“ „Da werden wir noch ein Wörtel mitsammen zu reden haben. Vorderhand habe ich mit Ihm nichts zu verhandeln!“

„Na, der Herr Oberverweser wird schon noch heruntersteigen von seiner Leiter!"
Georg grüßte kurz und ging. Der Oberverweser wütete.
Einige Tage später kam ein Bote des Gewerks ins Naßtal mit der Botschaft, daß der Kaiser die Brüder Hubmer zu kaiserlichen Schwemmmeistern auf der Schwarza und zu kaiserlichen Holzmeistern im Naßgebiet, die Holzknechte zu kaiserlichen Holzknechten unter der Meisterschaft der Brüder Hubmer ernannt habe. „Aber", so schloß der Bote die Meldung, „Der Herr Oberverweser läßt bitten, es möcht in Hinkunft lieber der Johann kommen, wenn was zu besprechen ist, weil der mehr Manier hat als der Junge, der Georg."
Georg lachte. „Ja, ja, die hohen Herren können ein grades Wörtel nit vertragen! Ist schon recht! Geht halt der Johann! Ich bin eh froh, wann ich den feinen Herrn Oberverweser nit zu Gsicht krieg!"
Der geordnete Holz- und Schwemmdienst im Naßtal begann. Georg leitete die Arbeiten im Walde und Johann hatte die Oberaufsicht über die Schwemme auf der Schwarza. Die Leute fingen an, sich einzuhausen. Auch die Brüder dachten daran, ihre Familien ins Naßtal nachkommen zu lassen.
„Wenn der Mensch was Ordentliches werden will, muß er einen Heimgang haben, damit er die Ruh im Herzen hat, sonst geht der Weg kreuz und krumm. Aber mit den Weibsbildern hat´s allemal noch Zeit!" sagte Georg zur Runde der Holzknechte, die sich am Samstag nach Tagwerk im Oberhof versammelt hatten. Um Sonnenuntergang kamen

die nach frischer Bergluft und Baumharz riechenden Burschen aus den Zinnen und Schrofen des Raxgebirges gestiegen, um nach einer Woche Arbeit in freier Waldeinsamkeit wieder einmal beim flackernden Kaminfeuer die heiligen Sprüche aus dem Buch der göttlichen Weisheit zu hören.

Na, freilich, das Buch der Weisheit war schon recht, aber bei den jungen, kraftstrotzenden Mannsbildern meldete sich doch allzu laut die Stimme der Natur. Die Sehnsucht nach dem Weibe packte die jungen Leute, so daß Georg seine ganze Redekunst als geistlicher Führer dieser Urwalderemiten aufbieten mußte, um sie gefügig zu halten.

Der Wendel Balthauser maulte: „Erst sagt er uns, der Mensch muß einen Heimgang haben, und nachher meint er mit die Weibsbilder hat´s allemal noch Zeit! Fix sakra, haltst es du so lang aus ohne Bettgeherin, bei mir tut´s es nit!“

„Was tut´s nit?“ rief Georg streng. „Weißt epper nimmer, zu was d`da bist? Alsdann kannst wieder nach Mitterbach gehn und unter Weibskitteln schliefen. Aber da herinnen, wo die Arbeit steht, gibt´s kein Nachlassen! Kannst gehn, Wendel Balthauser, wenn´st lieber hinterm Kittel her bist, als ein kaiserlicher Holzknecht z´sein!“

„Na ja! Aber das könnt man schon richtig zsammenstimmen auch! Kaiserlicher Holzknecht und ein sauberes Dirndl dazu, das gäb erst der Sach den rechten Glanz!“

„Jetzt, willst mir nit sagen, wo du das Dirndl möchst aufheben, derweil du in der Arbeit bist? Epper, daß dir ein andrer drüberkommt! Tut´s das?“

„Das tut´s schon gar nit! Aber ein Hütterl wenn man hätt,

mit einem guten Riegel vor, daß keiner einsteigen mag!"
Die Holzknechte lachten. „O je, der ist einer von den Ganzgscheiten! Da nutzt kein Riegel und kein Gitter und kein Schloß; bald einer mit dem richtigen Schlüssel kimmt."
„Schau, Wendel Balthauser", sagte Georg, „ein Weib und vier Kinder hab ich z´Eisenerz sitzen. Das vierte war am Weg, wie ich herkommen bin ins Naßtal. Ich kenn´s gar nit! Glaubst nit, daß auch ich Sehnsucht hab nach den Meinigen? Ein Jahr und etliches drüber ist´s, daß ich sie nit gsehn hab! Aber vorerst muß die Hütten stehn, ein schönes Nesterl, bis ich sie nachkommen laß. Kann´s ich aushalten, wirst es du auch können!"
Der Wendel Balthauser murrte: „Es tut´s nit!"
„Du bist halt der ewige Tutsnit! Aber, liebe Freunde, so ganz unrecht hat er nit, der Tutsnit! Es wird schon gut sein, wann jeder von uns dran denkt, sich eine schöne Heimstatt zu schaffen. Platz ist gnug im Tal. Wann einer dem andern hilft, jeden Sonntag ein bissel nur, so hat jeder was Schönes. Und weil´s halt der Tutsnit gar so gnädig hat, so soll halt er zuerst dran!"
„Öha!" sagte der Wildner-Gogl, der einer der Ältesten war, „wenn´s schon so ist, so müssen allemal z´erst die Verheirateten dran und z´allererst der Holzmeister. So schickt sich´s, mein ich halt!"
„Wer hätt denn was dagegen?" rief der Wendel Balthauser. „Ich bin der erste, der mithilft, dem Meister die Hütten z´bauen. Und morgen gehn wir´s an! Ich schlepp mit´m Friedel Gugg die Stein!"
„Und´s Langholz schlag ich zu und schaff´s her!" sagte der

Gleisegger-Franz. „Die Zimmermannsarbeit war allezeit mein Sach!"
„Und die Dachschindeln bring ich zu!" entbot sich der Schneidhammer-Lois.
„No alsdann, wo baun wir die Hütten hin?" rief ein anderer.
„Leut!" winkte Georg ab, „Nur nit so gach! Ein Häusel baut sich nit über einen Sonntag auf. Aber ich will euch was sagen: Die Naßalm für mich und die Meinigen, den Oberhof für uns alle. Da im Oberhof soll ein jeder, wie er will, seinen Heimgang haben. Und haust einer, wo er will im Naßtal, da im Oberhof laßt er sich jeden Sonntag anschaun. Denn Gottes Wort soll auch ein Platzel haben."
Die Leute waren einverstanden.
Georg kaufte die Naßalm und den Oberhof. Zum Ankauf des Oberhofes steuerten alle zusammen. Georg sorgte aber dafür, daß vorerst dem Bruder Johann ein Haus gebaut wurde. Allsonntäglich arbeiteten die Leute daran. Während des Baues hausten die Brüder gemeinsam in einem Holzhäuschen auf der Naßalm. Es dauerte beinahe ein Jahr, bis es fertig stand.
Im Sommer drauf, als Georg daranging, unter Mithilfe der anderen sein eigenes Haus auf einer Anhöhe zu bauen, holte Johann seine Familie aus Eisenerz ins Naßtal.
Es war ein Sonntag, als Johann mit den Seinigen einzog. Die Holzknechte, eben frisch am Werke an Georgs Haus, ließen Kelle und Hammer fallen und kamen herbeigestürmt.
„Heiliger Gott! Ein Weibsbild! Ganz ein anderes Ansehn hat das Naßtal!" Mit weit aufgerissenen Augen starrten sie

das seltsame Wesen an. „Schier aus der Haut könnt man fahren", sagte der Wendel Balthauser und wischte sich über den Mund.
Da trat die Hubmerin auf jeden Holzknecht zu und begrüßte ihn freundlich. Nun reichte sie dem Wendel Balthauser die Hand. Der faßte so gierig zu, daß die Frau aufquietschte.
„Grüaß Gott, Hubmerin!" sagte er, und seine Stimme zitterte. Er wollte noch etwas sprechen, aber es verschlug ihm die Rede.
„Was hast?" fragte Johann.
„Ah was! Das halt ich nit aus!" rief der Bursch und lief dem Bau zu. Dort hob er mit der wilden Urkraft seines Mannstums den schwersten Stein vom Boden und stemmte ihn ein paarmal in die Höhe. Dann sank er erschöpft nieder.
„Jetzt ist mir leichter!" keuchte er.
„Was hat er denn?" fragte die Hubmerin, die in stummer Verwunderung dem närrischen Gebaren des Burschen zugesehen hatte.
„Nach zwei Jahren ein Weibsbild! Das tut´s nit!" lachte Georg.
Die Holzknechte lachten ebenfalls. Aber jedem steckten die Augen. Es war hoch an der Zeit, daß die Hubmerin ging.
Die Johann-Hubmer-Leute hausten sich in der Wildnis ein. Johann blieb fortan bei Weib und Kind, denn ihm war es als Schwemmeister gegönnt, am Wasser im Naßtal zu bleiben, während Georg in den weitgedehnten Riesenwäldern umherstieg, die Holzarbeiten zu leiten.
Einsam stand das Hubmerhaus in der Wildnis. Oft schlu-

gen in der Nacht die Hunde an, wenn sich irgendein Lebewesen im stillen Walde rührte.
Einmal, als die Hunde wieder heftig bellten und gar nicht ablassen wollten, ging Johann in die Nacht hinaus und ließ die Hunde frei. „Hussa!"
Wütend gingen die beiden Rüden los, schnurstracks in den stockdunklen Wald hinein. Und da klang plötzlich eine Männerstimme: „Hol´s der Teufel!" Dann Ästebrechen und wütendes Bellen der Hunde. Johann eilte herzu. Die Rüden umrannten einen Fichtenbaum, sprangen hoch.
„Wer ist droben?"
„Ich bin´s, der Wendel Balthauser!"
„Du? Was willst um Mitternacht?"
„Meinen friedlichen Weg will ich gehn, da stellen mich die Hundsviecher. Auf´n Baum muß ich retirieren! Kreuzsakra!"
Johann beruhigte die Hunde. „Komm, Wendel Balthauser!"
Der klotzige Bursch glitt nieder vom Stamm und fluchte.
„Wo willst hin?" fragte Johann. „Du bist ja auf vier Stund auf´m Lahnberg im Geding? Wie kommst her?"
„Z´Fuß natürli!" brummte der Bursch. „Öfters mach ich so meinen Spazierer bei der Nacht. Aushalten tu ich´s nit in der Wildnis auf´m Lahnberg."
„Und rennst vier Stund zruck, du Narr? Wann schlafst nachher?"
„Jede zweite Nacht. Bleibt mir gnug Zeit zum Verschnaufen."
„Na, na!" meinte Johann etwas mißtrauisch.
„Magst nit a bissel in die Stuben kommen?"
„Wann ich bitten darf?"

„Also komm!"
Sie traten ins Haus. Da stand in der Stube die Hubmerin. Zu Tod erschrocken fragte sie: „Was ist denn?"
„Da bring ich dir einen Narren, der um Mitternacht vier Stunden her spazierengeht! Der Wendel Balthauser."
Der Bursch stand in der Eingangstür und starrte das Weib an.
„Na, magst nit einigehn, Wendel Balthauser?"
„Es tut´s nit !" brummte der.
„Warum nit?"
„Es schickt sich nit! Und weil ich nur gsehn hab, daß alles gsund ist, bin ich schon froh. Also, bhüt Gott!" Fort war er.
„Hat die Welt schon ein so verrücktes Luder gsehn?" Johann blickte vor die Tür und horchte den eiligen Schritten des nächtlichen Wanderers nach. „Da stimmt was nit!" brummte er.
Dem Georg erzählte er am Sonntag den Vorfall.
„Dem sitzt der Weibsteufel im Gnick! Aber arbeiten und rackern tut er wie ein Viech, der Tutsnit!" sagte Georg. „Es hat weiter keine Gfahr, das weiß ich! Ich werd ihn ins Gebet nehmen!"
So hielt ihm denn Georg unter vier Augen eine Bußpredigt. Aber der Wendel Balthauser schüttelte grimmig den Kopf.
„Es ist mein Sach, wie lang ich spazierengeh! Meine Arbeit tu ich!"
„Ja schon! Aber du gehst mir ein wie ein Stückel böhmische Leinwand."
„Du hast leicht reden! Du bist verheirat!"
„Ich muß auch auf mein Weib warten! Mußt halt auch war-

Naßwald

ten! Wenn ich die Meinige da hab, der nächste bist dann du! Baust dir halt ein schönes Häusel her und schaffst dir eine saubere Hauserin an, gelt?“
Der Wendel Balthauser kratzte sich hinterm Ohr.
„Es tut´s nit!“ maulte er.
„Was denn also?“
„Ich bleib mein Lebtag ledig. Aber der Hubmerin will ich ein Knecht sein!“
„Du bist nit gscheit, Wendel Balthauser. Epper bist gar vernarrt in die Hubmerin?“
„Geht´s dich was an?“
„Sie ist meine Schwagerin!“
„Ich beiß dir nix weg und ihr auch nit! Wann ich mir´s just einbild, so will ich ihr Knecht sein! Schluß!“
Und ging mit schweren Schritten davon.

Zu Ende September, als schon die schweren Nebel ins Naßtal krochen und die Kuppen und Grate Schneehauben trugen, stand Georgs Haus an der Lehne fertig. Er konnte nun endlich daran denken, sein Weib und seine Kinder aus Eisenerz herüberzuholen. Darum übergab er dem Bruder die Verrechnung mit den Knechten, nahm kurzen Abschied und ging davon.
Zu Hirschwang kehrte er im Gewerk zu. Er hatte mit dem Oberverweser verschiedenes zu besprechen.
Der Oberverweser wollte sich verleugnen lassen, als er Georg kommen sah. Er sei verreist, ließ er sagen.
„Verreist? Das ist aber schnell gangen. Ist er beim Rauchfang hinaus?“

„Nach Amerika ist er!“ sagte grinsend der Amtsschreiber.
„Was lachst? Und wo ist der Oberverweser?“
„Fort! Fort! Was weiß ich...“
„So! Das ist mir leid. Ich hätt ihm sollen vom Kaiser eine Post ausrichten!“
„Vom Kaiser, Seiner Majestät?“ Der Amtsschreiber ließ den Mund vor Staunen offen.
„Das glaub ich! Im Naßtal war er“, log Georg. „Soll ich vielleicht dem Oberverweser was ausrichten?“
„Gott behüt! Das müßt ich dem Herrn Oberverweser schon selber sagen. Es handelt sich kurz gesagt um eine Auszeichnung oder so was. Na! Es wird ihm leid tun, weil er so mir nix, dir nix davon ist, ohne daß der Kaiser davon was weiß. Also muß ich halt dem Kaiser Bericht machen...“
„Jesses und Josef! Was tu ich denn aber da? Vielleicht, daß der Herr Oberverweser sich mit der Reise verspätet hat? Ich muß doch gleich nachschaun gehn!“
Da öffnete sich die Tür, und der Oberverweser trat ein. Er war sichtlich verlegen. Seinen Überrock hielt er am Arm, in der rechten Hand einen Stock, und in der linken eine Handtasche.
„Ei, da schau her! Der Holzmeister aus´m Naßtal! Das ist aber schön!“ rief er grinsend.
„Und der Herr Oberverweser! Wie denn? Was denn? Schon zruck von der Reis? Und wie ist´s gangen?“
„Aber ich geh ja erst! Grad eben will ich fort! Nach Graz muß ich. Ja, nach Graz! Und was schafft mir das Vergnügen?“
„Ob´s just ein Vergnügen sein wird? Unter vier Augen hab

ich was z´ reden!“
„Das tut mir aber recht leid“, sagte der Oberverweser, der glaubte, den Holzmeister so am leichtesten anzubringen; „recht leid tut´s mir. Aber ich muß dringend davon. Der Wagen wird gleich dasein!“
„Das tut ja nix! Wenn der Herr Oberverweser nach Graz fährt, könnt er mich ja ein Stückel aufsitzen lassen. Bis Bruck an der Mur wär´s mir schon recht, wenn ich den Weg zu Fuß ersparet. Ich will nämlich nach Eisenerz.“
Jetzt war der Oberverweser in der Zwickmühle. Er hatte ja in Graz gar nichts zu tun. Und die ganze Maskerade war doch nur dazu, den Holzmeister loszuwerden. „Aber“, sagte er schnell, „jetzt fällt mir grad ein, daß ich vorher nach Gloggnitz muß und auch nach Neunkirchen. Dringliche Geschäfte...“
„So! Na, dann kann man nix machen! Geh ich halt.“
„Ja, aber was hab ich ghört? Seine Majestät war gar im Naßtal? Und nit einmal abgstiegen ist Seine Majestät bei uns in Hirschwang?“
„Wo hat denn das der Herr Oberverweser ghört?“
„Na, wie halt die Leut so reden! So was spricht sich doch herum!“
„Ich glaub halt, daß der Herr Oberverweser das hinter der Tür ghört hat; weil der Kaiser gar nit in Naßwald war!“
„So? Die Leut sagen´s aber! Also war der Kaiser nit dort?“
„Fallt ihm gar nit ein! Aber aufgsessen ist mir der Herr Oberverweser. Und jetzt möcht ich grad fragen, was das für eine Sauwirtschaft ist, daß wir Naßwalder unser Geld nit wöchentlich ausgezahlt kriegen? Zweimal hab ich müs-

sen antauchen lassen, daß die Herren vom Amt nit auf uns vergessen! Ohne Kreuzer sind wir´s letzte Mal dagstanden, wie der Payerbacher Kramer bei uns war. Herr! So geht das nit! Wir leisten ehrliche Arbeit, einer wie der andere, und haben nit Zeit, daß wir unserm Geld nachlaufen. Damit aber so eine Schlamperei künftig nimmer gschieht, werd ich einen von den Meinigen herschicken, der das Geld abholt. Wir können nit warten, bis dem Gewerkbeamten gfällig ist, zu uns´z kommen. So! Das hab ich ausrichten wollen, und der Herr Oberverweser mag sich danach richten."

Der Oberverweser sah eine Weile verblüfft drein. Und als er etwas sagen wollte, war Georg bereits auf der Straße und schritt rüstig gegen den Semmering zu...

Nach vier Tagen Fußmarsch langte er in Eisenerz an. Die dortigen Gewerksleute liefen zusammen, als sie Georg nach Jahren wieder sahen. Nach einer herzlichen Begrüßung fragte er: „Wo ist mein Weib, die Barbel? Und die Kinder? Habt ihr fleißig gschaut auf die Meinigen?"

„Das schon!" antwortete ein Holzknecht. „Aber seit zwei Monat ist sie fort von Eisenerz!"

„Fort von Eisenerz?"

„Ja! Der Rueppel-Gogg, dein Gschwisterkind, hat sie mitgenommen in die Wildalpen."

„In die Wildalpen? Also hab ich in Eisenerz nix mehr zu suchen!"

Und noch in derselben Stunde trat er den Weg an, um sein Weib zu suchen.

Nach einem harten Marsch erreichte er Wildalpen.

„Wo ist der Rueppel-Gogg?" fragte er einen Alten.

„Wer?“ „Der Rueppel-Gogg?“ „Da kimmst ein wengl spat! Seit einer Wochen unter der Erd!“
„Der Rueppel-Gogg?“ Entsetzt starrte Georg den Alten an.
„Wohl! Wohl! Abgstürzt beim Riesenbauen. Maustot auf der Stell! Und wer bist du?“
„Ich bin der Hubmer-Georg und such mein Weib und meine Kinder!“
„Der Hubmer bist? Heiliger Gott! Der Georg? Mensch, hergwachsen bist wie eine Feichten! Kennst mi nimmer? I bin der Koller-Ferdl.“
„Der Ferdl! Jesses, du! Sag, wo ist mein Weib?“
„Im Rueppel-Gogg seiner Hütten! Seit der Gogg nimmer ist, geht sie nit unter d´Leut!“
„Weis mich, Ferdl! Ich muß zu ihr!“
In einem verschwiegenen Fichtenbestand lag die Hütte des Rueppel-Gogg versteckt. Zwei Kinder spielten in der Sonne.
„Sepperl, Reserl!“ rief sie Georg an und kam freudig auf seine Kinder zu. Die Kleinen hoben erschrocken die Köpfchen und flüchteten unter lautem Geschrei ins Haus.
„Da bin i schier z, viel“, sagte der Ferdl.
Georg beachtete den Alten nicht mehr und stürmte ins Haus. Eine Frau mit einem Kind am Arm kam ihm entgegen.
„Barbel, grüß dich Gott!“
„Jesses, der Georg! Gott sei Lob, daß du da bist!“ Sie reichten einander stumm die Hände.
„Barbel!“ sagte er, „du bist nimmer die frühere! Soviel schwach schaust aus, Weib!“
Sie seufzte tief. „Es war höchste Zeit, daß d´kommen bist,

Georg! Es war mir schon sehr bang um dich."
„Ist dir ungut, Barbel?" Er strich ihr über das Haupthaar.
„Recht ungut ist mir, Georg! Ich mein, daß es just recht war, daß d´kommen bist! Der Kinder wegen! Jetzt bleibst da?"
„Ich bleib jetzt bei dir, aber nit da in Wildalpen! Ein schönes Häusl hab ich für uns im Naßtal. Dort wirst mir schon wieder hochkommen, Barbel! Jetzt bin ich ja kaiserlicher Holzmeister, und es wird uns gut gehn!"
„Es ist mir schon erzählt worden, wer und was du bist! Und schier glaubt hab ich, du kommst mir nimmer heim!"
„Du weißt ja, Barbel, wie´s geht mit uns Holzknechten. Es ist ein steiniger Weg!"
„Und ein dorniger für das Weib! Aber schau, die Kinder!"
„Jesses, die Kinder!" Er lächelte. „Wie die Orgelpfeifen der Reihe nach. Viere; fast z´viel für Holzknechtleut."
Es dauerte lange, bis die Kinder zutraulich wurden und begriffen, daß sie ihren Vater vor sich hatten.
„Sepperl! Du bist ja der Älteste! Kennst´n nimmer, deinen Vater?"
Der Bub schüttelte verneinend den Kopf.
„Und du, Reserl?"
Auch das Mädchen verneinte.
Das kleine dreijährige Annerl und das zweijährige Bärbel wußten ja überhaupt nichts von einem Vater.
Georg hatte etliches Zuckerwerk mitgebracht und lockte damit die Kleinen allmählich zu sich. Er erzählte ihnen, daß sie jetzt einen weiten Weg zu machen hätten, daß sie in ein schönes neues Haus kommen und recht vergnügt leben

würden. Georg fiel es auf, daß die Frau niemals lachte. Eine schwere Krankheit sah ihr aus den Augen, und als er nun plötzlich einen pfeifenden Husten aus der Lunge seines Weibes brechen hörte, da wußte er, wie es um sie stand.
„Dort im Naßtal ist eine andere Luft", sagte er, „da hört der Husten von selber auf."
„Es wär recht, wenn´s wahr wär; der Kinder wegen", seufzte sie, ihre Stimme klang hohl.
„Mitnehmen brauchen wir nit viel; nur Gwandung und Wäsch. Alles andere wird verkauft. Wir haben´s viel schöner dort im Naßwald."
Sie nickte nur. Es schien ihr alles gleichgültig zu sein.
„Warum freust dich denn gar nit mit mir, Barbel? Jetzt, wo aller Jammer ein End hat?"
„Ich seh nix davon! Es wird aus mit mir! Und so wär´s mir lieb gwesen, sie hätten mich dem Rueppel-Gogg an d´Seiten glegt. Er war so viel gut zu mir und zu d´Kinder."
„Ach Gott! Barbel! Es ist nit gleich gstorben! Und alleweil kann man nit in Wildalpen hocken bleiben, bis..."
„Ist mir recht so! Alles ist mir recht! Du bist ja der Mann und der Vater!"
„Es wird alles gut und schön werden", tröstete er.
„Leicht ist´s möglich", meinte sie traurig, „Aber ich seh nix mehr davon!"
Er lachte gezwungen. „Bist ein rechter Lamentierkasten worden. Aber ich werd dir schon das Gegenteil beweisen."
Eine Woche lang verhielt sich Georg in Wildalpen und besorgte den Verkauf des Hausrats. Ein Handwägelchen erstand er. Drauf lud er die Habseligkeiten der Familie, dazu

die drei kleinen Töchter, spannte sich mit dem Buben, dem Sepperl, an die Deichsel und zog davon. Das Weib schritt nebenher, eingehüllt in dicke, wollene Tücher, da die späten Oktobernebel bis an die Knochen krochen. Der November stand knapp vor der Tür. Schnee lag allenthalben auf den einsamen Gebirgsstraßen. Georg ließ bei einem Wagner in Eisenerz Aufsteckkufen machen, damit der Wagen im Schnee als Schlitten verwendet werden konnte.

Die Fahrt ging recht langsam voran. Barbel hielt sich nur mit Müh aufrecht und mußte aufsitzen. Georg zog mit aller Kraft, oftmals bis zum Zusammenbrechen, um ja nur zeitig genug eine Nächtigungsstätte zu erreichen.

Es war am ersten November, als er den Wagenschlitten auf der verschneiten Straße des Semmerings bergwärts zog. Schwer keuchend erklomm er die Paßhöhe. Das Weib lag mit hohlen Augen und bläulich-bleichen Wangen im Wagen. „Wie tut´s dir denn, Barbel?"

„So schwer liegt´s mir auf der Brust, Georg!"

„Das gibt sich! Jetzt geht´s talab, da laß ich den Schlitten rennen. Im Nu sind wir in Schottwien!"

Er nahm vorn an der Deichsel Platz, stemmte die Nagelschuhe in den Boden und wartete, bis der Bub auf den Schlitten geklettert war.

„Fest anhalten! Bei den Kurven gut auslegen! Und los! Hoh ruck!"

Der Wagenschlitten kam talwärts in Gang. Nun zeigte Georg, mit welcher Kunstfertigkeit und Riesenkraft er es verstand, den vollbesetzten Schlitten ins Tal zu bringen. Das Gefährt sauste dahin, Georg lenkte mit strammen Beinen,

hieb die Fußeisen in den Schnee, daß es staubte.
„Anhalten!“ rief er plötzlich zurück, und seine Beine stemmten sich der Fahrt entgegen. Bis auf den Straßenschotter grub er die Eisennägel seiner Schuhe; Funken stoben auf. Das Gefährt stand.
Ein Schlitten zog auf der Straße entgegen. Es galt auszuweichen.
„Da sieht man, was a guater Holzknecht is!“ rief der Kutscher lachend. „Fünf Schritt aufs Ausweichen! Das ist a Kunststück! Viel Glück auf´n Weg!“
Der Bauernschlitten zog vorüber, und Georg fuhr mit den Seinigen zu Tal. Markige Urkraft, gute Übung und freier Mut des gefahrtrotzenden Holzknechtes hatten fünf Menschen in sichere Obhut genommen.
In Schottwien, der lustigen Fuhrwerksstation, wurde übernachtet. Um Mitternacht wurde es Barbel plötzlich totenübel. „Barbel, du mußt es aushalten! Schau, es wird ja so schön!“
Sie verneinte. Er wollte einen Bader holen. Sie hielt ihn zurück. „Es wird mir schon besser. Georg!“ hauchte sie.
Da hielt er trotz seiner Müdigkeit wachend an ihrem Lager aus, bis der Morgen kam.
Er spannte ein Leinenzelt über den Wagen, ließ die Seinigen aufsitzen und zog davon.
Zog schwer keuchend durch den kniehohen Schnee, der ihm in dicken Ballen an den Schuhen kleben blieb.
Zur Mittagszeit, als eben die Gebetglocken läuteten, zog er durch Payerbach. Zeitig am Nachmittag war er in Hirschwang.

Das Weib war halb erfroren.
„Kannst noch weiter, Barbel? Jetzt sind´s noch drei Stund Fußweg durchs Höllental!"
„Es geht nimmer, Georg! D´Füß tragen mich nit mehr!"
„So trag ich dich hinein ins Naßtal! Du mußt mein Glück sehn! Unser Glück, Barbel!"
„So Gott will!" hauchte sie.
Nach einer halben Stunde Rast wickelte Georg sein Weib in weiche Tücher und nahm es auf den Rücken. „Halt dich nur gut an am Hals! So! Nur fest, Barbel! Aber die Arm laß mir frei; es ist ein harter Weg durchs Höllental! Und jetzt also in Gotts Nam!"
Die Frau Oberverweserin hatte die vier Kinder übernommen. Georg wollte sofort zwei Holzknechte nach Hirschwang schicken, die Kleinen ins Naßtal zu bringen.
„Der Weg ist schlecht, Holzmeister!" sagte der Oberverweser warnend.
„Das macht einem ordentlichen Holzmeister nix! Wir sind Schlechteres gwöhnt! Bhüt Gott!"
Die Leute sahen dem Naßwalder Holzmeister verwundert nach und schüttelten die Köpfe. „Ein wunderlicher Heiliger! Tragt seine Hauserin buckelkraxen!" Einige lachten. Der Holzmeister hörte sie nicht. Er schritt fürbaß.
Beim Kaiserbrunnen blieb er rastend stehn. „Wie geht´s dir denn, Barbel?"
Eine schwache Stimme knapp an seinem Ohr: „Die Luft, Georg, die Luft!" Sie rang nach Atem und klammerte sich hilfesuchend an ihn
„Ja, ja, die Luft ist gut, Barbel! Wirst sehn, es wird alles

recht schön. Aber jetzt halt dich nur gut an, Barbel. Es kommt ein schwerer Weg! Da muß ich auf mich selber schaun! Und nur mehr ein kleines Stück! Anderthalb Stündel, weißt? - Nur gut halten, Barbel. - Weib, du liabs! Es geht an! Mit Gott wird alles werden! Hoh - hopp!“ Er schritt weiter durch tiefen Neuschnee, das Weglein des Höllentals entlang, jedes Stück mit großer Behutsamkeit nehmend. Jeder Schritt war wie Eisen, erprobt, todsicher. Schwer keuchend ging sein Atem. Bald hatte er das schwierigste Stück hinter sich. Allmählich begann es zu dämmern. Bleischwerer Nebel kroch durchs Tal. Die Luft war stickig, dumpf. Ein heiserer Husten hämmerte an sein Ohr. Da fühlte er, wie des Weibes Finger sich an seinen Hals krampften.
„Halt dich nur, Barbel!“ Er rang nach Luft, so drückte sie ihm die Kehle. „Halt dich nur fest, Weibel!“
Aber auf einmal ließ der krampfige Druck nach. Schwer wie ein voller Sack hing ihm das Weib am Rücken.
Ein banges Gefühl durchzitterte den starken Mann. „Barbel, du!“
Keine Antwort.
„Sie wird eingschlafen sein!“ redete er sich selber zu. Er wollte nichts anderes denken.
„Schau“, so plauderte er, „gleich haben wir´s. Gleich! - Dort im Nebel kannst schon das Dach sehn, Barbel; siehst es? Und der Wendel Balthauser hat schon die Stuben gheizt! - Ja, schön werden wir´s haben, Barbel, nach so viel Jammer und Holzknechtleid. - Wirst Frau kaiserliche Holzmeisterin, Barbel! - Da werden die Leut schaun! Und im Sommer fahren wir zum Kaiser, gelt? - Geh, halt dich doch noch ein

bissel, gleich sind wir in unserem Nest. - So! Jetzt der Graben, - jetzt die Lehn bergab - und jetzt, - jetzt - - - " Die Brust drohte ihm zu bersten vor Anstrengung und Angst. Ein bleischweres Ding hing ihm am Rücken und drohte herabzufallen.

„Wendel ... Balthauser! Balthauser! Heh!" rief er.

Der Wendel kam aus der Tür. „Jesses, der Holzmeister! Was bringst?"

„Mein Weib! Schnell pack an, sonst fallt´s nieder!"

Der Wendel lachte: „Aber ..."

„Pack an!" schrie der Holzmeister wild. Da faßte der Wendel zu und legte das Weib auf den Boden.

„Was ist das?" fragte entsetzt der Wendel und deutete auf das Weib.

„Holzknechtglück!" Georg ließ den Kopf auf die Brust sinken und starrte seinem toten Barbel ins Gesicht. Dann brachen ihm die Knie ein. Der große, starke Mensch wimmerte wie ein Kind. „Barbel ... Barbel ... ist´s denn wahr, daß du unser Glück nimmer magst sehn?" Er rüttelte sie. Nichts...! Vorbei...!

Jäh sprang er auf und riß verzweifelt das Weib in seine Arme. Trug seine Barbel ins Haus. „Das alles - alles hab ich für dich bereitet, Barbel! Du!" Er stützte ihren Kopf in die Höhe. Doch der fiel haltlos zurück.

Da legte er sein totes Weib aufs Bett.

„Ist´s wie´s ist! Daheim bist, Barbel!" Er kniete vor ihr nieder und betete laut.

Der Wendel Balthauser war leise herzugetreten. „Schaffst was, Holzmeister?"

Holzreichtum im Naßtal / Vor der Holzknechthütte

„Geh zu meinem Bruder, und sag, daß ich da bin mit meiner Barbel. Und sag ihm, wie´s steht mit ihr!"
„Ist sie am End...?" Der Wendel Balthauser sprach das furchtbare Wort nicht aus.
„Tot! Wahrhaftig tot! Heiliger Gott! Zwei Knecht sollen morgen zeitlich früh nach Hirschwang um die Kinder!"
Der Wendel eilte davon.
Georg saß bei seiner Barbel mutterseelenallein in der Wildnis des Naßtales. Die Müdigkeit kam über ihn, sein Kopf sank schwer neben dem seines Weibes nieder.
Und da erschien ihm im Traum das ganze Glück, das er so heiß ersehnt und das er so schön vorbereitet hatte. Da lachte ihn seine tapfere, hellblonde Barbel mit seeligen Augen an. - Und alles war so hell, so licht -
So licht! - Das war die Kienfackel, die der Bruder Johann in der Hand hielt.
„Georg! Ich bin´s, der Hans!"
„Jesses, du! - So ist alles eine Lug! Hans, wir Holzknechtleut haben ein steinernes Glück! Hans! Bruderherz!"
Da weinten die Brüder mitsammen. Zwei Männer mit eisernen Nerven.
Draußen war ein Schneegestöber; der Pfarrer von Schwarzau im Gebirge saß mit dem Mesner und dem Schulmeister im wohlig warmen Zimmer und drosch Karten auf den Tisch.
„Eichel-As, Schulmeister!" rief er. Da klingelte es an der Pfarrhaustür. „Sappristi! Was ist denn das? Heut bei dem Sauwetter am End ein Versehgang?"
Der Mesner ging nachsehen. „Ein Holzknecht ist da aus´m Naßtal!"

„Aus dem Naßtal? Ja, sind denn Holzknechte in dieser Wildnis? Er soll herkommen! Aber die Stiefel gut abputzen, damit er mir den Schmutz nit hereintragt!"
Nach einer Weile kam der Holzknecht ins Zimmer. Er ging auf den Pfarrer zu und reichte ihm die Hand.
„Grüaß Gott!"
„Grüß Gott auch! Was bringst Schönes?"
„Schön ist´s just nit! Ein Begräbnis für die Holzmeisterin schaff ich an! Ein christliches Begräbnis!"
„Wann soll´s denn sein?"
„Morgen bringen wir´s her!"
„Schön! Hat´s die Sterbesakramente empfangen?"
„Was für Sakramente?"
„Na, muß ich dir etwa den Katechismus beibringen und die Sakramentenlehr? Wär mir ein schöner katholischer Christ, das! Also, was ist? Hat das Weib die Letzte Ölung kriegt?"
„Wieso denn? Wenn wir keinen Pfarrer haben auf Stunden weit!"
„Ist sie so plötzlich gstorbn"
„Sie ist schon als Tote ins Naßtal kommen."
Der Pfarrer lachte hellauf. „Ihr habt dort recht merkwürdige Leut!"
„Herr Pfarrer", sagte der Holzknecht ruhig und ernst, „die Sach vertragt nit gut eine launige Red. Der Holzmeister hat sein Weib von weither auf´m Buckel hertragn. Und bevor er´s Naßtal erreicht hat, war das Weib tot."
„Doch kein Selbstmord? Sonst müßt ich das christliche Begräbnis verweigern. Und katholisch natürlich?"
„Alles in Ordnung!" Der Holzknecht würgte die Lüge hin-

unter. Doch so mußten sie es ja treiben, die evangelischen Holzknechte, wenn es galt, ein christliches Begräbnis zu erreichen. Denn noch hatte das Toleranzpatent des Kaisers die streng gedrillten Gebirgspfarrer nicht umzustimmen vermocht.
Der Mesner machte jetzt dem Pfarrer eine Mitteilung. Ganz leise und unauffällig. Da pfiff der geistliche Herr durch die Zähne und kniff ein Auge zu . Er bat die Freunde, ihn mit dem Holzknecht allein zu lassen. Der Mesner und der Schulmeister zogen sich zurück.
„Du, Holzknecht“, sagte der Pfarrer, „möchst mir nicht den ‚Glauben´ hersagen? Damit ich seh, ob du gut katholisch bist?“
„Warum das? Ich bin ja nicht bei der Christenlehr! Wegen dem Begräbnis bin ich da!“
„Mir scheint, daß du den Glauben gar nicht kannst und etwa die anderen Holzknecht im Naßtal auch nit!“
„Ist´s, wie´s ist! Ich muß dem Holzmeister Bescheid bringen.“
„Seid ihr katholische Christen? Ja oder nein?“
„Juden sind wir nit!“
„Aber Protestanten, soviel man hört! Für die hat der Schwarzauer Kirchhof keinen Platz!“
„Damit ist´s mir recht, Herr Pfarrer. Da bring ich dem Holzmeister halt die Absag. Aber der Holzmeister wird wissen, was er zu tun hat. Denn der Kaiser hat da auch noch ein Wörtl dreinzureden.“
„Ich hab meine Vorschriften von einem höheren Herrn als dem Kaiser. Und ich laß mir von einem protestantischen

Holzknecht keine Vorschriften machen. Oder glaubst etwa, ich laß mich von meinen Pfarrkindern erschlagen, wenn sie erfahren, daß ich ein ungläubiges Weib eingesegnet hab? Die katholische Kirche ist eine gute Mutter, sie öffnet allen ihre Arme, allen, die guten Willens sind. Wer aber bockbeinig in der Ketzerei verharrt, für den hat die Kirche nichts übrig. Wozu auch die Gnaden an einen verschwenden, der sie gar nicht will? Sollen wir uns ein paar Protestanten aufdrängen lassen und gar noch jubeln, daß wir auch die Wohltaten der Kirche spenden dürfen? Und überhaupt: Wieso kommt ihr denn auf die Idee, daß meine Pfarre zuständig wär?"

„Der Holzmeister meint, daß wir zum Gutensteiner Bezirk ghören, weswegen wir unsere Toten nach Schwarzau bringen müßten."

„Was der Holzmeister meint, ist mir völlig wurscht. Ich müßt die Gewißheit haben, daß ihr nicht schon anderswo eingepfarrt seid. Euretwegen laß ich mich mit den Behörden in keine Schwulitäten ein. Und ohne Anweisung der Bezirksvorstehung gibt´s da nix zu veranlassen." „Wie lang könnt´s denn dauern, bis die Bezirksvorstehung weiß, wem wir zughören?"

„Das weiß ich nicht, denn mir ist ein solcher Fall noch nicht untergekommen."

„Gut. Dann wird also das Weib in Schwarzau nit begraben?"

„Im Kirchhof nicht!"

„Auch recht!" Der Holzknecht machte kehrt und ging mit schweren Schritten davon.

Zur selben Zeit verhandelte ein anderer Holzknecht mit dem Pfarrer zu Payerbach. Auch dort eine Absage.
Georg nahm die Nachricht, die ihm die beiden Knechte brachten, mit Ruhe entgegen.
„Es ist gut!“ sagte er. „Ich begrab meine Barbel schon selber. So werd ich allein wissen, wo sie liegt, und ist mein Weg zu ihrer letzten Ruh nit gar so weit!“
Sogleich ging er daran, einen schönen Rastplatz für sein totes Weib zu suchen. Auf einem Hügel zunächst dem Hause wollte er sie betten. Man konnte von dort deutlich auf das Haus sehen. So sollte die Holzmeisterin an allem Anteil nehmen, was im Hubmerhause vorging.
Alsbald begann er in der Erde zu graben. Als er mannstief unten stand, hielt er inne und lauschte. Ein friedliches Gurgeln schlug an sein Ohr. Es kam von den beiden Wassern, die um den Hügel flossen. Der Preinbach auf der einen, die Naß auf der anderen Seite.
„So wird meine Barbel ein bissel Unterhaltung haben!“
Noch knietief drang er unter die Erde. Dann sprang er aus der Grube und eilte ins Haus.
„Jetzt, mein liabs Weib, müssen wir Abschied nehmen. Aber ich bin bei dir, Barbel, solang ich leb. Und wenn es einmal gar wird mit mir, dann rast ich neben dir. Und niemand soll wissen, wo deine letzte Ruhstatt ist. Steinigen laß ich mich früher, eh ich dein Platzel verrat. Auf die Kinder werd ich schon schaun, da kannst ruhig schlafen, Barbel!“
Er hob das tote Weib aus dem Sarg und legte es ins Bett.
„Da wartst halt ein wengerl, gelt?“ sagte er zärtlich.
Den leeren Sarg nahm er auf die Schultern und trug ihn

zum Grab. Stellte ihn vorsichtig in die Grube und eilte dann rasch in das Haus zurück. Nun sprach er kein Wort mehr.
Noch einmal leuchtete er seinem Weib ins Gesicht, dann nahm er es auf die Arme und schritt hinüber auf den Hügel zwischen den Wassern.
Er legte es wortlos in die Truhe, den Sargdeckel darauf und sprang aus der Grube.
Und schaufelte, schaufelte bis spät nach Mitternacht das Grab seiner Barbel zu und gab ihr treue Mannestränen mit unter die Erde.
Holzknechtleid! Einsames Sterben und ein Grab in der einsamen Wildnis.
Schnee schaufelte Georg über den Hügel. Niemand sollte sein totes Weib finden.
Und in derselben Nacht zog Georg von seinem Herzkämmerlein, darin die Barbel saß, den Schlüssel. Und summte für sich das uralte Lied:

„Ich bin dein und du bist mein,
Des darfst du gewiß sein.
Du bist verschlossen in meinem Herzen,
Verloren ist das Schlüsselein,
Du mußt allweil drinnen sein.“

Sonntag war´s.
Die Holzknechte saßen im großen Zimmer des Oberhofes rund um den langen Tisch und beteten. Vor ihnen stand ein Kruzifix mit zwei brennenden Kerzen, und ein Buch war aufgeschlagen, daraus Georg vorlas. Es war die Bibel, das

Kleinod der evangelischen Holzknechte des Naßwaldes.
Als die Andacht vorüber war, löschte Georg die Kerzen aus und klappte das Buch zu. Sah sich in der Runde um und sprach:
„Mannder! Vor ein paar Tagen hab ich mein Weib begraben. Niemand weiß die Stell, wo sie schläft, nur ich und Gott allein. Die Schnüffler, die kommen werden, werden sie nit finden. Mein Bub, der Sepperl, wird einmal das Geheimnis erfahren, bis die rechte Zeit kommt. Denn ich will neben meinem Weib zur Ruh gehen. Die Sach ist aus! Wir wollen drüber nimmer reden; ich trag´s so leichter. Aber eines, Mannder, will ich euch noch sagen: So wie wir bis jetzt gelebt haben, war es kein Leben! Verfolgt, verachtet, heimatlos, ruhlos und nit einmal nach dem Tod eine Behandlung wie ein anderer Christenmensch! Wir wollen Menschen sein wie die anderen! Menschen, weiter nix! Hinausheben will ich euch aus dem Holzknechtelend - jeder soll sein Heim haben. Ich will es euch schaffen! Was mir nit vergönnt war, ihr sollt es haben. Glücklich sollt ihr sein, Mannder, so wie ich es mir gewünscht hab, mit meiner Barbel zu werden. Gott hat es anders bestimmt. Und so erkenn ich seinen Fingerzeig, daß er mir hat die Arme frei gemacht für euch, Freunde! So steh ich in eurem Dienst, Brüder, und will euch die Treu halten, die ich meiner gottseligen Barbel nimmer halten kann. Ich hab mir´s so zurechtgelegt: Wir müssen zusammenstehn zu jeder Zeit, wie die alten Eidgenossen, einer für alle und alle für einen. So will ich denn nit nur euer Holzmeister sein, sondern auch euer Sparmeister, euer Roatmeister! Alle Sonnabend ist

Roattag bei mir im Hause. Roathof soll mein Häusl heißen. Dort geht aller Verdienst auf gleiche Teil! Jeder hat seine Sparbüchsen bei mir für die Zeit der Not und für einen Hausstand. Ein Teil kriegt jeder auf die Hand, und ein Teil gehört für den Oberhof, der unser Rathaus, unser Kirchen, kurzum unser Versammlungsort sein soll. Im Oberhof hat jeder seinen Heimgang bei Tag und Nacht. Seid ihr einverstanden, Mannder?"

Der Gleisegger-Franz stand auf und sagte: „Das, was uns der Holzmeister graten hat, ist uns allen nutz! Nur eins, das schickt sich nit recht, daß nämlich der Meister sollt ebensoviel fassen als wie der Knecht! Wenn´s nach Rechten geht, wie in aller Welt, so hat der Meister das Doppelte z´kriegen wie der Knecht. So also mein ich, daß der Holzmeister und der Schwemmeister sollten das Doppelte haben."

Die andern Knechte stimmten lebhaft zu. Georg dankte den Leuten und entließ sie. In diesem Augenblick wurde die Tür aufgerissen, und eine Amtsperson in Uniform trat ein.

„Verhaft im Namen Seiner Majestät des Kaisers! Was geht hier vor?" rief der Amtmann.

Georg reckte sich kerzengerade und kam langsam auf die Amtsperson zu. „Wer ist denn Er, daß Er in ein fremdes Haus einbricht wie ein Schelm?" Er überragte das Männchen um Kopfeslänge.

„Wie spricht dieser Mensch mit mir? Ich bin der Bezirksvorsteher von Gutenstein. Genügt das?"

„Das genügt noch lang nit! Und was will der Herr?"

„Es gehen böse Gerüchte um über die Holzknechte da im Naßwald! Geheime Verschwörungen, Bündeleien, Staatsverrat, Hochverrat! Leute werden ermordet und ganz einfach weggeschafft!“

„Wenn der Herr nit der Bezirksvorsteher von Gutenstein wär, möcht ich glaubn, es wär ein Rindvieh da! Nix für ungut! Wir sind anständige, ehrliche Leut und wollen unsere Ruh haben, verstanden? Erst, wie wir noch nit da waren, da haben sich die Herren nit hergetraut in den Naßwald. Jetzt ja, weil wir Weg und Steg gmacht haben. Und jetzt hat gar der Herr Bezirksvorsteher von Gutenstein die Gnad, seine Nasen hereinz´stecken.“

„Was soll die Versammlung hier?“ forschte der Bezirksvorsteher, dem ungut wurde in dieser Gesellschaft baumlanger Kerle.

„Wir haben unseren Gottesdienst ghalten!“

„So? Wo ist der geistliche Vorstand?“

„Der bin ich!“ sagte Georg.

„Das kann ich mir vorstellen, wie dieser Gottesdienst aussieht! Warum geht ihr nicht in die Kirche nach Schwarzau?“

„Wer läßt fragen?“

„Euer zuständiger Pfarrer!“

„Soll er herkommen! Wir haben nit soviel Zeit, zu ihm z´gehn! Wir haben wochentags schwere Arbeit und sind rechtschaffen müd. Und was uns der Pfarrer von Schwarzau z´sagen hat, das glauben wir nit!“

„Ha! Ihr seid Protestanten?“ Er schnellte das Wort scharf heraus.

„Protestanten?“ „Evangelische sind wir; daß sich das der Herr Bezirksvorsteher gfälligst hinter die Ohren schreibt!“

Der Bezirksvorsteher wurde fuchsteufelswild und wetterte

drauflos: „Draußen vor der Tür stehen zwei Polizisten, meines Befehls gewärtig!“
„So, so!“ sagte Georg. „Die Herren werden rechtschaffen müd sein von dem weiten Weg.“ Flugs öffnete er die Tür und rief hinaus: „Kommts her, Mannder, daß ihr euch die Zehen nit abfrierts!“
Der Bezirksvorsteher wütete. „Verhaftet diesen Mann!“ rief er den Polizisten zu.
Dumpfdrohendes Gemurmel ging durch die Schar der Holzknechte. Die Polizisten traten ein; wichtig, selbstbewußt. Gingen auf Georg, zu, legten die Hände auf seine Schultern.
„Also, was jetzt?“ fragte Georg lachend.
Der Bezirksvorsteher fühlte sich in Amt und Würden, so sprach er denn: „Das hohe Konsistorium befiehlt, daß die Holzknechte des Naßtales am Sonntag die Messe in Schwarzau besuchen!“
Georg antwortete feierlich: „Wir lassen die Herren schön grüßen, aber wir haben keine Zeit dazu.“
Die Holzknechte brachen in tobendes Gelächter aus. Der Bezirksvorsteher stampfte erbost. Aber er hatte noch einen Pfeil im Köcher. Mit Betonung sagte er: „Vor einigen Tagen ist hier eine Frau gestorben. Ihre Leiche wurde nicht nach Schwarzau geschafft! Wo ist die Leiche?“
„Eingegraben!“ antwortete Georg kurz.
„Wo?“
„Unter der Erd!“
„In einem Friedhof?“
„Der Pfarrer hat sie als Evangelische nit gnommen! Sie liegt

Beim Hacken der Fallkerbe

in unserm Wald!“
„Das ist gegen das Gesetz! Wer garantiert, daß hier kein Mord vorliegt?“
„Ich!“
„Wieso?“
„Sie war mein Weib, mein liebes“
„Die Leiche muß nach Schwarzau gebracht werden!“
„Schön! Wo wird sie eingegraben?“
„Als Nichtkatholische außerhalb der Friedhofsmauer!“
„Sie liegt auch so außerhalb der Friedhofsmauer!“
„Wird die Leiche nach Schwarzau geschafft oder nicht?“
„Niemals!“
„Nun, wir werden sehen! Wie heißt Er?“ Der Bezirksvorsteher trat nahe an Georg heran.
„Georg Hubmer! Den Namen wird sich der Herr Bezirksvorsteher merken müssen!“
„Also, Georg Hubmer! Er ist in Verhaft so lange, bis die Leiche seines Weibes in Schwarzau eintrifft. Allons!“
Die Holzknechte wollten losstürzen. „Halt!“ rief Georg, „da ist unser heiliger Ort! Draußen macht sich so was besser ab. Gehn wir!“
Der Bezirksvorsteher schritt voran, die Polizisten mit Georg folgten, und hinterdrein wälzte sich das aufgeregte Rudel der Holzknechte.
So schritten sie schweigend einige hundert Schritte dahin. Schon fingen die Holzknechte zu murren an. Georg sah zurück und lachte, daß seine weißen Zähne blitzten.
Da - plötzlich ein Ruck seiner starken Arme, die Polizisten kugelten rechts und links im Schnee. Im nächsten Augen-

blick waren sie von den Holzknechten entwaffnet und verprügelt.
Schon wollten sich einige Knechte auf den zappelnden Bezirksvorsteher stürzen, als Georg rief: „Halt, Mannder, den nehm ich!"
Rasch hatte der Bezirksvorsteher seinen Degen gezogen und fuchtelte damit umher.
Georg faßte ihn am Handgelenk. Die Waffe fiel zu Boden. Dann hob er den Mann mit einer Hand in die Höhe, schüttelte ihn gehörig durch und warf ihn mit einem kräftigen Schwung in einen Schneehaufen. Kläglich schreiend puddelte sich der Bezirksvorsteher heraus. Lachend sahen die Holzknechte zu. Hut und Perücke waren im Schnee steckengeblieben, der kahle Schädel des hohen Herrn glänzte in der Wintersonne.
Die Holzknechte zogen auch den Polizisten die Perücken ab und ließen ihnen die Wahl, entweder nochmals geprügelt zu werden oder zu laufen. Die Helden entschieden sich für ihre Beine.
Noch lange lachten die Naßtaler darüber. Georg aber war darauf gefaßt, daß eines Tages eine Hundertschaft Soldaten anrücken werde, um die Übeltäter zu bestrafen. Doch es rührte sich nichts.
Wohl war an den Kaiser eine Beschwerde des Bezirksvorstehers gelangt, worin der böse Vorfall lebhaft geschildert und der Kaiser gebeten worden war, im Naßtal Wandel zu schaffen. Kaiser Joseph lachte hellauf, als er das Schreiben las, und schickte das Schriftstück an den Bezirksvorsteher zurück. Quer über die Schrift stand geschrieben:

„Laß Er meinen Raxkönig in Ruhe! Joseph."
Georg baute im Naßtal, sorgend wie ein guter Vater für seine Kinder, ein kleines Königreich und wußte es nicht, daß er in Wien längst als, „Raxkönig" bekannt war.

Viele friedliche Jahre gingen über die einsame Kolonie im Naßtal hinweg.
Wenn die Frühlingswässer von den Bergen sprangen, war alljährlich das große Holzschwemmen durch das Höllental. Das waren Tage der Erlösung nach langer, harter Winterarbeit im Schnee und Eis des Hochgebirges. Da schwamm das Holz in Riesenstößen talab nach Hirschwang und weiter hinaus in die Ebene des Steinfeldes bei Wiener Neustadt und von dort mit Pferdezug gar vor Wien auf die Holzlände zu Simmering am Kanal.
Der Urwald im Naßtal war licht geworden. Die Gosauer hatten tüchtige Arbeit geleistet in den rauhen Wintertagen. Auf schwindligen Holzriesen und vereisten Schleifen waren die uralten Stämme zu Tal gesaust. Zweihundert Jahre alte Fichten, hochragend und wetterhart, hatten ihre moosdurchflochtenen Häupter zu Boden gelegt, hatten sich der Kraft der Holzknechte ergeben. Jahrhunderte fuhren zu Tal, Jahrhunderte undurchdringlicher Wildnis empfingen das Licht der Sonne. Das war bei Gott keine leichte Arbeit in den hochragenden Bergen, wenn die Männer oft nur an einem Seile zwischen Leben und Tod hingen. Da galt es, wilde Klüfte zu überbrücken und Holzrinnen zu bauen, ohne technische Hilfsmittel, nur aus Holz, wie man es dort hoch oben niederschlug und zurichtete. Mit der Holzhacke und

mit dem Seile mußten Wunderwerke in grausigen Höhen geschaffen werden, hängende Brücken über gähnenden Schlünden, Holzriesen in schauerlicher Kühnheit.
Ganz oben auf der Hochfläche aber, auf der das gefällte Gebäum zuerst umständlich an die Steilränder des Berges zu schaffen war, hatte der Holzmeister eine Schienenbahn hergerichtet, eine einfache Konstruktion, so wie er sich das Ding ausgedacht hatte. Auf kleinen Wagen, deren Räder in die hölzernen Schienen genau eingepaßt waren, konnten die Holzknechte auch große Holzmassen an die Riesen heranschaffen. So ging die Arbeit flink und sicher. Dann schliffen die entrindeten Bloche auf den hölzernen Furchen der Riesen bis zum Staubach hinunter und warteten, bis der Föhnwind die Wässer in den Bergen lebendig machte, bis sie gurgelnd und murmelnd von den Felsen hüpften und sich zur wuchtigen Gewalt vereinten - zur Schwemme.
Wenn dann im Föhn die Lawinen ins Gleiten kamen und das Eis zerknisterte unter der lauwarmen Sonne, wenn die Wässer in der Naß und Schwarza zu singen anhuben und über die Ufer gischteten, wenn weißer Wogenschaum sich auf den Kämmen wiegte, wenn es spritzte, klatschte, gurgelte und tollte, wenn eines Nachts der Wasserknecht ins Horn blies: „Wasser hoch!“, da stürzten die Schwemmknechte aus den Hütten und Erdlöchern und warfen die Scheite in die wogende Flut. Dann trat des Morgens der Schwemmeister an die große Klause und gebot den Wehrhaltern: „Wehr auf!“
Sogleich erhob sich ein Brausen, Brüllen, Poltern, Donnern. Mit ungeheurer Macht stieß der Holzberg ab und schoß

ins Tal. Erlösung im Frühling!
Zu solcher Zeit ging der „Raxkönig“ oft auswärts und organisierte das Holzbringen am Rechen in Hirschwang. Sounds viel Klafter für das Gewerk, das übrige Holz schwamm auf der Schwarza weiter gegen Wiener Neustadt. Mit seinem Holz drang der Holzmeister bis in die Reichshaupt- und Residenzstadt vor. Dort an der Simmeringer Kanallände dehnte sich der große kaiserliche Holzplatz, den Georg zur Frühjahrszeit anlegen ließ. Aber er tat noch ein übriges für die Kolonie im Naßtal. Das Klaub- und Rattholz, das Prügelholz aus dem Abfall, ließ er in Bündeln packen und legte alles auf ein eigenes Lager neben dem kaiserlichen Ländeplatz. Das war die „Hubmerische Holzlände“, woher die Stadtleute zu Wien billiges Holz bezogen. Dort saßen ein Kassier und ein getreuer Holzknecht, die für die Holzknechte im Naßtal den Verkauf leiteten.
So strömte Geld in die Naßwalder Kolonistenkasse, aus der die Zahlungen für gemeinschaftliche Dinge flossen und woraus jeder Holzknecht, wenn er heiratete, sein Haus eingerichtet bekam. Denn als man in Ruhe hauste, kam das große Heiraten ins Naßtal. Die stämmigen Burschen gingen in den Sommermonden, wenn die Arbeit leichter war, auf Brautschau hinüber nach Mitterbach. Manch einer brachte sein Bräutchen aus Hirschwang, aus Payerbach oder auch aus Schwarzau. Die Holzknechthäuschen wuchsen aus dem gerodeten Boden zahlreich wie die Pilze nach einem lauen Sommerregen. Und bald tollte fröhlicher Kinderlärm durch das einst so stille Tal. Die Wildnis war lebendig geworden. Schon seit sechs Jahren ging das so. Die Siedlung war durch

Beim Umschnitt

den Zuzug neuer Holzknechte und von Geschäftsleuten nach und nach zu einem nicht mehr zu übersehenden Bergdörfel herangewachsen. Jetzt war schon ein Krämer da, ein Schuster, ein Schmied, ein Zimmermann, alles waschechte Evangelische, die sich etwas darauf zugute tun konnten, unter dem besonderen Schutz des Kaisers zu stehen. Freilich mangelte es noch an mancherlei, um der Siedlung das Ansehen eines richtigen Gebirgsdorfes zu geben, vor allem an einem Gotteshaus und nicht zuletzt auch an einem Friedhof. Nun, der Wunsch nach einem dorfeigenen Begräbnisplatz war wohl vorhanden, aber man sprach nicht viel darüber, weil es die Naßwalder mit dem Sterben keineswegs eilig hatten. Sie waren ja alle frisch und gesund, da hatte es noch Zeit, sich mit dieser nicht gerade anheimelnden Frage zu beschäftigen. Im übrigen dürfte es, wie sie vermuteten, nicht leicht sein, einen eigenen Friedhof zu erhalten, weil das kaiserliche Toleranzpatent schon entschieden hatte, daß die Nichtkatholiken, folglich auch die evangelischen Christen, ihre Toten in den Friedhöfen der zuständigen katholischen Christen zu begraben hatten. Eigene Friedhöfe waren den protestantischen Gemeinden nicht gestattet, weil sich der Kaiser vorstellte, daß durch seine Verfügung die bisherige lieblose Unvernunft zu verständnisvoller Liebe zu zwingen sein werde. Auch war es ja noch gar nicht entschieden, zu welcher katholischen Pfarre die Naßwalder gehörten. Wohl hatten sie sich, dem Gesetz entsprechend, am Stichtag, das war am 1. Jänner 1783, beim katholischen Pfarrer in Schwarzau als Protestanten „einschreiben" lassen, aber sie wußten bis heute nicht, wohin sie sich in kirchlichen Ange-

legenheiten zu wenden hätten, denn der katholische Pfarrer konnte doch den Evangelischen keine kirchlichen Anweisungen geben.
Hinsichtlich dieser Frage suchte Georg bei der Reformationskommission in Wien Näheres zu erfahren, aber die Herren wußten es selber nicht; sie lasen nur aus dem Toleranzpatent, daß die Nichtkatholiken „dort, wo sich hundert Familien oder fünfhundert Personen des gleichen Bekenntnisses zusammenfinden, ein Bethaus und eine Schule, das Bethaus jedoch ohne Glockenturm und ohne öffentlichen Eingang erbauen und Prediger und Lehrer bestellen dürfen". Da aber im Naßtal die vorgeschriebene Seelenzahl noch nicht erreicht sei, gebe es nach der Meinung der Herren für die Naßwalder vorderhand noch keine kirchliche Regelung in manchen Fragen.
„So muß ich halt nach meinem Dafürhalten die Sach selber auf gleich bringen", erklärte der Holzmeister und ging wieder heim.
Nun ja, ein guter Holzmeister und -wirtschafter zu sein, das lag in der Begabung Hubmers. Jedoch den Seelenhirten zu spielen, dazu fehlte ihm so manches. Den Leuten, insbesondere den Wankelmütigen, mit gesetzten Worten klarzumachen, daß man eine Religion haben müsse, das ist schon ein richtiges Kunststückel, das eine tüchtige Schulung erfordert.
Mit den neuen Leuten kamen aber auch allerlei sonderbare Käuze herbei, die sich als Religionslehrer aufspielten und die Ganzgescheiten zu sein vorgaben. Und sie kamen gleich von zwei Seiten, sowohl von der katholischen als auch von

der evangelischen her. Da gab es manche, die nicht einmal die deutsche Sprache richtig beherrschten. Wenn solche dann im Oberhof kauderwelschten, fühlten die Holzknechte wohl selbst, daß diese Plauscher nicht hierher gehörten. Darum waren sie dem Holzmeister gern behilflich, wenn er diese Stänkerer einfach hinausschmiß.

Nun gut, draußen waren sie schnell, aber nun sollte der Holzmeister selber die Seelsorge übernehmen. Da fehlte es aber in manchem, und er wäre froh gewesen, hätte ihm ein tüchtiger Redner diese Sorge abgenommen. Wenn er, wie es jetzt häufig geschah, geschäftlich auswärts weilte, war es ohne einen Aufpasser, der gut reden und - sei´s drum - auch mitunter raufen konnte, leicht möglich, daß solch ein falscher Prophet die Leute aufhetzte.

Deshalb war es ein glücklicher Umstand, als sich da eines Tages ein blutjunger und gut geschulter Holzknecht meldete und um Einstand bat. Er nannte sich Paul Gamsjäger und erklärte sich bereit, vor den versammelten Holzknechten über ein „Gsetzl" aus der Bibel eine Predigt zu halten. Und wirklich, der Pauli sprach wie ein Buch.

„Nun gut", sagte der Holzmeister, „Dich kann ich brauchen als einen Prediger. Wenn du deine Sach brav machst, kannst am Ende, wenn der Schuster-Kaspar, den ich für den Anfang als Schullehrer in Aussicht genommen hab, mit der höheren Weisheit nimmer weiterkann, noch der Schulmeister vom Naßtal werden."

So hatte der Holzmeister auf einmal gleich zwei Leute als Sprach- und Schriftgelehrte zur Verfügung. Darum trat er an einem Sonntag entschlossen vor die Versammlung im

Oberhof hin und sagte:
„Leut, es ist ein Jammer, wenn man als dummer Kerl durch die Welt gehn soll. Die reichen Leut in Wien, die wissen das und lassen ihre Kinder was lernen. Nur ein bissel lesen und schreiben, wenn der Mensch kann, so ist er kein Verlorener. Ein bissel lesen hab ich mir mit vieler Müh selber beibracht, aber schreiben hab ich bis heut nit glernt, weil keiner da war, der mir´s hätt beibringen können. Nur ein bissel Strichel machen, damit ich roaten kann mit euch und mit den Leuten in Wien. Ich mein, daß unsere Kinder nit sollen mit so viel Beschwer durchs Leben gehn wie wir, weil unsere Elternleut es nit verstanden haben, was Lesen und Schreiben für Waffen sind. Waffen gegen tausend Feinde. Kann einer den Griffel oder die Schreibfeder führen, so spart er viel Red, viel Streit, viel Kraft. Was einer schreibt, das bleibt als ein ewiges Wort, wenn er´s will, daß es niemand soll bestreiten. Was einer aber nur sagen kann, das ist ein Wind, ein Hauch ohne Zeugenschaft. So was verfliegt, verschallt, und kein Mensch kann´s beweisen. Steht einer da, der sein Wort gibt zum Pfand, so muß er sichere Helfer haben und muß sich seine Fäust bereithalten, daß er´s durchsetzt gegen einen, der ihm´s streitig will machen. Und weil auf der Welt mehr Schufte sind als ehrliche Menschen, tut ein beschriebenes Pergamentl mehr Wunder als dreißig Eideshelfer. Was geschrieben ist, das gilt! Darum, Leut, müßt ihr euren Kindern die Schrift geben, daß sie nit so hart durchs Leben gehn wie wir. Ja, die reichen Leut, die jubilieren und triumphieren über die Dummen, weil sie billige Knechte haben. Das möcht ich erleben, daß wir unsere

Kinder aus der Holzknechtschaft herausführen. Sie sollen lesen und schreiben lernen, damit sie sich nit verkaufen müssen um ein Stückel Brot, so wie wir! Seht, Leut, da haben wir einen in unserer Mitte, der diese Kunst versteht! Der Schuster-Kaspar ist´s, der soll unsere Kinder unterweisen. Der soll unser Schulmeister sein! Wir zahln ihm für seine Plag, denn jede Arbeit muß ihren Lohn haben. Ein unbelohnter Knecht arbeitet schlecht! Wer also von euch ein Kindel hat, das heuer sechs Jahr alt ist, der soll´s dem Schuster zur Schriftlehr geben. Und so mein ich halt noch, daß es auch uns Alten nit schaden tät, wenn wir am Sonntag nach dem Gottesdienst ein bissel schreiben lernen wollten. Hart wird´s ja gehn, weil unsere Finger klamm sind worden von der vielen Arbeit die Jahr her. Aber wir wollen´s trotzdem probieren, und jeder soll seine Ehr dreinlegen! Daß unsere Kinder aber gscheiter sollen werden als wir, das, Leut, soll unser Stolz und unser Streben sein. So bitt ich euch halt um eure Zustimmung, und am nächsten Sonntag nach dem Gottesdienst fangen wir an. Wie´s gmacht wird, das hab ich in Wien bei den Schotten gsehn, wie ich letztmals das Holz dort abgliefert hab. Kriegt jeder von euch eine Schiefertafel und einen Griffel, und eure Kinder auch. Und so gehn wir´s halt an in Gottes Nam!"
Die Versammlung stimmte dem Holzmeister zu, soweit es die Kinder betraf. Auf sich selbst setzten die Leute nicht viel Vertrauen.
„Daß wir am End lauter Ganzgscheite werden und die Holzknechtarbeit keiner mehr anpacken mag mit so feine Händ!" zweifelte der Friedel-Gugg.

„Wer nit will, braucht nit mittun!“ fuhr ihn Georg an. „Es muß auch Teppen im Naßtal geben! Aber die Kinder laßt mir in Fried! Die müssen lernen, da laß ich nit locker!“

Das war ein schwerer Arbeitstag für die Naßwalder Holzfäller, jener Sonntag, an dem die Holzknechte mit Schiefertafel und Griffel um den langen Tisch im Oberhof saßen und nach der Anleitung des Schuster-Kaspar das Schreibwerk übten. Da hockten sie, die Brust an die Tischkante gedrückt, hielten die Köpfe schief, pfnausten und pusteten, kamen mit ihren Nasen bis auf den zerkratzten Schiefer, scharrten und winselten mit ihren Griffeln, kreischten und quietschten, und aus den Brustkästen kamen jämmerliche Klagetöne der Mühsal. Der Schuster-Kaspar hatte sein Kreuz mit den Leuten.
„Mußt den Griffel nit halten wie eine Grabschaufel. Schön leicht und nobel, als ob du nix in der Hand hättst!“ sagte er zum Friedel-Gugg, der ganz schauerlich scharrte.
„Da hau ich doch lieber mit der Hacken drein“, meinte der Gugg. „Ich komm nit auf gleich mit der verflixten Steinfeder!“
„Mußt dir halt ein bissel Müh geben. Schau an den Lois, wie der sich plagt, daß er schwitzt.“
„Ja, schwitzen tät ich auch, und schreiben tu ich epper grad so schön wie er.“ Der Friedel-Gugg lugte zum Lois hinüber. „Er hat aber ebensolchene Geißhaxen wie ich.“
Der Lois lächelte überlegen und scharrte seine Haar- und Schattenstriche mit Todesverachtung weiter. „Hoppla!“ rief er, „Jetzt bin ich ausgrutscht!“ Im gleichen Augenblick brach

ihm der Griffel entzwei.
„Öha!“ rief der Schuster-Kaspar. „Därfst nit so arg aufdrukken, hast ja kein Grießbeil in der Hand!“
„Na ja!“ entschuldigte sich der Lois, „wenn man das Luder nit festhalten tut, schlupft´s einem aus der Hand, weil man so ein Dreckerl nit gspürt. Da hat der Guggel schon recht, daß ein Hackel angriffiger ist!“
Mittlerweile begannen auf der anderen Tischseite die Männer zu murren. „Der Teufel soll die ganze Schreiberei holen! So plagt hab ich mich mein Lebtag nit! Der Buckel tut einem weh, und das Kreuz reißt´s einem schier ab!“
Da wurde der Schuster-Kaspar unwirsch. „Was ist das für eine Brummerei? Ja, das Schreiben ist keine Holzknechtarbeit! Das glaub ich gern, daß es leichter ist, mit dem Hackl die Baumäst und´s Grassert abzuhauen. Aber halt das Strichelmachen, das ist eine Kunst!“
„Wir wolln ja keine Schreibkünstler werden auf unsere mannshohen Täg!“ knurrte der Gleisegger-Franz.
„Stad bist!“ schrie der Kaspar. „Und schamen sollst dich vor deinem Buben, der den Griffel besser führt als du!“
„Mein Bub, der soll nur was lernen, schadt ihm nix! Aber unsereins halt so was nit aus!“
„Warum nit?“
„Weil mir die Haxen einschlafen und weil ich den Krampf krieg in die Finger!“
„Schamen sollst dich, schamen!“ rief der Kaspar.
Da mischte sich Georg, der bisher mit Eifer auf der Tafel gescharrt hatte, in den Disput. „Man wird rechtschaffen müd bei der Arbeit! Ich mein, wir verbandeln zu viel Zeit auf die

Die große Klaus

Art. Es soll sich halt jeder aus freien Stücken entscheiden, ob er schreiben lernen will oder nit! Soll jeder, der nit mag, gehn!"

Wie auf Kommando flogen die Griffel auf die Tafeln, und ein Seufzer der Erlösung ging durch die Stube. Im nächsten Augenblick waren alle draußen im Freien.

Der Schuster-Kaspar stand verblüfft, wie vor die Stirn geschlagen. Dann wendete er sich entsetzt an Georg, der lachend dasaß: „Was sagst dazu, Holzmeister?"

„Ja, was soll ich sagen, Kaspar?" entgegnete Georg und lachte herzhaft. „Meine Holzknecht wolln keine Schreiber sein!"

„Und du?"

„Aufrichtig gsagt, auch nit! Wir lassen´s, glaub ich, den Kindern über! Unsere Pratzen sind schon so klobig wie Stein und zu grob für einen Schreibstiel. Dazu ghören leichte Finger und weiche Händ. Einer, der mit Baumstämmen hantieren will, dem leidet´s so ein Stöckerl nit in der Hand. Wir müssen was zum Greifen haben. Massiv, klobig, so wie wir selber. Es war ein Versager mit uns! Aber das macht nix! Soweit es geht, werd ich schon noch lernen bei dir. Die Kinder aber müssen lernen, verstehst, Kaspar?"

„Das mein ich auch! Die Kleinen zeigen sich recht anstellig dazu, daß ich unter der Wochen mehr Freud erleb als am Sonntag mit den Großen."

„Das ist schon recht, Schulmeister! Tu nur dein Sach!" Georg ging. Vor dem Oberhof stand eine Schar Kinder. Der Holzmeister stutzte.

„Was wollts denn da?"

„Sehn möchtn wir, was der Holzmeister gschrieben hat“, sagte ein Knirps.
Georg schob den Hut zurück und kratzte sich verlegen. „Ja“, sagte er, „Das ist schon ausglöscht!“

Es war im Februar des Jahres 1790, als eine unbestimmte, aber böse Nachricht ins Naßtal gekrochen kam. Die Holzknechte hoch oben in den Felsen beim Holzen und Riesen vernahmen das Geraune nur wie ein fernes Echo. Und jeder, den die Nachricht traf, sagte sie nicht weiter, aus Angst, es könnte am Ende doch wahr sein, was sich da so geheimnisvoll herumtrug. So schlug dann jeder seine Axt schweigsam und wuchtig in die prächtigen Fichtenstämme, als wollte er das böse Gerücht niederschlagen. Dann kamen der Samstag und der Sonntag. Da stand Georg vor seinen Leuten, preßte den Hut krampfhaft gegen die Brust, und wie Stöhnen klang es, als er mit hohler Stimme sprach:
„Leut! Unser Kaiser ist tot!“
Kein Wort mehr.
Die Holzknechte ließen die Köpfe sinken und schwiegen. Wie wenn der schwarze Todesengel durch die Stube im Oberhof gegangen wäre, so grabesstill flossen die Minuten. Dann ging einer nach dem andern schweigend davon. Es war Tatsache: Kaiser Joseph war am 20. Februar gestorben.
Die Holzknechte wußten längst von ihrem Holzmeister, wer dieser Kaiser war. Einer, der aus der Art geschlagen hatte, ein aufgeklärter Monarch, ein Freund der Menschen. In Wien hatte er über das Augartentor jene menschenfreundli-

chen Worte geschrieben, die bis in die entferntesten Gegenden und verstecktesten Winkel des Hochgebirges gedrungen waren: „Allen Menschen gewidmet von ihrem Schätzer." Ohne Unterschrift, ohne Zeichen von Gnade, rein in seiner Einfachheit stand der bedeutungsvolle Spruch über dem Tore jenes Parks, der früher nur dem Adel zur Verfügung gestanden war.

Kaiser Joseph war tot. Unerwartet und erschrecklich für alle, die auf ihn hofften, war er allzufrüh ins Grab gesunken. Die Armen, Bresthaften, Seelengedemütigten und Zurückgesetzten zogen sich furchtsam zurück. Hohnlächelnd erhoben seine Feinde die von ihm gedemütigten Häupter. Trotzig warfen die Holzknechte ihre Köpfe in den Nacken und lugten von ihren eisigen Höhen aus, was da nun kommen sollte. Und hieben die Äxte in die Baumstämme bis ans Mark.

„Lugen und losen", sagte Georg zu seinen Leuten, „und stark sein im Glauben! Viel Einigkeit wird not sein und viel Kraft. Wir werden´s zwingen, Mannder!"

Der Mai war gekommen. Das talgebrachte Holz war verschwemmt, und die Holzknechte gingen auf leichte Sommerarbeit. Plötzlich stand eine Kommission da. Der Bezirksvorsteher von Gutenstein, der Pfarrer von Schwarzau, ein Abgesandter des Bischofs von St. Pölten, ein kaiserlicher Amtsschreiber aus Wien, mehrere Geometer und Abstecker, Schreiber und sonstige Hilfsleute und noch überdies zehn bis an die Zähne bewaffnete Soldaten. Bei Georg Hubmer klopften sie an.

Der Bezirksvorsteher von Gutenstein ging geradewegs auf das Ziel los. Ohne Georg zu beachten, sagte er barsch: „Wir werden hier nicht viele Geschichten machen! Es muß einmal gründliche Ordnung kommen in den Naßwalder Saustall!"
Georg überging die Rede des Bezirksvorstehers, übersah ihn einfach und sagte zu den anderen Anwesenden: „Was wollts da, Mannder? Ich hab keine Zeit zum Umeinanderplauschen!"
„Es handelt sich darum", entgegnete der Bezirksvorsteher, „hier eine Gemeinde aufzurichten, damit die staatliche Autorität einmal sehen kann, wie es zugeht in diesem Zwergenfreistaat. Seit Bestand dieser Kolonie tut die Versammlung der Holzknechte, was sie will. Kennt keinen Gott und keinen Kaiser, und einer ist da, der sich als der Raxkönig aufspielt!"
„Es hat sich um uns kein Mensch bekümmert, solang wir im dreckigen Elend waren", sagte Georg. „Und jetzt, weil wir alles gut hergerichtet haben, brauchen wir die Fürsorg des Herrn Bezirksvorstehers auch nit!"
„Ihr werdet Euer Königtum niederlegen müssen, und ein Raxkönig war die längste Zeit! Also ist es notwendig, daß ein kaiserlicher Amtsschreiber das Gebiet des Naßtales vermißt und verbüchert, die Grundgiebigkeiten festsetzt, Zehent und Steuer regelt und ein Personenverzeichnis aufnimmt. Kein Mensch weiß, was aus dieser Wildnis geworden ist die Jahre her. Und ordentlich eingepfarrt muß die Gemeinde werden. Demnach sind wir da und befehlen, daß uns der Leiter der Gemeinde, der Herr Raxkönig mit Verlaub, an

die Hand gehen und Auskünfte erteilen soll."
Georg reckte sich gerade. „Wenn der Raxkönig ich sein und die ganze Red mich angehen soll, so muß ich sagen, daß ich allein nix zu reden hab! Es hat die ganze Versammlung mitzureden."
„Aha!" meinte der Bezirksvorsteher spöttisch, „eine Art Gerontenversammlung nach griechischem Muster! Lieber Freund, derlei kann und darf es in Österreich nicht geben. Wir fordern Befolgung unseres Befehles. Sollte ihm nicht pariert werden, haben wir ein Mittel, unseren Willen zu erzwingen." Er deutete auf die Soldaten.
„Ich hab ein Schreiben vom Kaiser, das uns auf kaiserlichen Grund und Boden einstiftet und uns Ruh garantiert."
„Diese Schrift hat keine Gültigkeit, denn der sie gegeben hat, lebt nicht mehr. Seine Majestät, Kaiser Leopold, gebietet Ruh und Ordnung all- überall im Reiche, also kann auch das Naßtal nicht ausgenommen sein!"
„Macht, was ihr wollt!" Der Holzmeister wollte davon.
„Halt!" rief der Bezirksvorsteher. „Es ist Red und Antwort zu stehen. Wir fangen gleich an! Zeig Er uns einen Platz, wo wir ruhig amtieren können."
„Platz? Das Naßtal ist wohl groß genug für die Herren."
„Hüt Er sich, mit uns zu spaßen! Auch der Raxkönig untersteht den kaiserlichen Befehlen. Wir brauchen ein gutes Dach für unsere heikle Arbeit! Gibt Er es nicht freiwillig, requirieren wir sein Haus!"
„Das möcht ich euch nit raten!" Mit einem Sprung stand Georg vor seiner Haustür, riß im Springen ein mächtiges Holzscheit an sich, schwang es über seinem Kopf aus und

rief: „Komm mir ja keiner in d´Näh, dem sein Schädel nit aus Eisen ist!“
Schon standen die Holzknechte bei ihm. Grimmige Entschlossenheit drohte aus ihren Augen. Der Bezirksvorsteher schrie die Soldaten an: „Vorwärts! Worauf wartet ihr noch?“
Die Angerufenen steckten ihre Spieße auf.
Zugleich aber ließen die Holzknechte ihre scharfgeschliffenen Knicker aufblitzen.
„Was soll denn das?“ rief jetzt der Pfarrer von Schwarzau und stellte sich zwischen die Streitenden. „Soll denn Blut fließen im Naßtal? Holzmeister, Ihr sollt nicht glauben, daß wir gekommen sind, um Unfrieden zu stiften. In friedlichen Sachen sind wir da. Das Naßtal ist jetzt schon eine bedeutsame Kolonie, die sich einfügen soll in das große Ganze, das Österreich heißt. Für Euren Fleiß muß Euch jeder Dank wissen. Daher sollt Ihr nicht aufbrausen, wenn wir um Eure Unterstützung bitten.“
Der Holzmeister ließ das Scheit sinken. „Ja, das nenn ich eine gute Red. Mit Freundlichkeit kann man bei uns manches erreichen, nit aber mit einer saugroben Goschen, die uns auch noch am Leben bedroht.“
Den gütigen Worten des Pfarrers gelang es die Gemüter zu beruhigen. Georg verlangte aber, daß vor Beginn einer Verhandlung die Soldaten abzuziehen hätten. „Bevor das nit gschieht, gibt´s bei uns nix zu erheben!“
Der Pfarrer besprach sich mit dem Bezirksvorsteher. Einige Minuten später marschierte der Herr mit seinen Soldaten ab.
„Also jetzt geht die Sach leichter“, erklärte der Holzmeister

und lud die Kommission in sein Haus.
Der Pfarrer von Schwarzau ging nach kurzer Besprechung mit dem St. Pöltner Domherrn in die Personalangelegenheiten, die es hier auszuforschen galt, ein. „Es wird gut sein", meinte er, „wenn wir eine Aufstellung aller Leute hier im Naßtal machen. So haben wir gleich zwei Fliegen auf einen Schlag! Für die Steuer und fürs Pfarrbuch."
Bei der Anlage des Personenverzeichnisses wäre es wegen der Schreibung der Namen beinahe wieder zu einem Krawall gekommen.
Die bloße mündliche Ansage genügte dem kaiserlichen Amtsschreiber nicht. „Da müssen Dokumente her!" mengte er sich in das Gespräch ein.
„Dokumenter", entgegnete der Holzmeister, „haben wir unser Lebtag keine braucht. Wird doch der Herr Amtsschreiber soviel Wissenschaft in sich haben, daß er weiß, wie man so einen Namen schreibt. Und gute Ohrwaschel wird er doch auch haben."
„Ja, ich höre nur zu gut. Folglich gibt es für die Kommission keinen Schuaster, Gruaber oder Huaber, sondern, weil unser Schriftdeutsch kein „ua" kennt, ganz einfach einen Schuster, Gruber oder Huber. Also, wie schreibt Er sich, Holzmeister?"
„Wie ich mich schreib? Ja, ha, wie soll denn ich das wissen, wo ich doch gar nit schreiben kann?"
„Und doch hat Er schon manche Unterschrift gegeben!"
„So halt, wie´s mir der Schuster-Kaspar beibracht hat, ein paar Strichel hin und her. Das hat sogar dem Herrn Kaiser genügt, folglich wird sein kaiserlicher Amtschreiber auch

damit zufrieden sein müssen."
„Schreckliche Verhältnisse das! Da muß jetzt wegen der amtlichen Namensfeststellung in den Matrikelämtern erst umständlich Erhebung gepflogen werden. Und das für alle Naßwalder!"
„Ja, ja, wenn ihr Beamtenleut ohne so einen Papierlkrieg nit sein könnt, so habt ihr jetzt eine gute Gelegenheit, recht viel zu schreiben. Denn das ist ja schließlich und endlich euer Gschäft. Für unsereins schrecklich gnug, daß wir von eurer ewigen Drangsal keinen Frieden haben!"
Jetzt ging der Pfarrer hoch:
„Oho! Von Drangsal kann doch keine Rede sein. Aber darüber kommen wir nicht hinweg, daß uns eure Dickköpfigkeit fortwährend zu schaffen macht. Wie könnt ihr aber auch fortwährend ohne Überlegung eurem Glauben nachlaufen, der euch doch nur Scherereien bereitet? Habt ihr doch denselben Herrgott wie wir und seid überdies verhalten, die Naßwalder Kinder von uns taufen zu lassen und die Brautleute von uns einzusegnen. Da wär´s doch schon wirklich alles eins, wenn ihr gleich mit uns ginget, die ihr euch doch nicht dagegen wehren könnt, mit uns zu leben."
Der Holzmeister schüttelte grimmig den Kopf. „Warum wir unsern Dickschädel aufsetzen? Weil das vierte Gebot Gottes verlangt, daß man seine Elternleut ehren soll. Etwa wär´s nit so heikel, wenn unsere Altenleut nit wegen dem Glauben aus ihrer Heimat vertrieben worden wären, ihrer dreißigtausend Marterer. Was wären wir doch für Drecksmenschen, wenn wir just das, um was unsere Altenleut schwer gekämpft und gelitten haben, einfach hinschmeißeten, als ob es nix

gwesen wär! Was für eine Meinung müßten alle rechtschaffenen Menschen und folglich auch der Herr Pfarrer von uns kriegen, wenn wir aus reiner Bequemlichkeit den Glauben wechseln täten wie ein altes Pfoad? Nein, nein, der Glauben ist keine Handelswar! Und wie wär´s dem Herrn Hochwürden, wenn seine katholischen Pfarrkinder wie die Windlichter flackerten? Unser Glauben ist gut ausprobiert und ein starker Fels, auf dem jetzt unsere Heimat steht. Wankt der Glauben, wankt die Heimat."

„Da muß ich Euch aber doch sagen, Holzmeister, daß diese Eure Heimat keinen soliden Boden hat. Eure Häuser stehen auf geborgtem Grund."

„Oho!" Die Augen Georgs leuchteten gefährlich. „Mein Haus und der Oberhof und das Haus meines Bruders stehn auf ehrlich gekauftem Grund. Der Herr Kaiser hat den Kaufvertrag persönlich gesiegelt."

„Nun gut. Aber die anderen Hütten alle. Wenn Seine Majestät es will, sind sie abgestiftet. Und die Naßwalder Gemeinde war einmal."

Der Streit wogte immer heftiger hin und her. Schon schien es, als wollte die Kommission davongehen, um in Wien Bericht zu erstatten, da trat Johann in die Stube. Johann, wie immer der Ruhigere, Überlegende, hörte eine Zeitlang zu, dann sagte er: „Verlauben die Herren, daß ich mich in die Sach einmisch. Ich weiß, wenn sich der Georg in etwas verbeißt, so ist er nit loszukriegen. Aber es laßt sich alles schlichten bei gutem Willen beiderseits."

„Wer ist denn der, daß er da dreinredet?" fragte der Pfarrer.

„Der ist mein Bruder", sagte Georg mit Betonung. „Und

der redet, wenn er will, weil er der Schwemmeister ist."
„Also, wer leitet eigentlich die Gemeinde? Und wer ist verantwortlich?"
„Wir leiten die Gemeinde miteinander und verantwortlich bin ich!" sagte Georg.
„Da ist schon Zeit, daß einmal Ordnung in die Sache kommt. Zwei leiten, und einer ist verantwortlich!" Der Pfarrer lachte.
„Hochwürden", sagte Johann, „da gibt´s nix zu lachen. Ein Wörtel red ich schon manchmal drein. Und gut ist´s, daß ich jetzt da bin. Ich nehm nix so hitzig. Also, was ist´s?"
„Die Gemeinde oder Rotte soll nach Schwarzau eingepfarrt werden", sagte der Pfarrer. „So frag ich, wieviel Seelen sind da?"
„Es sind ihrer zweihundertsiebenundzwanzig!" Der Pfarrer rechnete. „In meinen Matrikeln hab ich vermerkt als katholisch getauft sechsundfünfzig, als katholisch getraut zweiunddreißig, sind summa summarum achtundachtzig Katholische. Und die übrigen?"
„Evangelisch!" antwortete Johann.
„Ganz bestimmt?"
„Ganz bestimmt!"
„Wieviel Leute sind inzwischen im Naßtale gestorben?"
„Niemand! Doch halt! Meines Bruders Weib!" „Wo ist das Weib begraben?"
Georg fuhr auf und stand da wie ein Baum aus dem Urwald. „Wo mein Weib begraben liegt, das weiß außer mir kein Mensch! Und es wird´s auch niemand wissen!"
Der Pfarrer brauste auf. „Da hört sich doch alles auf! In einem Land, wo Recht und Ordnung gelten sollen, ver-

schwinden Menschen? Ich mache aufmerksam, daß in meinem Totenbuch das Weib nicht steht. Für mich ist die Barbara Hubmerin, noch nicht gestorben."
„Auch recht! Ich hab meine Meldung gmacht. Wenn der Herr Pfarrer das nit vermerkt hat, ist´s mir ein Ding."
Bruder Johann beschwichtigte. „Die Holzmeisterin ist tot, das können dreißig Leut unter Eid aussagen. Aber, wenn der Herr Pfarrer uns deswegen Schwierigkeiten macht, na, so müssen wir´s halt auskämpfen. Was dabei herausschaut, weiß ich nit! Im Guten täten wir wohl schnell weiterkommen!"
Der Pfarrer lenkte ein: „Mir ist ja auch darum zu tun, im Guten was auszurichten. Aber der da", er zeigte auf Georg, „ist so dickköpfig wie ein Nilpferd!"
„Was mein gutes Recht ist und mich angeht, kämpf ich mich selber durch! Ich brauch dazu keinen Kaiser und keinen Pfarrer", sagte Georg. „Aber ich mein halt, daß sich der Herr Pfarrer von Schwarzau zu viel um eine Sach umtut, die ihn nix angeht. Soviel man hört, haben sich die Mitterbacher über Verlaub des Kaisers einen evangelischen Seelsorger gwählt. Alsdann wär´s wohl das vernünftigste, wenn wir nach Mitterbach eingepfarrt würden, dorthin, wo unsere Glaubensgenossen sind."
„Dagegen protestiere ich!" rief der St. Pöltner Domherr. „Das Naßtal liegt in der Diözese Sankt Pölten, und die Pfarrkinder haben ein gutes Recht, die nächstgelegene Pfarre in Anspruch zu nehmen. Nach Schwarzau sind es drei Stunden, und nach Mitterbach übers Gebirg gute elf Stunden Fußweg."

Eine der sieben Brücken, mit der die Schwarza beim Bau des Saumweges durch das Höllental überquert werden mußte, 1818

„Es kommt uns nit auf den Weg an!“ sagte Georg. „Lieber elf Stunden zu unserm Seelsorger, der uns versteht, als drei Stunden zu einem, der einen andern Glauben hat. In Glaubenssachen sollt kein Zwang sein! Und füglich wird ja auch das Naßtal einmal einen evangelischen Seelsorger haben!“

„Das ist doch auch nur so ein Traum! Jetzt, da ein strengkatholischer Monarch auf dem Thron sitzt, ist natürlich zu trachten, die verirrten Schäflein wieder dem wahren Glauben zuzuführen. Seine Majestät hat genug Mühe, alle die Wirrsale, die sein Vorgänger angerichtet hat, gutzumachen. Wir gehen natürlich nicht mit Schwert und Spieß vor, sondern suchen mit Milde und Güte die Verirrten zur Einkehr zu bringen. Auch die Mitterbacher werden der eindringlichen Mission nicht widerstehen können. Und ein evangelischer Seelsorger im Naßtal? Dazu kommt es nie und nimmermehr!“

Johann drückte den Bruder nieder, der auffahren wollte. Er sagte in seiner gemütlichen Art: „Das ist ja alles eine Sach, die von selber kommt oder nicht kommt. Die Zeit wird´s ja erweisen. Jetzt handelt sich´s darum, daß wir den Herren entgegenkommen. So stell ich mich halt zur Verfügung, damit die Herren gleich die richtige Auskunft bei der Hand haben. Und vielleicht ist´s gscheiter, wenn wir in mein Haus gehen.“ Er winkte dem Bruder verstohlen mit den Augen zu.

„Es wird besser sein, das ist wahr!“ sagte der Schwarzauer Pfarrer. „Der Schwemmeister ist der Ruhigere und Praktischere. Also gehn wir!“ Und sie gingen. Georg sah ihnen lächelnd von der Tür aus nach.

Dann stieg er auf den Hügel, wo seine Barbel begraben lag. Keine Menschenseele wäre imstande gewesen, das Grab ausfindig zu machen. Dickes Moos wucherte darüber hinweg, und großblätteriger Efeu zwang sein Immergrün durch den verfilzten Moosbart. Am Kopfende des Grabes stand eine hellgrüne Lärche.

„Kannst ruhig schlafen, Barbel", sagte der Holzmeister, „dich finden sie nimmer!"

Die Mitterbacher hatten noch zur rechten Zeit einen evangelischen Seelsorger bekommen. Zwar war auch ihnen von Kaiser Joseph nicht gestattet worden, öffentlich evangelischen Gottesdienst zu halten, aber es war ihnen wenigstens verbrieft, ungestört zu glauben, was sie wollten. Die katholische Mission kam oft nach Mitterbach und versuchte, die Leute zu bekehren. Aber aller Eifer prallte an der zähen Gläubigkeit der protestantischen Holzknechte ab. Der Mitterbacher Seelsorger war ebenso, wenn nicht noch mehr, redegewandt als ein katholischer Missionär.

Anders stand die Sache im Naßtal. Dort fehlten der Seelsorger und ein Bethaus. Außerdem hatte der Schwarzauer Pfarrer großen Einfluß auf die Gemeinde, da er ja die Matrikeln führte. Und weil die Naßtaler trotz eifrigsten Zuredens des Schwarzauer Pfarrers nicht nach Schwarzau zum Gottesdienst kamen, so ging er ab und zu ins Naßtal, im Oberhofe auf einem improvisierten Altar die Messe zu lesen. Aber nicht er allein kam, sondern es erschienen in Zeiträumen verschiedene Missionspriester, der Pfarrer von Payerbach kam durch das Höllental, von Mariazell wan-

derten katholische Sendlinge herüber, ja sogar aus Wien kamen sie, um den verstockten Evangelischen das wahre Licht in die Einsamkeit zu bringen.
Die Naßtaler sahen und hörten auf Zureden Johann Hubmers alles geduldig an und blieben wie er „dickschädlig und verstockt“, denn sooft ein solcher Bekehrungsversuch im Naßtal unternommen wurde, rief Georg seine Knechte zusammen und ermahnte sie in flammender Rede, im alten Glauben zu verharren. Im Naßtal gab es keine zaghafte Seele. Doch schien sich im Laufe der Jahre - wenigstens nach außen hin - die Seelenwaage dem Schwarzauer Pfarrer zuzuneigen. Denn von Jahr zu Jahr wuchsen die Aufschreibungen in den Pfarrbüchern zu Schwarzau, und die Leute, die im Naßtal in den letzten Jahren abgestorben waren, standen im Schwarzauer Totenregister. So blieb denn zu Ende der Neunzigerjahre nur mehr ein kleines Häuflein bockbeiniger evangelischer Naßtaler übrig, das noch in keinem katholischen Matrikelbuch vermerkt stand. Der Pfarrer von Schwarzau aber konnte warten. Seit der letzten Seelenzählung im Naßtal und seit der Einpfarrung der Naßtaler in Schwarzau war er über jeden Zuwachs und Abfall in der Bevölkerungszahl genau unterrichtet; es konnte jetzt nicht mehr vorkommen, daß irgendeiner ohne kirchliche Mitwirkung heiratete oder, wie es bei der Holzmeisterin der Fall war, in ungeweihter Erde begraben wurde. Und da der Pfarrer von Schwarzau auch den evangelischen Naßwaldern in jeder Weise tolerant entgegenkam, schien der Katholisierung des Naßwaldes nichts mehr im Wege zu stehen.
Übrigens waren auch die politischen Behörden den Naß-

waldern fortgesetzt auf den Fersen und ließen sie oft genug und gerne erkennen, daß die Naßwaldkolonie nur über Kaisers Gnaden bestehe und es nur eines Abstiftungsbefehls Seiner Majestät bedürfe, um die Naßwaldgesellschaft mit Sack und Pack zu verjagen. Auf dem Throne saß nach Leopolds Tod Kaiser Franz, ein überaus eifriger Katholik, dem das „Raxkönigtum" sehr mißfiel. Wenn er schon gegen die Mitterbacher, die unter dem verbrieften Schutz eines habsburgischen Vorfahren standen, nichts unternehmen konnte, wollte er die gefährliche protestantische Insel im Naßwald trotzdem nicht dulden. Und konnte es denn etwas Widersinnigeres geben, als daß sich ein stockkatholischer Fürst protestantische Dienstleute hielt, denen politisch nicht zu trauen war?
Die Quälereien durch die entsandten Amtsleute häuften sich in dem Maße, als das einstmals so unzugängliche Wildnistal im Laufe der Zeit durch schöne Wege und Straßen mehr und mehr mit der Außenwelt in Verbindung kam. Die Drohungen wurden schärfer, und Georg Hubmer war nahe daran, dem Kaiser den Dienst zu kündigen.

Es war im Sommer des Jahres 1799, als Johann Hubmer, der Schwemmeister, die Aufforderung erhielt, unverzüglich ins Hirschwanger Gewerk zu kommen. Dort hatte ein neuer Gewerksverweser seinen Dienst angetreten, ein junger, aufgeblasener und unmanierlicher Herr. Er ließ den Vorsprecher lange warten.
„Was will Er?" sprach er den Schwemmeister hochmütig an, nachdem er ihn endlich vor sich befohlen hatte.

Johann schluckte den aufsteigenden Zorn hinunter und entgegnete ruhig: „Ich bin gerufen worden, da bin ich!"
„Das Holz, das geschwemmt wurde, ist schlecht. Warum wächst für die Hubmerische Holzlände zu Simmering besseres Holz?"
Johann stutzte. „Was meint damit der Herr Werksverweser?"
„Ich meine es natürlich so, wie es ist."
„Da glaubt vielleicht der Herr Verweser, daß wir das gute Holz stehlen?"
„Das glaube ich nicht nur, das weiß ich sogar ganz sicher!"
„Wie?" Dem Johann schwoll die Zornesader. „Dieb sollen wir sein? Und das sagt mir einer ins Gesicht?"
„Man wird an die kaiserliche Kammer Meldung machen müssen! Ich habe Ihm das nur mitgeteilt, damit Er nicht verwundert ist, wenn eines Tages Seine Majestät die diebische Rotte hinauswirft, wie sie es nicht anders verdient!"
„Wer kann so was sagen?" brauste Johann auf. „Wer so was behauptet, daß wir Dieb sind, der hat´s mit mir zu tun!"
„So? Drohen auch noch? Hier steh ich und behaupte es!"
„Was?" Mit einem Sprung stand Johann vor dem Verweser. Seine Augen glühten. „Ich schlag dich nieder, verfluchter Verleumder!" Er hob die Faust.
„Hinaus!" Der Verweser wies nach der Tür. „Was? Hinausschmeißen? Mich, den kaiserlichen Schwemmeister? Lumpenhund, verdammter!" Mit festem Griff faßte er den Verweser an der Brust und schüttelte ihn. „Nimmst es zruck?" Johanns Stimme kippte um.
„Hilfe!" Der Oberverweser schrie aus Leibeskräften. Da taumelte er, von einem kräftigen Stoß Johanns geworfen, an

die Wand.
Stimmen wurden laut, Leute kamen ins Zimmer. Der Oberverweser riß seinen Degen aus der Scheide.
„Was ist?“
„Der ...!“ schrie der Oberverweser und deutete auf Johann. Einige warfen sich auf ihn. Johann schüttelte sie ab und wollte davon. Sie vertraten ihm den Weg.
„Gebt den Weg frei, sonst hau ich einen nieder!“
Da griffen sie an. Und schon wälzte sich einer, vom Faustschlag Johanns getroffen, auf dem Boden.
Ein furchtbarer Tumult brach los. Der Schwemmeister wehrte sich wie ein Löwe. Etlichemal sauste seine Faust nieder. Er schlug sich durch. Sie wagten es nicht, ihm zu folgen. Zur Vorsicht hatte er sein Dolchmesser gezogen und verharrte trotzig einen Augenblick im Hofe des Gewerks. Dann schritt er davon.
Aus der Gewerkskanzlei schob sich ein Kopf durchs offene Fenster. Der Werksverweser sah dem Schwemmeister nach und rief höhnisch: „Angenehmen Heimgang wünsch ich!“
„Schurke!“ brummte Johann und ging seines Weges.
Seltsam. Wie oft hatte er den Weg durchs Höllental genommen! Noch niemals aber war es ihm so schwer angekommen. Schon beim Kaiserbrunnen mußte er Rast halten. Durst quälte ihn. Er schöpfte mit der hohlen Hand das Wasser und trank. Zum Teufel auch, wie wehe ihm der Rücken tat, als er sich bückte! Sollte ihn der Kampf so sehr hergenommen haben? Er faßte nach der schmerzenden Stelle. Feucht griff´s sich an.
Die Handfläche war voll Blut! Heiliger Gott! Gestochen!

Verstört blickte Johann um sich. Gestochen! Und stundenweit keine Hilfe! Also rasch nach Haus!
Er eilte den Weg des Höllentales entlang und spürte, wie das Blut über den Rücken rann. Schwindel überfiel ihn, wenn er an steilen Stellen dahinschritt. Da machte ihm plötzlich der Atem Schwierigkeiten, so als ob sich die Lunge nicht mit Luft vollsaugen könnte. Er mußte husten. Just an der Wegstelle, wo der Abgrund am tiefsten gähnte. Nebel lag vor seinen Augen. Undeutlich alles. Das Wasser unten brauste schauerlich. Immer tobender, tosender klang´s in den Ohren. Ist Holzschwemmen heut? Da zwängte sich der Husten aus dem Mund. Und gurgelte. Blut! Dickschwarzes Blut! Gelb vor den Augen, schwefelgelb. Die Knie lassen nach, brechen ein. Nichts da zum Anpacken? Einkrallen in die Felsen! Kalter, glatter Stein, ein scharfer Luftzug. Streifen, Kollern, Schlagen, rollende Steine. Dumpfes Aufplatschen auf dem Wasser. Und die Schwarza gischtet ihre Frühlingswässer durch die Schlucht. Brausend umschlingt sie ihren Meister.
Durch Tage suchten die Naßwalder ihren Schwemmeister. Der Wendel Balthauser hat ihn gefunden in der dritten Nacht. Eine zerschlagene, furchtbar verstümmelte Leiche trug er auf dem Rücken stundenlang hinüber nach Schwarzau in die Totenkammer. Und der Pfarrer vermerkte einen Naßwalder ins katholische Totenbuch zu Schwarzau.

Da lag er tief unten in der Grube, der Schwemmeister vom Naßwald.
„Die ewige Ruh gib ihm, o Herr, und das Ewige Licht leuch-

te ihm! Gib ihm den Frieden!“ so sprach der Pfarrer von Schwarzau und warf eine Handvoll Erde auf den weißen Fichtensarg.

Die Holzknechte standen unbeweglich wie Baumstrünke.

Der Pfarrer ging in die Sakristei.

Da trat Georg ans Grab. Wie ein ehernes Standbild stand er da, den Hut mit der linken Hand auf die Brust gepreßt. Seine Augen hatten einen düsteren Schein. Er würgte seinen Schmerz durch die Kehle und sagte mit lauter Stimme:

„Du, lieber Bruder Johann, ein Holzknecht warst! Weißt es noch, lieber Bruder du, was wir zwei erlebt und erlitten haben, bis wir uns eine Heimat haben gfunden? Und hast mich verlassen, Johann! Ich weiß, du wärst noch gern blieben, aber andere haben dich nit wollen leben sehn! Der´s tan hat an dir, Bruder, dem wird´s heimkommen! Ein Fluch von uns ist aus dem Naßwald hinausgangen nach Hirschwang. Der wird das Seinige tun! Bruder, du! Wir Holzknechte kennen den Tod, wir kennen ihn tausendfach in Eis und Schnee; in Klüften und in Gefahren! Aber den meuchlerischen Tod, den kennen wir nit! Du hast uns verlassen in einer Zeit, da sie uns nit mehr leiden wollen in unserer neuen Heimat. Du hast es verstanden, mit deiner Ruh alle Falschheit von uns abzuwehren. Du warst der Gscheitere von uns zwei. Wir wissen´s nit, wer dich von uns hat weggrissen! Aber es kommt an den Tag, wer´s war! Bhüt Gott, Bruder!“

Nun sah er seine Leute an. „Mannder“, fuhr er fort, „es werden schwere Zeiten kommen. Sie verfolgen uns von Tag zu Tag ärger, und wir müssen fest auf unseren Füßen stehn.

Stark sein im Zusammenhalt und in unserem alten Glauben, das ist alles! Laßt nit davon! Und jetzt singen wir dem toten Schwemmeister noch ein Stück. Heb an, Schuster-Kaspar!“

Es klang wie Trotz, markig und wuchtig, das schwertönige Lied: „Ein feste Burg ist unser Gott...“

Der Pfarrer, der die Holzknechte singen hörte, schüttelte den Kopf, und ein Seufzer der Hoffnungslosigkeit, diese Kraftgestalten an sich zu fesseln, entfloh seinen Lippen.

Daheim angekommen, verkündete der Holzmeister seinen Leuten im Oberhof, daß er nun auch noch zur Holzmeisterei die verwaiste Schwemmeisterstelle übernehmen werde. Die Knechte waren einverstanden.

Dann ging er zur Witwe des Bruders. „Dein Mann, mein Bruder“, sagte er kurz und bündig, „hat hart und redlich mit mir gearbeitet. Wenn er jetzt auch tot ist, so gibt sein Werk euch noch´s Brot! Du und deine Kinder, ihr sollts um keinen Kreuzer verkürzt werden. Euch wie mir ghört und bleibt die Meisterschaft, solang wir kaiserlich sind; und was verdient wird durch meine Kraft und auf den Hubmerischen Nam, soll zwischen uns geteilt werden!“

So waren also die Witwe und die vaterlosen Waisen versorgt.

Als der Holzmeister das Haus verließ, vertrat ihm der Wendel Balthauser den Weg.

„Was willst, Wendel Balthauser?“

„Holzmeister, du“, begann er, „zwanzig Jahr hab ich gwart auf sie...“ „Auf wen?“

„Auf die Hubmerin! Jetzt wärs´ frei, und schier heiraten

möcht i sie !“
„Geh, du Narr! Wo der Johann noch nit kalt ist im Grab!“
„Ich mein ja nit glei, aber in einem halben Jahr halt. Wenn du ein Wörtl für mich wolltst reden...?“
„Wendel, in solche Dinger misch ich mich nit ein. Lieber einen Urwald roden als eine Heirat stiften. Das mußt dir schon selber richten.“
„Wenn ich nur wüßt, wie ich´s angeh?“
„Bei Weibsbildern fangt man mit schönen Bleameln an. Immerigsmal ein Büscherl Petergstamm, Edelweiß, Almrausch, Kohlröserl, und später ein Seidentüchel oder so was. So hab ich mein Barbel kriegt...“
„Ja, damaliger Zeit! Da warst noch jung. Aber heut, Holzmeister, mit deine vierundvierzig Jahr, wie möchst es denn jetzt tun?“
„Um kein Haar anders. Denn, wann einer noch mit vierundvierzig Jahr verliebt ist, ist er um nix gscheiter als mit zwanzig Jahr.“
„Alsdann muß i halt auf meine mannshohen Täg Bleameln brocken gehn“, meinte der Wendel trocken und trollte sich davon.
Georg sah dem Davongehenden lächelnd nach. „Ist´s Dummheit oder Narrheit? Oder alles ein? Ein Ding, was die Leut Lieb nennen!“
Wie´s wohl zu Ende ging? Georgs Gedanken machten einen Sprung. Er hatte ja auch Treue versprochen und sich in Liebe an den einsamen Waldgrund im Naßtal angeschlossen; schier verwachsen fühlte er sich mit dem heiligen Boden.

Eine Sägemühle im Höllental, um 1810

Was war aber im Verlauf der paar Jahrzehnte aus dem Naßtal geworden! Kultur war in der Wildnis aufgestanden, ein bissel altväterisch und hinterwäldlerisch zwar, aber die Kinder lernten nun lesen und schreiben, und die jungen Leute, die aus der Schule des Schuster-Kaspar kamen, konnten schon gut mit den Büchern und der Schreibfeder umgehen. Freilich, denen draußen paßte auch die Schule im Naßtal nicht, und wenn ab und zu der Dechant zur Visitation kam, gab´s immer ein Kopfschütteln und Maulen. Die Jungen sollten mehr ans Arbeiten denken. Denn das Hirschwanger Gewerk und der kaiserliche Ländplatz am Stubentor zu Wien brauchten mehr Holz und weniger Gelehrsamkeit. Übrigens scheine die Schule im Naßwald auch der Qualität des Holzes argen Abbruch zu tun! Früher einmal wäre es rechtes und gutes Holz gewesen, das auf der Schwarzaschwemme durchs Höllental herausgeschwommen kam. Aber jetzt?
Der Holzmeister verteidigte sich gegen solche Anwürfe. Sollte einmal eine vernünftige Kommission ins Naßtal kommen und sich die noch schlagbaren Bestände ansehen! Die Kommissionen kamen aber nicht und begnügten sich mit dem Schimpfen.
Georg wußte, wo das hinauswollte. Die Amtsmänner schienen vom Hofe Anweisung zu haben, dem Naßwalder das Leben sauer zu machen. Denn, was der Holzmeister schon immer nachweisen wollte, das war auch den Amtsmännern und dem Hofe wohlbekannt. Die kaiserlichen Wälder gingen ihrem Ende entgegen. Was es noch an schlagbaren Beständen gab, war nur mehr schwaches und ungutes Krüppelholz. Je lichter die kaiserlichen Wälder wurden, desto

näher rückte der Zusammenbruch des „Raxkönigtums". Man brauchte ihn nur zu beschleunigen. Das Hirschwanger Gewerk fing an, die angestellten Arbeiter zu entlassen. Zum Schmieden von ein paar tausend Sensen im Jahre brauchte man nur wenig Holz, das man füglich auch anderswo beziehen konnte. Aber Georg wollte nicht sinken. Wenn er um sich blickte und seine neue Heimat betrachtete, da wußte er, daß er niemals von hier gehen werde. Die Eisennägel seiner Bundschuhe wollte er in den Felsgrund schlagen, daß es Funken gäbe, wenn sie ihn von hier fortjagen wollten. Und an seine evangelische Gemeinde sollte keiner rühren! Keiner! Auch der Kaiser nicht!

Da flog sein trotzerfüllter Blick hinüber zum Berg jenseits der Naß. Dort stand ja noch ein riesiger Urwald; Baumriesen, hundertjährig, blickten herüber und schienen ihm zu winken. Arbeit auf Jahre hinaus! Ja, aber was tun? Dieser Wald war nicht kaiserlich. Wollte er ihn roden, mußte er sein Amt als kaiserlicher Holzmeister für immer hinlegen. Denn der ungeheure Wald dort drüben war Privatbesitz eines mächtigen Grafengeschlechtes. Ob Graf Hoyos überhaupt die Absicht hegte, den Wald schlagen und das Holz schwemmen zu lassen? Georg hatte schon mehrmals davon gesprochen, wenn bei Treibjagden im gräflichen Urwald Buschlärmer und Treiber für die Jagd auf Gemsen und Rotwild bereitzustellen waren, aber Graf Ernst war stets zugeknöpft und wortkarg gewesen. Besser jedenfalls, beim Altgrafen Johann Philipp zu Wien anzuklopfen. Es wollte alles gut überlegt sein. Ohne schriftlichen Vertrag keinen Beilschlag! Georg war entschlossen. Er wollte gelegentlich

zum Altgrafen gehen und vorsichtig um die Sache herumreden.
Einige Tage später brachte ein kaiserlicher Kurier dem Holzmeister den Befehl, unverzüglich in der Hofrechnungskammer zu erscheinen. Georg machte sich auf den Weg. Seinem Sohne, dem Sepperl, der nun schon zu einem tüchtigen Burschen herangewachsen war, übergab er die Leitung der Geschäfte im Naßwald und gesellte ihm den schriftkundigen Gamsjäger-Pauli als Berater zu.

In der Wiener Hofrechnungskammer schien man auf den Holzmeister bereits gewartet zu haben.
Der Kammerbeamte setzte eine wichtige Miene auf, nahm den bereitliegenden Akt: „In Sachen Naßwald." Musterte den breitspurig dastehenden Mann und sagte:
„Er ist sozusagen der Holzmeister vom Naßtal?"
Georg erwiderte: „Was heißt sozusagen? Soviel mir bekannt ist, bin ich wirklicher Holzmeister! Das ist verbrieft. Da gib´s nix wegznehmen!" Seine Stimme klang so laut, daß die anwesenden Beamten die Schreiberei einstellten und verwundert auf den riesigen Mann sahen. „Ist kein Sessel da?" fragte der Holzmeister, sich verwundert umblickend. „Daß man sich ein bissel könnt niederhocken? Ich bin rechtschaffen müd!"
„Weiß Er nicht, daß Er sich in einer kaiserlichen Kanzlei befindet?" schnauzte der Beamte.
„In einer kaiserlichen Kanzlei?" Der Holzmeister lachte heraus. „In einer kaiserlichen Kanzlei sollt ich sein? Ich hätt eher vermeint, ich wär in einem Stadel!"

„Wie? Was?“ Der Beamte fuhr in die Höhe. „Jawohl! Es schaut so aus. In einem Stadel gibt´s auch keine Sessel zum Niederhocken, aber desto mehr Flegel!“
„Da hört sich alles auf!“ Mit einigen Schritten stand der Beamte bei der Tür, die ins Nebenzimmer führte. „Ich werde mich beim Herrn Hofrat beschweren. Wie kommt man dazu, sich derlei bieten zu lassen von so einem...“
„Da red ich gleich selber mit dem Herrn. Weg da!“ Der Holzmeister schob den Beamten beiseite, öffnete die Tür und schritt trotz des Protestes des andren in das anstoßende Gemach.
Dort saß an einem Schreibtisch der Hofrat und blickte voll Entsetzen auf den Fremden.
„Wie kommt Er herein?“
„Durch die Tür!“
„Das weiß ich! Aber unangemeldet?“
„Hab nit Zeit gnug, meine Zeit zu verschlenzen. Bin der Holzmeister vom Naßtal. Man hat mich hierherbestellt!“
„Den Akt hat der Herr Revident!“
„Mit dem Unterläufel hab ich nix z´reden. Der glaubt, daß er´s Gras wachsen hört. Ich bin kaiserlicher Beamter wie der und Sie, wenn gleich meine Schreibstuben nit in Wien, sondern in der Wildnis ist. Also frag ich an, was man von mir will?“
„Wie spricht Er mit einem kaiserlichen Hofrat!“
„Herr! Wir Naßwalder reden, wie uns der Schnabel gwachsen ist. Und so setz ich mich halt gleich nieder, weil da herinnen wenigstens ein Sessel ist. Die da draußen haben ja nit um fünf Kreuzer Manier!“ Er ließ sich ohneweiters in

einen gepolsterten Stuhl fallen und meinte: „Ah! Rechtschaffen müd bin ich!"
„Was soll ich mit Ihm anfangen?" Der Herr Hofrat war aufgesprungen und blickte ängstlich auf den wunderlichen Gast.
Da sich aber Georg gar nicht bequemen wollte, zum Beamten draußen zurückzukehren, blieb dem Hofrat nichts anderes übrig, als den Akt zu holen. Lange blätterte er darin herum, kratzte sich hinterm Ohr und sagte dann kleinlaut:
„Wie also wird die Sache jetzt im Naßwald werden? Soviel ich aus dem Akt ersehe, gehen die Holzarbeiten im kaiserlichen Forst ihrem Ende zu." „Stimmt! Wir haben unsere Arbeit treu und ehrlich geleistet und stehn jetzt vor der Wahl, entweder die kaiserliche Pension z´nehmen oder auf eine andere passende Arbeit z´warten."
„Pension? Von einer Pension kann keine Rede sein! Es sind fast durchwegs junge Leute, die keinen Anspruch darauf erheben können."
„Aber es sind auch welche, die gut ihre zehn Jahre in kaiserlichen Diensten stehn und daher einen Anspruch auf Pension haben."
„Die Naßwalder Gemeinde hat gut verdient die Jahre her. Am Simmeringer Ländplatz ist ein schönes Stück Geld umgesetzt worden. Das wiegt alle Pensionen auf. Im Hinblick darauf können Pensionen auf keinen Fall bewilligt werden."
„Herr! Was wir uns vom Mund abgspart haben, das geht das kaiserliche Rechnungskammeramt gar nix an! Und wenn wir nit unser Recht kriegen, geh ich zum Kaiser."

Er stand auf.
„Nur nicht so ungestüm! Seine Majestät befindet sich gegenwärtig nicht in Österreich. Aber wir sind ja noch nicht am Ende. Es besteht folgender Antrag: Im Traisengebiet ist Arbeit. Achttausend Klafter sind zu schlagen und auf der Traisen talwärts zu bringen.“
„Herr! Das sind vom Naßwald gute acht Stund Fußweg!“
„Es ist Seine Sache, das Anerbieten anzunehmen oder nicht. Nimmt Er an, so bleibt Er natürlich weiterhin in kaiserlichen Diensten.“
„Na, und wenn die achttausend Klafter geliefert sind, was dann?“
„Darüber wird zu gelegener Zeit zu sprechen sein!“
Der Holzmeister dachte lange nach. Dann schlug er die Hand auf den Schreibtisch des Hofrates und sagte zornig: „Ich weiß schon, was das bedeuten soll! Kleinweis wollts ihr uns aus dem Naßtal loskriegen! Aber daraus wird nix, meine Herren! Und wenn wir auch fünfzig Meilen weit von unserer Heimat sind, wissen wir allweil wieder einen Heimgang ins Naßtal! Gut also, ich nehm die Arbeit an. Das übrige werd ich mir schon richten! Noch was?“
„Wir sind zu Ende! Hier also Ihre Unterschrift!“
Georg nahm die Feder. Ein großer Tintenklecks flog aufs Pergament. Dann formte er mit schwerer Hand die Buchstaben. Dabei brach die Kielfeder mitten entzwei.
„Hol´s der Teufel!“ rief der Holzmeister und patschte mit der Hand auf die nasse Tinte. „Das ist auch eine Unterschrift!“ Dann ging er davon.

Als der Holzmeister auf dem Rückweg von Wien nach Hirschwang kam, zeigte sich beim Gewerk hellichter Aufruhr. Er blieb verdutzt stehen und sah, daß es Leute aus dem Naßtal waren, die an das geschlossene Tor der Gewerkschaft „pochten“. Mit Eisenschlegeln, Stöcken und Hacken schlugen sie auf die Balken des Tores ein, daß es krachte und splitterte.

„Heiliger Gott, was ist da los?“ schrie Georg und mischte sich unter die Leute.

„Jesses! Der Holzmeister!“ riefen die Knechte, die ihm in fliegender Eile erzählten, was vorgefallen war.

Während der Abwesenheit des Holzmeisters sei der Hirschwanger Verweser mit einem Schreiber und mehreren Knechten in den Naßwald gekommen und habe begonnen, Rekruten auszuheben. Wer ihm in den Weg lief, den ließ er aufschreiben als kaiserlichen Soldaten. Und den Wendel Balthauser hätten sie gar gleich abgefangen und nach Hirschwang geschleppt. Und sie wollten ihn jetzt nicht herausgeben. „Wir sind gleich her“, sagte jetzt mit feurigen Augen der Sepp, des Holzmeisters Sohn. „Wir schlagen ihnen alles auf Scherben, wenn sie uns den Wendel Balthauser nicht herausgeben! Ich bin der Kommandant an meines Vaters Stell.“

„Also, so ist das?“ knirschte der Holzmeister. „Wenn ich nit da bin, kommt der Verweser Leut stehlen? Also, so ist das? Und der Wendel Balthauser ist graubt worden? Dann muß man Ernst machen! Mannder, die Stärksten von euch, her zu mir! Mit dem Buckel ans Tor! So! Und wenn ich zähl, druckt ein jeder an! Achtung!“ Die Leute stemmten

ihre sehnigen Beine in den Boden, packten mit den Händen die Querleisten des Tores, preßten die Rücken an die Bohlen und „Eins! Zwei! Drei! Horuck!“ flog das Eichentor in das Innere des Hofraumes. Im nächsten Augenblick stürmte Georg ins Gewerk, hinter ihm die schreienden Holzknechte. Im Laufen las der Holzmeister eine Eisenstange vom Boden auf und ging auf die geschlossene Amtstür los.
Ein Hieb, die Tür zersplitterte.
Jetzt stand Georg in der Werkskanzlei. Die Schreiber waren geflohen und hatten sich mit dem Oberverweser in einer Kammer verbarrikadiert. Sie waren bald hervorgeholt. Georg gab jedem einzelnen einen tüchtigen Stoß und griff sich schließlich den Verweser heraus, zerrte ihn zur Fensterluke, sah ihm ins Gesicht und sagte: „Herr Oberverweser, jetzt in aller Freundlichkeit: Wo ist der Wendel Balthauser, mein bester Wehrgeher?“
„Hier im Haus!“ Der Oberverweser faßte sich schnell. „Seine Majestät befahl Rekruten. Und jede Gemeinde hat Leute zu stellen. Auf den Naßwald entfielen vier Männer.“
„Schön! Und wer erlaubt´s dem Herrn Oberverweser, ins Naßtal zu gehn und meine Leut zu fangen?“
„Ich tu, was der Kaiser befiehlt!“
„Hier in Hirschwang kann der Herr Oberverweser tun, was er will. Aber im Naßtal hat seine Macht ein End, verstanden? Im Naßwald bin derweil ich noch der Herr, und es kommt mir keiner hin, ohne mein Wissen was anzuschaffen. Der Wendel Balthauser muß her! Augenblicklich!“
„Der Kaiser braucht Rekruten!“ wiederholte der Oberverweser.

„Und wenn er sie braucht, so muß der Herr Oberverweser seine Rekruten aus dem Gewerk nehmen. Aber aus dem Naßtal nit einen! Glaubt denn der Herr Oberverweser, daß das ganze Werk mitsamt den Schreibergesellen so viel wert ist wie der eine, den man mir abgfangt hat? Das ganze Amt kann eher und leichter unter die Soldaten gehn, aber den Wendel Balthauser, den brauch ich für den Kaiser. Bei mir tut er bessere kaiserliche Dienst als bei den Soldaten. Der Wendel muß her! Ich bin der kaiserliche Holz- und Schwemmeister, und wann der Herr Oberverweser was dagegen hat, so soll er mich verklagen beim Herrn Kaiser! Ich werd schon mit ihm reden!"
Da scholl Lärm von unten herauf. „Wir haben ihn schon, den Wendel!"
„Also", sagte der Holzmeister, „ist die Sach erledigt! Nix für ungut! Und auf ein nächstes Mal bitt ich mir´s aus, daß ich z´erst gfragt werd, wenn im Naßtal was´z tun wär!"
Der Oberverweser stand mit zusammengekniffenen Lippen. Zorn tränte in seinen Augen. Er antwortete nichts.
Schon war Georg im Fortgehen, als ihm plötzlich noch etwas einfiel. Er wendete sich jäh um und sah dem Oberverweser scharf in die Augen. Trat dicht an ihn heran und sagte: „Wenn mir`s einer sagen könnt, daß es du warst, der meinen armen Bruder erstochen hat..., Hund verfluchter, die Gurgel reißert ich dir aus dem Hals!"
Mit ungeheurer Wucht stieß der Holzmeister die Eisenstange in den Boden. Seine Stimme senkte sich und wurde heiser, als er sagte: „Gnad dir Gott, Mensch, wenn es herauskommt, wer´s war! Ich räch meinen toten Bruder, so wahr ich kai-

serlicher Holzmeister bin!“
Noch einmal wuchtete die Eisenstange in den Boden. Dann schritt Georg davon.
Im Unterstock fiel ihm der Wendel Balthauser um den Hals. „Schön Dank, Holzmeister!“
Georg sah ihn mitleidig an. „Wie kannst dich denn von solchen Lappen fangen lassen, du Esel?“
„Was weiß ich, wie das kommen ist! Beim Almröserlbrokken, wie ich so in Gedanken war wegen ... wegen ... na ja! ... haben mich die neunmal verteufelten Lumpen überfallen und mit aller Gwalt hergeschleppt.“
Der Holzmeister mußte lachen. „Da hast es! Hätt dich bald deine dalkerte Bleamelfreundschaft gar unter die Soldaten bracht. Ob´s nit für einen solchen Halbnarren wie dich eh besser gwesen wär?“
„Das tut´s nit! In ein paar Täg wär ich ihnen wieder durchgangen. Ich taug nix fürs Militär, weil ich halt ein richtiger Holzknecht bin, der keinen Zwang vertragt.“
„Na schön, so haben wir dich also wieder mitsamt deiner Dummheit. Aber jetzt, Mannder, wo wir da reinen Tisch gmacht haben, gehn wir wieder heim in unsern lieben Winkel. Auf geht´s!“
Wenngleich diese stürmisch verlaufene Angelegenheit jetzt „in Güte!“ erledigt war, und Freude über den errungenen Erfolg ins Naßtal brachte, kam gleich wieder etwas anderes daher, das die Siegesstimmung merklich herabsetzte. Die Holzknechte machten sehr verdrießliche Gesichter, als ihnen der Holzmeister beibrachte, daß sie nun bald zur Holz- und Schwemmarbeit an die Traisen abzurücken hätten. Auf

längere Zeit die mit viel Geduld und Verzicht aufgebaute schöne Naßwaldheimat zu verlassen und nicht zu wissen, was nach getaner Arbeit weiterhin geschehen werde, machte die Leute kopfhängerisch und still. Und noch was, das ihnen schwer am Herzen lag: Die Familien, Weiber und Kinder, mußten ohne männliche Aufsicht im Tal zurückbleiben, denn an die Traisen konnte man doch nicht Sack und Pack, Weib, Kind und Kegel mitschleppen. Wie die Weiber schon sind, so meinten die Holzknechte, schleppten sie nun schon seit der Erbsünde her zwei richtige weibliche Läßlichkeiten nach sich, den Tratsch und die Keppelei, die weiter nicht auffielen, solang die eigenen Mannsleut in der Nähe waren und allenfalls dann und wann gleich schneidig zugriffen, wenn es bei den Weibsleuten zu arg wurde. Jetzt aber, da die anderen, die falschen Propheten, wußten, daß die Naßwalder Weiber während der Abwesenheit ihrer Männer ohne richtigen männlichen Schutz waren, war es leicht möglich, daß sich allerhand Individuen heranschlichen und - das war ja wirklich schon vorgekommen - die schutzlose Weiblichkeit zu schwer korrigierbaren Ansichten verleiteten. Wohl sollte der Gamsjäger-Pauli als „Geprüfter Prediger" zurückbleiben, aber er war im ganzen mehr ein Lehrer als ein Kämpfer, der leider im richtigen Augenblick nebst seiner Zunge auch seine Fäuste nicht ganz richtig zu gebrauchen verstand. Er war ja gewiß ein gescheiter Kopf, aber in harten und gefährlichen Zeiten tut´s der Kopf allein noch nicht, wenn man sich gegen fremde Sendlinge zur Wehr zu setzen hat, gegen verflixt hinterhältige Gesellen, die bei ihrer Arbeit nicht gleich mit der Gelehrsamkeit

Blockziehen / Am Holzplatz

oder der Frömmigkeit beginnen, sondern mit schönen Sprücheln oder gar mit herzaufschließenden Geschenklein sich einzuschmeicheln verstehen. Der Gamsjäger-Pauli war also trotz seiner Vorzüge kein richtiger Beschützer der weiblichen Tugenden. Das gab den Männern zu denken und veranlaßte sie, diese Sorge bei den sonntäglichen Versammlungen im Oberhof ganz offen zur Sprache zu bringen. Und sonderbar, auch der Holzmeister wußte da keinen Rat.

Er sagte: „Ich selber tät mich schon zu wehren wissen, aber ich muß doch mit euch davon an die Traisen. Vielleicht fallt mir noch was Gscheites ein, bevor wir davonziehn."

Meldete sich der alte Gleisegger zum Wort: „Ob nit doch einer in Mitterbach zu finden wär, der uns da zu Hilf kommen könnt!"

„Kannst schon recht haben, Gleisegger. Marschierst halt hinüber nach Mitterbach und fragst beim Pastor an, ob er uns nit auf ein paar Wochen einen handfesten Redner leihen könnt."

So war es also ausgemacht, und der Gleisegger wanderte nach Mitterbach davon. Nach vierundzwanzig Stunden war er wieder zurück und meldete: „In Mitterbach haben sie keinen, aber drüben in Neuberg ist einer im Geding, Johann Pilz heißt er, der Sohn eines Superintendenten, ein gscheiter Kopf, der gut lesen, schreiben, reden und wenn´s notwendig wär, auch gut raufen könnt. Aber da müsset schon unser Holzmeister selber hingehn, denn der Pilz soll einen steinernen Schädel haben, dem man hart zusetzen müßt."

„Also gut", sagte der Holzmeister entschlossen. „Geh ich halt selber nach Neuberg hinüber. Für den Glauben darf einem kein Weg zu weit und zu schwer sein. Übrigens erkenn ich draus, daß jede ordentliche Gemeinde so einen Polizeimeister braucht, der auf Ordnung schaut. Ja, ja, die verschiedenen Leitungsgschäfte verlangen jetzt schon auch bei uns verantwortliche Mannder, wie das in jeder besseren Gemeinde der Fall ist."

Georg ging schnurgrad der Nase nach über Stock und Stein, durch dick und dünn. In Neuberg fragte er im Stift an: „Habt ihr einen da, der Johann Pilz heißt?"
„Ja, in der Waldamtskanzlei hockt so einer." „Bist du der Johann Pilz?" fragte Georg den Mann namens Pilz, „und hast du deine Abstammung von der Gosau her?"
„Was soll ich dir da sagen? Da müßt ich erst wissen, wer du bist? Nit jedem Dahergrennten bindet man alles auf seine Nasen."
„Ich bin der Georg Hubmer, kaiserlicher Holz- und Schwemmeister aus´m Naßtal, wenn d´weißt, wo das ist. Bin an dich gwiesen, denn du kennst das Buch."
„Ah, der Hubmer bist? Der Georg? Wer kennt den Holzmeister nit? Und ja, ich kenn das Buch, aber da in Neuberg im Stift darf ich´s nit kennen. Verstehst mich, Holzmeister?"
„Ich versteh dich, Johann Pilz. Aber im Naßwald bei uns hast Zeit und Freiheit gnug, daß du ins Buch schaust. Und so frag ich dich gleich, ob d´nit möchst ins Naßtal zu uns kommen? Wir brauchen einen, der lesen und alles gut ausdeutschen kann."
„Weißt, Holzmeister, es ist halt schwer! Bei euch müßt ich mit meiner Existenz erst von vorn anfangen. Und ein guter

Holzknecht bin ich halt nit! Die Händ sind aufs Schreiben grichtet. Und bei euch krieget ich schwerlich eine Stell, daß ich mir einmal könnt ein Häusel erwirtschaften, was mein Lebensziel ist. Einmal frei hausen können, als ein freier Mann, das wär halt meine Lust. Und hier hab ich halt doch Aussicht, daß ich mir einmal ein Weib und ein Häusel könnt zsammenverdienen."

Georg dachte eine Zeitlang nach. Dann fragte er: „Hast schon ein Weib in Aussicht, Johann Pilz?"

„Oh, da hat´s noch einen guten Weg, Holzmeister."

„Wie wär´s, wenn du gleich einheiraten tätst in ein freibücherlichs Gut?"

„So dumm wird wohl kein Frauenzimmer sein, mein ich!"

„O je!" lachte der Holzmeister, „es hat schon noch dümmere geben! Aber bei dir, Johann Pilz, tut bald eine mit. Ich weiß, daß d´ein anständiger Mensch bist. Wir brauchen dich im Naßtal wie einen Bissen Brot. Und da nehm ich´s auf mich, daß du ein Weib und ein Gütel kriegst!"

„Wie kannst du so was sagen? Wer weiß, ob mich ein Weibsbild mag?"

„Sie muß mögen! Überlaß das mir. Das werd ich richten!"

„Da ist wohl die Frag erlaubt, wie das Frauenzimmer ausschaut?" „Wie´s ausschaut? Na, ganz sauber soweit. Ein paar Kinder sind halt da, aber alle schon recht hergwachsen. Kein Kreuz hättst mit dem Kinderwiegen. Höchstens, daß d´noch selber was anstellst!"

Der Johann lachte. „So ist mir mein Lebtag noch kein Weibsbild zugstanden. Ich möcht halt doch z´erst wissen, ob sie einverstanden ist, damit ich hingehn könnt, die Sach

anschaun. Und möcht die Gschicht umdrehn und durch dich um sie anhalten. Vielleicht geht´s so leichter?"
„Also bring ich dir in ein paar Tagen Post!"

Georg ging in Gedanken versunken davon. Da hatte er eine hübsche Kuppelei eingefädelt. Hatte etwas versprochen und wußte gar nicht, ob die Weibsseite einverstanden war. Mehrmals blieb er stehen und kratzte sich hinterm Ohr. Verflixte Geschichte! Er mußte jetzt sehr „geschmalzen" zu Werke gehn!
Im Haus seiner Schwägerin kehrte er ein. Sie saß auf der Ofenbank und strickte.
„Grüß Gott, Schwagerin! Wie geht´s alleweil?" fragte er und setzte sich neben sie auf die Bank.
„Mein Gott!" seufzte sie. „Es ist halt ein hartes Leben, wenn einem der Mann fortgstorben ist."
„Ja, ja! Hart! Recht hart! Der Johann war ein ganzer Mann. Aber es ist halt doch auch was wert, daß er dir ein Häusel hat überbüchert, so daß dich kein Amt kann abstiften. Ein Kreuz, wenn ein Frauenzimmer ganz allein ist. Schlechte Leut gibt´s genug auf der Welt!"
„Ach Gott! Mir ist´s nit um mein Leben! Könnt ich meinem Johann ins Grab nachgehn, vom Herzen gern machet ich Schluß mit´m Leben!"
„Aber geh zu! Wer wird denn gleich so was reden? Freilich, im ersten Schmerz glaubt man, man könnt´s nit aushalten! Später gibt sich das. Man wird ruhiger, gsetzter. Und die Kinder...?"
„Die sind gottlob soweit aus dem Gröbsten heraus."

Georg wurde verlegen. Wenn er so herumsprach, kam er an kein Ziel. Er wollte direkt auf die Sache losgehen.
„Weißt schon“, sagte er, „daß wir in ein paar Tagen aufs Holz an die Traisen gehn?“
„So?“ antwortete sie und zog eine Stricknadel aus.
„Ja! Das ist recht hart, weil ich fürcht, daß ein Verführer könnt kommen, der mir die Weiber verrückt macht und vom alten Glauben abbringt.“
„Soll nur einer kommen!“ sagte die Hubmerin, und ihre Augen blickten zornig. „Es wird ihm nit anders gehen wie den anderen. Ich weiß mir schon zu helfen!“
„Allemal bist nit dabei. Und die Feind sind schlau! Da ghört schon ein Mann her, der Widerpart gibt. Ich wüßt schon einen, der hat den richtigen Glauben.“
„Na also! Dann brauchst ja nix z´fürchten?“
„Ja freilich. Aber der ist nit da! Und käm er her, so möcht er gleich heiraten, der!“
„Da schau her! Der ist ein Ganzgscheiter!“
„Das hab ich mir auch denkt. Aber er ist ein braver Mensch und ein sauberes Mannsbild. Ich, wenn ich ein Frauenzimmer wär, gleich nehmet ich ihn. Siehst, Schwagerin, der wär was für dich!“
Die Hubmerin sah Georg mißtrauisch von der Seite an. „Was kriegst für den Kuppelpelz, Schwager?“
„Ich? Ich mein halt nur so! Schau, Schwagerin, du tust es für den Glauben.“ Und nun gab Georg eine umständliche Beschreibung des Mannes, legte klar, wie notwendig es wäre, sich für die große Sache in die Bresche zu stellen.
„Ich glaub halt, daß du ihn nit gleich ablehnen solltest. Schau

dir´n an! Epper kommt später der Gusto. Wenn er nur einmal da ist, verstehst? Und so brauch ich vorderhand nix anderes, als daß du nit nein sagst! So könnt ich ihn herkriegen, den Menschen, ins Naßtal! Ich glaub, daß der gottselige Johann nix dagegen hätt, wenn er wüßt, daß ein fleißiger Annehmer in sein Haus einzieht. Da, was sagst?"
Die Hubmerin tippte dem Schwager auf die Stirn. „Bist ein bissel übergschnappt, Georg, gelt?"
„Also, ich bring ihn halt her aus Neuberg. Johann Pilz heißt er!"
„Wie?" Die Hubmerin stutzte „Pilz heißt er? Der ist ja ein Gosauer! Ob es der ist, der auf der Studie in Wien war? Ist er nit der Sohn von einem Superintendenten? Ein Schwarzer, gelt?"
„Wohl! Wohl! Ebenderselbe!"
„Also, da kannst´n herbringen!"
„Na, so geh ich aber gleich wieder zruck nach Neuberg! In zwölf Stunden bring ich ihn her!" Nahm Hut und Stock und eilte aus dem Haus.
Draußen rannte er mit dem Wendel Balthauser zusammen. Der stand da, frisch gewaschen mit einem großen Buschen bunter Alpenblumen.
„Wendel Balthauser..." Dem Holzmeister blieb die Rede im Halse stecken.
„Ist sie drin?" fragte Wendel, und seine Augen glänzten.
„Ja!" sagte Georg, „aber geh nit eini, sie ist nit gut aufglegt!"
„Das macht nix!" sagte der Wendel. Schlich zur Tür und legte leise den Strauß auf die Schwelle. „Sie weiß schon, von wem die Bleameln sind!" sagte er und lief davon.

Georg sah ihm kopfschüttelnd nach. „Was hast angestellt, Holzmeister?“ fragte er sich selber.

„Also kannst kommen“, sagte der Holzmeister zu Johann Pilz, „sie ist soweit hergricht; und wann d´ es gscheit anpackst, so ghört sie dein!“
„Schau ich mir s´an, wird´s das beste sein“, antwortete Pilz. „Gleich nehm ich mir Urlaub und geh mit dir!“
„So ist´s recht!“
Auf dem Wege ins Naßtal rückte der Holzmeister allmählich mit der Farbe heraus. „Sie ist nämlich meine Schwagerin, mußt wissen; meines Bruders Weib, den wir vor etlichen Wochen begraben haben.“
„Wie? So eine junge Wittib? Da mach ich den Weg umsonst!“
„Gleich muß ja nit gheiratet sein. Und über ein halbes Jahr klärt sich der trübste Wein. Aber einen braven Mann brauch ich für sie, und du scheinst mir grad der richtige zu sein. Und außerdem brauch ich dich in der Gmeind wie einen Bissen Brot. Haltst dich bei ihr und bei uns an, wird´s dir, da kannst sicher sein, nit schlecht gehn.“
Nach einigen Wegstunden standen sie vor dem Haus der Hubmerin.
„Ich geh gleich voraus“, sagte Georg und öffnete die Tür. Die Hubmerin stand mitten in der Stube, fein herausgeputzt. Der Holzmeister stutzte. „Grüß Gott, Schwagerin“, sagte er, „da bring ich dir einen.“
Er wollte noch etwas sagen, aber das Wort blieb ihm auf der Zunge haften, als er sah, wie der Johann Pilz mit weit

aufgerissenen Augen die Hubmerin anstarrte und die Frau auf den Pilz zukam und sagte: „Grüß Gott, Hans!"
„So bist es wirklich, Moidel? Nach so viel Jahr?"
„Ich bin´s, Hans. Dieselbige noch, nur ein Alzel älter."
„Wer hätt das denkt? Daß wir uns doch noch einmal sehn im Leben? Ich nit und du nit, gelt?" Sie reichten einander die Hände.
Da ist einer zuviel, dachte Georg und ließ die beiden allein.
„Stimmt schon", sagte er zu sich, als er heimzu schritt. „Weiß Gott, es gibt Zufälligkeiten oder Wunder. Ist´s wie´s will! Den Johann hätten wir auf Nummer Sicher."
Daheim traf er den Gleisegger, der schon sehnsüchtig auf den Meister wartete. „Was ist los?" fragt der Holzmeister.
„Ich hab einen guten Rat vonnöten, bevor ich was anstell!"
„So, so! Was denn also? Komm in d´Stuben, da redt sich´s leichter."
Sie nahmen beim großen Kamin Platz. „Weißt", hub der Gleisegger an, „es ist eine schieche Sach und trifft mein Töchterl, die Fanny. Das Dirndl, hab ich glaubt, wär harthörig für die Buben und so viel gschamig; ja, Schnecken!"
„Sie wird´s dir wohl nit auf d´Nasen binden, wann`s eine Liebschaft hat", entgegnete der Holzmeister.
„Es hat sich leider schon mehr zutragen als bloß so was."
„Zwischen verliebte Leut tragt sich allweil was zu. Oder hat sich bei dir und deiner Alten z´eurer Zeit nix zutragen? Da tätst mir leid!"
„Ja, zutragen und zutragen ist halt ein Unterschied. Bevor wir nit gheirat haben, hat sich nit mehr zutragen, als was sich halt anständigerweis zutragt. Aber bei meiner Fanny

hat sich halt schon das zutragen, was sich bei uns erst nach dem Ehrentag hat zutragen.“ Der Gleisegger schneuzte sich vor Verlegenheit.

„Ah so!“ Der Holzmeister pfiff durch die Zähne. „Also, wie man so sagt, ein bissel voreilig hat sich was zutragen. Aha! Das heißt also, die Fanny hat den Ehrentag nit erwarten könen. Na ja! Das ist am End nit so arg und ist schon bei den höchsten Herrschaften vorkommen. Jetzt heißt´s halt reparieren, was möglich ist. Wie hoch stehn wir denn schon?“

„Im achten Monat.“

„Haben wir noch ein paar Wochen Zeit. Bis dahin muß er sie heiraten. Wer ist denn er?“

„Der Pehofer-Ferdl, der zugwanderte Holzknecht, der Schwarzgschnecklerte, wenn`d ihn kennst!“

„Ah ja! Der! Also, da haben wir ja ein schönes Paarl!“

„Ja, aber der Lausbub streitet alles ab! Er ist nit der Vater, sagt er, der Schuft! Und sagt noch, daß die Fanny schon mehrere Liebschaften ghabt hätt. So frag ich dich im Vertraun, wie man die Sach ins reine bringen könnt, bevor wir an die Traisen gehn.“

Der Holzmeister dachte lange nach, dann sagte er: „Schick mir die Fanny her. Aber gleich!“

Eine halbe Stunde später saß die Fanny, ein bildhübsches Dirndl, aber etwas außer Form, vor dem Holzmeister.

„Na du“, begann Georg, „Wer war´s?“

„Der Pehofer-Ferdl, wer denn sonst?“

„Ganz sicher?“ „Freilich, er ist ja der einzige, der mit mir gangen ist.“

„Und sonst könnts keiner sein? Ich mein, wenn`d genau nachdenkst?"
„Nein, der Pehofer war´s."
„Also war´s halt der Pehofer. Gut! Es wird sich ja weisen, wenn das Kind da ist. Ist´s schwarzgschnecklert, so war der Pehofer der Vater."
„Es könnt aber auch flachshaarig sein wie ich, wenn´s der Mutter nachgrat. Aber so lang kann ich nit warten, bis meine Ehr verloren ist. Der Pehofer war´s und Schluß!"
„Gut! Ich werd mir den Ferdl holen lassen."
Einige Zeit später saß der Ferdl beim Holzmeister. „Also, Ferdl, du mußt die Fanny heiraten! Höchste Zeit!"
„Ich? Wieso denn?"
„Was heißt das? Wieso denn? Du bist mit der Fanny gangen, und jetzt kriegt`s ein Kind."
„Und da soll ich herhalten? Ich kann einen Eid ablegen, daß der Wendlinger, der Rotschädlerte, der Vater ist."
Der Holzmeister kam ins Nachdenken. Eine verwickelte Geschichte! Dann entschied er: „Ist das Kind rotschädlert, so ist der Wendlinger der Vater. Ist´s schwarzgschnecklert, so bist es du ! Aber auf das kommt´s jetzt nit an. Wenn die Fanny sagt, du bist es, so bist es du. Also wirst du´s heiraten!"
„Warum soll ich ein fremdes Kind erhalten?"
„Kind ist Kind, verstehst? Und du hast ebenso wie der Wendlinger das Dirndl in Gfahr bracht. Wenn du also ein anständiger Bursch sein willst, nimmst die Fanny. Sie ist ein sauberes Dirndl."
„Na ja, da ist nix z´reden. Aber das Kind!"

„Da hört sich doch alles auf", brauste der Holzmeister auf. „Wie kannst denn wissen, daß das Kind nit von dir ist?"
„Weil´s gradsogut vom Wendlinger sein könnt!" „Du, jetzt frag ich dich auf Ehr und Gewissen: Möchtest die Fanny heiraten, wenn´d wüßtest, daß das Kind von dir ist?"
„O ja! Ich hab´s ja soweit recht gern! Und häuslich ist´s und rechtschaffen soweit, bis halt auf das Kind!"
„Aha! Wenn du sie allein ghabt hättst, dann wär alles rechtschaffen, gelt? Und bist derselbe nixnutzige Kerl gwesen wie der Wendlinger. Aber mir ist Kind - Kind! Verstehst? Und jedes Naßwalder Kind muß einen anständigen Vater haben. Ist schon einmal das Malheur gschehn, gut! Aber dann muß ein jeder einstehn, der an dem Kind teilghabt haben kann. Ledige Kinder duld ich nit im Naßtal! Und so hat das Kind, wann´s nit zu erweisen ist, von welchem Vater´s abstammt, halt zwei Väter! Besser zwei als gar keinen! Ist das Kind rot, so muß der Wendlinger dazuzahlen! Schluß! Und du wirst die Fanny heiraten! Verstehst? Und morgen gehst nach Schwarzau und vermeldest die Aufkündigung! Ein für dreimal, weil´s pressiert!"
„Wenn der Wendlinger für sein Kind sorgt, dann hab ich nix dagegen."
Die Sache sprach sich bald im ganzen Naßtal herum. Die Leute waren schon begierig, wie der Fall ausgehen werde. Wetten wurden veranstaltet auf die Haarfarbe des Kindes und auf den Vater. Der Wendlinger fühlte sich jedenfalls in der Hinterhand, weil ihm der Zutritt zur Fanny durch den Ferdl, der sich als Bräutigam viel im Gleiseggerischen Haus umtat, verwehrt war. Die Fanny aber war glücklich, daß sie

den Ferdl zum Mann bekam, und auch der Ferdl war einigermaßen darüber beruhigt, daß ihm die Fanny zufiel, ohne daß er das Kind unbedingt als das seine anerkennen mußte. Denn die Sache mit dem Wendlinger war höchst fatal gewesen, und die Fanny konnte schließlich nichts dafür, wenn das Kind vom Wendlinger war. War doch der Wendlinger damals, als der Ferdl ins Naßtal kam, mit der Fanny verlobt, und er, der Ferdl, hatte sich zwischen die beiden gestellt und hatte die Verlobung auseinandergebracht. Und dem Wendlinger, dem Rotschädlerten, hätte der Ferdl doch niemals die Fanny gegönnt. Aber das Kind halt! Das Kind! Nun, man würde ja sehen!

Die Hochzeit ging still vorüber, und da durchlief eines Abends die Kunde das Naßtal: „Die junge Pehoferin, die Fanny, kriegt ein Kind!"

Das war ein Ereignis für die Naßtaler. Bald umlagerte eine Menge Menschen das Gleiseggerische Häusel, in welchem die Fanny entbinden sollte. Im Vorraum, wo das Küchenfeuer brannte, saßen auf der Ofenbank die Meistinteressierten. Der Ferdl und der Wendlinger.

Drinnen in der Stube herrschte aufgeregtes Durcheinander der Naßtaler Frauen, die gekommen waren, um zu helfen. Und auf einmal drang ein Jammern durch die verschlossene Tür.

Der Ferdl sah den Wendlinger fuchsteufelswild an: „Gleich niederschlagen könnt ich dich, daß die Arme deinetwegen muß so viel leiden!"

„Meinetwegen? Deinetwegen leidet´s!" sagte der Wendlinger.

Eine Holzarbeiterunterkunft an der Schwarza, 1837

Und jetzt durchgellte ein Gequieke das Haus.
Die Männer fuhren auf.
„´S Kind ist da!"
„´S wird doch wohl von mir sein", meinte der Ferdl. „Wär mir so unrecht nit!"
„Gern zahl ich für´s Kindel, wann´s von mir ist!" sagte der Wendlinger.
„Halt´s Maul!" pfauchte der Ferdl her.
„Ich red, wenn´s um mein Kind geht, soviel ich mag!"
Eine Frau stürmte aus dem Zimmer. „Wo ist der Ferdl? Wo?"
„Da!"
„Ein kleins Dirnderl haben wir kriegt! Ein kleins Dirnderl!"
„Was hat´s für Haar?" Die beiden Väter riefen es wie aus einem Munde.
„Haar?" Die Frau sah verdutzt drein. „Haar? Das hab ich nit einmal gschaut!" Sie rief in die Stube: „Was hat das Dirnderl für Haar?"
„Gar keine!" kam es zurück.
„Alsdann muß man noch zuwarten", sagte der Wendlinger. „Für den Ferdl sein Kind zahl ich kein Knopf. Aber mein Kind, wann´s es ist, das soll ein Leben haben wie ein Prinzesserl!" Dann ging er davon.
Zwei Monate später, gerade als sich die Holzknechte zum Gang ins Traisental zurechtmachten, kamen die beiden Väter mit dem Kind in das Haus des Holzmeisters.
„Jetzt muß entschieden werden", sagte der Ferdl, „was das Kind für Haar hat! Der Wendlinger gibt keine Ruh und sagt, es hätt rote Haar. Ich aber vermein, daß es die Haar von der Fanny hat. Flachshaaret, gelt? Schau es an, Holzmeister!"

Der Holzmeister sah genauer zu: „Rot sind´s nit die Haar! Schwarz aber sind´s auch nit!“
„Also, dann ist das Kind auch nit von mir!“ sagte der Wendlinger.
„Und von mir auch nit!“ sagte der Ferdl und legte dem Holzmeister das Kind auf den Tisch.
Der Holzmeister blickte die beiden Väter lange schweigend an. „Also gut!“ sagte er. „So ghört das Kind nit dir, Ferdl, und auch nit dir, Wendlinger! Aber der Fanny ghört´s! Gut! Das Kind ist eine Naßtalerin und soll nix entbehren. Es bleibt bei mir! Verstanden? Und jeder von euch zwei zahlt zu! Und jetzt schauts, daß ihr zwei Tagedieb hinauskommts, aber schleunig!“
Der Holzmeister öffnete die Tür sperrangelweit und deutete ins Freie. „Hinaus!“
Die beiden Väter schnitten dumme Gesichter und schlichen hinaus. Sie wagten es nicht, noch ein Wort zu sagen.
Das Kindlein auf dem Tisch hub ein jämmerliches Geschrei an. Georg nahm es in die Arme und wiegte es. „Geh, geh, geh! Sei doch nit so! Aber, aber! Wer wird denn so ein Getös machen? Eia Popeia!“
Das Kind schrie unentwegt. Da eilte er mit ihm zur Schwägerin, vorbei an den beiden Vätern, die noch immer ratlos vor dem Haus des Holzmeisters standen.
Als Georg in die Stube der Schwägerin trat, fuhren sie und der Pilz-Johann auseinander. Er tat, als ob er nichts bemerkt hätte. „Heda, Schwagerin, da bring ich dir das kleine Katherl von der Pehoferin! Pfleg´s halt derweil, bis ich von der Traisen zurückkomm!“

Nun mußte er der Schwägerin alles lang und breit erklären und sagte schließlich: „Wenn epper der Ferdl kommt oder der Wendlinger, und einer wollt das Katherl haben, so zeigst ihnen, wo der Zimmermann das Loch hat lassen. Das Kind bleibt in meiner Obhut! So! Und du, Pilz-Johann, paß mir gut auf die Weiberleut auf, wenn epper ein Versucher tät kommen! Mußt natürlich auch einmal auf d´Luft gehn, gelt? Damit d´hörst und siehst, was vorgeht in der Welt? Bald d´alleweil möchst in der Stuben sitzen bei der Hubmerin, so könnt´s am End sein, daß´d mir krank wirst. Und so nehm ich halt Abschied von euch auf etliche Wochen. Und aufs Katherl tuts mir nur fein aufpassen! Bhüt Gott!"
Am nächsten Morgen zeitig früh zogen die Naßtaler davon. Voran der Holzmeister mit dem Grießbeil unterm Arm. Es war kein fröhliches Wandern wie sonst, wenn man in die Berge stieg. Kein Jauchzer, kein Lied kam aus ihren Kehlen. Traurig, mit hängenden Köpfen ging´s bergan. Droben auf der Schneide hielten sie Rückschau auf das Naßtal.
Und keiner sprach ein Wort. Jeder aber fühlte, daß es etwas Großes war, das da unten mit Angst und Mühe, mit Zähigkeit und Bangen aufgebaut worden war. Nun hatten sie eine Heimat, die Männer, die pfadirrend vor Jahren hergezogen waren.
Es muß etwas Heiliges bedeuten, das Wörtel Heimat.

Im Traisengebiet, jenseits der niederösterreichischen Voralpen, gab es Arbeit genug. Der Wald war zu stocken, das Holz zu klieben, zu schlichten und die Stöße herzurichten

für die Traisenschwemme. Was die Schwemme betraf, plagte Georg die Sorge, ob wohl genug Wasser zum Schwemmen zusammenzufassen wäre. Hiezu mußten alle Quellbächlein, jedes Wasserrinnsal und Wettersturzbächlein herangezogen werden. Den ganzen Winter hindurch arbeiteten die Wehrknechte am Zugraben der Wässer, am Ausheben von Sammelbecken, an der Herrichtung von Stauen und Wehren, um für die Zeit der Schwemme im Frühling genug Kraft fürst Holzschwemmen zusammenzufassen.
Während die Holzknechte fleißig an der Traisen werkten, zog das neunzehnte Jahrhundert ins Land. Es kam von Rußland her eine grimmige Kälte. Bis auf den Grund froren die Wässer. Da stockte die Arbeit.
„Auf ein paar Tag, bis die Gfrier nachlassen hat, wollen wir heimgehen in den Naßwald!“ sagte Georg.

Daheim war inzwischen nicht viel vorgefallen. Wohl hatte der Schwarzauer Pfarrer versucht, die Naßwalder Weiber auf seine Seite zu bringen, aber Johann Pilz war wachsam gewesen und hatte die wankelmütigen Frauenzimmer im alten Glauben erhalten. Auf ihn konnte sich der Holzmeister verlassen. So konnte er mit den Seinen wieder ruhig ins Traisengebiet gehen, als der Frost gebrochen war.
Endlich kam der Frühling mit dem lauen Föhn, und die Wasser schwollen der Traisen zu.
Die Schwemme begann.
Kaum begonnen, erhoben die Sägewerker und Müller ein arges Geschrei, denn die Schaufelräder liefen nicht, da Georg alles Wasser der Traisen zugekehrt hatte.

„Was kehrst uns das Wasser ab, Holzmeister?“ schrien die erbosten Unternehmer.
„Ich arbeit für den Kaiser und auf kaiserlichem Grund. Wem´s nit paßt, der soll sich beschweren!“
Da liefen die Geschädigten zu den Behörden und führten Beschwerde gegen den dickköpfigen Holzmeister.
Und alsbald stand eine Kommission vor Georg.
„Was?“ rief der Holzmeister, „auch da hab ich nit Ruh von den ewigen Kommissionen? Müßt ihr denn alleweil was z´schreiben haben und mich kujonieren? Wir wollen Ruh haben!“ Allein, die Herren ließen nicht locker. Sie machten ihre Studien, zeichneten und schrieben. Schließlich trat der leitende Kommissär vor den Holzmeister hin und sagte: „Die Staubecken müssen zugeschüttet und die Wehren aufgelassen werden!“
„Wer schafft das an?“
„Ich, der kaiserliche Kommissär!“
„Und ich, der kaiserliche Holzmeister, pfeif euch was!“
„Wie? Ihr wagt, mir zu widersprechen?“
„Ich widersprech nit; ich tu, was z´ tun ist. Der Kaiser will das Holz, und er kriegt´s auch!“
„Der Kaiser will nicht, daß die Sägen und Mühlen zu Schaden kommen. Die Leute wollen Arbeit und Brot.“
„Meine Leut auch. Wenn ihr mir aber die Wässer ableitet, so kann ich nit schwemmen. Und geschwemmt muß werden. Das ist eine Arbeit auf ein paar Wochen. Dann können die Müller und Säger das Wasser haben. Jetzt aber hab ich mit vieler Müh alles grichtet, und da müßt ich ein Narr sein, wenn ich mir das Wasser vor der Nasen wegziehen

ließ. Kurz und gut: es bleibt, wie´s ist. Das Wasser geht zur Schwemm!"
„Nein! Die Wässer gehen zu den Mühlen!"
„Alsdann wolln wir schaun, was gschieht!" sagte der Holzmeister und ging seiner Arbeit nach.
Kurze Zeit nachher kam ein Holzknecht gelaufen. „Holzmeister! Holzmeister! Die Leut von der Kommission lassen das Wasser aus der großen Wehr verrinnen und schütten die Stauen zu!"
„Wie? Was?" Der Holzmeister stand einen Augenblick totenblaß. Sein mit so viel Mühe aufgebautes Werk sah er mit dem Wasser verrinnen. Aber sofort faßte er sich. „Alle Mannder her!" rief er mit blitzenden Augen. „Und jeder nimmt sein Grießbeil mit! Entweder - oder!"
Bald darauf rückte der Holzmeister mit seinen Getreuen den Leuten des Kommissärs entgegen. Die Holzknechte standen da, zum Kampfe entschlossen. Georg trat vor und rief den Kommissär an.
„Also, was ist? Wagst es wirklich, Bursch, mir das Wasser abz´kehren?"
„Was soll das heißen?" fragte der Kommissär zurück.
„Das soll heißen", rief der Holzmeister wild, „daß wir euch alle in die Wehr schmeißen, wenn noch einer einen Spatenstich tut! Wir machen nit viel Umständ mit solchen Bürscheln, verstanden?"
Der Kommissär lachte hell heraus.
Da aber stand mit ein paar Sprüngen der Holzmeister vor ihm und hob ihn an der Brust hoch. „Glaubst es nit, Windbeutel, verdammter? Glaubst es nit?"

Die Holzknechte drängten mit großem Geschrei näher, die Leute des Kommissärs liefen davon.
„Aber ..., aber ...“, stotterte der Kommissär, der gefährlich in der Luft hing.
„Der erste bist, den ich saufen laß ....“, schrie Georg und holte aus, um das Männchen in das Wehrwasser zu schmeißen. Doch der klammerte sich ängstlich an den Hals des Riesen und bat zitternd und zappelnd um Gnade.
Da stellte ihn der Holzmeister nieder. „Geh, Bürschel! Mit dem Maul allein schafft man´s nit! Das kannst dir merken!“
Dann machte er sich mit seinen Holzknechten wieder an die Arbeit.
Das Schwemmen ging fortan ungestört weiter. Die Müller und Säger schimpften zwar wacker auf den Holzmeister, aber der ließ sich dadurch nicht stören. Über den Streit zwischen Georg Hubmer und dem Kommissär sollte das kaiserliche Kammergericht entscheiden. Gegen den gewalttätigen Holzmeister lief die Klage wegen schwerer Amtsehrenbeleidigung.
Es war im Mai, als ein Bote Georg den Befehl brachte, zur Verhandlung in Wien zu erscheinen.
„Ich hab jetzt nit Zeit, daß ich mich hinstell vor ein paar Schreiber und dem Kaiser das Tagewerk stehl. Wenn das kaiserliche Kammergericht vom kaiserlichen Holzmeister was haben will, so soll´s herkommen!“
„Das geht nicht!“ entgegnete der Bote.
„Na, dann sollen die Herren Amtsschreiber tun, was sie wollen! Ich geh nit hin! Schluß!“
Man erfuhr lange nicht, wie diese Klage ausgegangen war.

Der „Raxkönig“ war dem Wiener Hof lästig geworden. Man hatte zwar vor der mannhaften Erscheinung Georg Hubmers gewaltigen Respekt, aber es durfte nicht geduldet werden, daß sich innerhalb der österreichischen Erblande ein kleines Königreich eines kaiserlichen Holzknechtes auftat, noch dazu ein ketzerisches, ein protestantisches, das ohnedies seine Ableger schon in das ganze Reich verstreut hatte. Saß doch Sepp, der Sohn des Holzmeisters, als Leiter des Ländplatzes in Simmering. Auch hatten die Söhne und Töchter der protestantischen Holzknechte des Naßtales aus dem Raxwinkel herausgeheiratet und so dem ketzerischen Glauben eine größere Bodenfläche gegeben. Eine besondere Gefahr aber bestand darin, daß diese protestantischen Menschen Verbindung mit den Protestanten im Deutschen Reiche finden und so gleichsam als politische Sendlinge protestantischen Reichsfürsten in religiöser Vermummung Spitzeldienste leisten konnten. Das war um so weniger zu dulden, als Kaiser Franz bestrebt war, die Kaiserwürde des religiös zerrissenen Reiches loszuwerden und sein Monarchentum, unbeeinflußt von dem protestantischen Getriebe Deutschlands und den dünkelhaften Dutzendfürsten, auf rein katholischer Grundlage, gestützt auf die weltbeherrschende Macht der römischen Kurie, ausschließlich auf seine Erblande zu beschränken. Lieber ein wirklicher Kaiser von Gottes Gnaden in Österreich, als ein Scheinkaiser in Deutschland von der Gnade einiger Reichsfürsten! Verschwiegen pendelten die Sendboten zwischen Rom und Wien hin und her, um bei guter Gelegenheit die Trennung des katholischen Österreich von dem überwiegend protestantischen Deutschland vorzubereiten. Bei solchen Absichten ging es wirklich nicht an, sich mit dem gefährlichen Holzknecht Georg Hubmer lange auseinanderzusetzen. Dieser nackensteife, wagemutige Kerl, der in seiner Weltabgeschiedenheit, verrammelt hinter seinen Bergklötzen, allen Befehlen und Anordnungen in Glaubenssachen selbst der hohen Regierung nur ein trotziges „Nein!“ entgegensetzte, war zu fürchten. Freilich hätte man das unbequeme „Raxkönigtum“, das der freiheitsverblendete Kaiser Joseph leider nur zu sehr unterstützt und gehoben hatte, mit einem Schlage vernichten können. Man brauchte nur ein strammes Bataillon kroatischer Soldaten in den Naßwald zu entsenden, das Ketzernest auszuheben und den Störenfried, den Hubmer, auf den nächstbesten Baum aufzuknüpfen. Eine Affäre von zwei, drei Tagen, weiter nichts! Aber gerade dies war gut zu überlegen, weil die Kunde von solch einer Expedition augenblicklich über die Berge geflogen und alle protestantischen Kräfte im Lande wachgerufen hätte. Denn es bestand eine sichere und geheime Verbindung zwischen allen evangelischen Holzknechten in Österreich ob und unter der Enns, in Steiermark, Kärnten, Salzburg. Man wußte, daß es nur eines Winkes des Holzmeisters bedurfte, um all die einsamen Riesen in den Bergen zusammenzurufen, wenn es galt, Glauben und Heimat zu verteidigen und Georg, der wie ein Prophet unter den Leuten stand, zu schützen. Kampflos hätten Georg und seine verwegenen Gesellen das Feld nicht geräumt. Aber just ein Religionskrieg im Innern Österreichs hätte sofort die protestantischen Fürsten Deutschlands auf den Plan gerufen.

Es stand viel auf dem Spiele, wenn man diesen verfluchten „Raxkönig" zu scharf anfaßte. Ein Glaubenskonflikt jetzt, da der französische Konsul Napoleon Bonaparte ungestüm an den Staaten Europas rüttelte und man alle Hände voll zu tun hatte, diesen korsischen Störenfried in Schach zu halten?
Die kluge Überlegung siegte. Mit scharfen Mitteln war dem Ketzernest im Naßtal nicht beizukommen. Aber Netze, Fallstricke und Schlingen schlau gefädelter Intrigen wollte man auslegen, um den tolpatschigen Holzknecht geschickt einzufangen und unschädlich zu machen. Man mußte nur vorsichtig und im Scheine des Rechtes, das sich allezeit gefügig biegen ließ, zu Werke gehen. Bald bot sich eine sehr günstige Gelegenheit.
Die Arbeiten im Naßwald gingen ihrem Ende zu. Nur ein kleiner Bestand der kaiserlichen Wälder war noch abzuholzen, dann war Hubmer mit seinen Leuten ohne Verdienst und Brot. Hunger macht folgsam, so dachten die Juristen des kaiserlichen Kammeramtes, denen aufgetragen war, die Hubmerische Gemeinde im Naßtal mit aller Vorsicht abzubauen. Was wollten die arbeitslosen Leute noch im Naßtal? Man versuchte, sie zu bewegen, in andere, weit entfernte Gegenden zu gehen. Die Leute stemmten sich dagegen, weil ihnen Georg abriet, die Heimat, die sie sich mit so viel Mühe aufgebaut hatten, zu verlassen. Da die Leute nicht freiwillig gingen, griffen die Herren vom kaiserlichen Kammeramt mit den Mitteln des „Rechtes" zu. Die verstreuten Holzknechthäuser standen ja alle auf kaiserlichem Grund. Der war den Holzknechten seit ihrer Arbeit gleichsam nur zur

Beim Durchschneiden / Auf sicherem Fuß

Leihe überlassen. Im Vertrauen auf die kaiserliche Gerechtigkeit hatten es viele Holzknechte unterlassen, den Grund, den sie bezahlt hatten, sich bücherlich zueignen zu lassen. So hatte das kaiserliche Kammeramt eine gute Handhabe, Leute abzustiften. Die Häuser der abgestifteten Holzknechte mußten augenblicklich geräumt und demoliert werden. Georg protestierte im Namen seiner Leute. Man lachte ihn aus und hielt ihm vor, daß er wohl daran gedacht, sich sein eigenes Haus bücherlich übereignen zu lassen, für die Knechte aber diese Fürsorglichkeit nicht angewendet habe.
„Aha!“ knurrte Georg erbost, „jetzt fühlt ihr euch im Oberwasser, weil mancher arme Teufel im Vertrauen auf den Herrn Kaiser mit der dummen Formsache zu spät gekommen ist. Ich red mit dem Herrn Kaiser selber!“
Die Audienz wurde ihm verwehrt. Zornig biß er die Zähne zusammen. Er konnte vorläufig nichts anderes tun, als die Abgestifteten bei sich im Hause oder im Oberhof unterzubringen.
Aber die Abstiftungen mehrten sich. Der Holzmeister brachte die nötigen Wohnräume für die Obdachlosen nicht mehr auf. So verlegte er sich aufs Bitten. Man wies ihn barsch ab.
„Das Recht muß respektiert werden, Herr Hubmer, da Sie doch selbst immer betonen, daß nur das Recht die Menschen leiten kann!“ sagte man ihm höhnisch.
„Ja, Recht und Recht ist, scheint´s, doch ein Unterschied!“ antwortete er erbost. Sein biederes Rechtsempfinden lehnte sich gegen die Ränke der Herren von der Rechnungskammer auf, seine derbe Zunge war aber den feingeschlif-

fenen, schlau gedrechselten Argumenten seiner Gegner nicht gewachsen. Zum ersten Mal in seinem Leben fühlte er sich schwach und unterlegen. An den Kniffen der Rechtsgelehrten zerschellte „Sein Recht“, das er wohl mit seiner ehrlichen Überzeugung und seinen mächtigen Fäusten hätte durchsetzen können. Hier war er machtlos, hilflos. Verzweiflung packte ihn an. Alles - alles, was er mit so viel Mühe und Sorge aufgerichtet hatte, war daran, in sich zusammenzustürzen. Die Holzknechte, arbeitslos, auf kleine Kost gesetzt, begannen unruhig zu werden. Noch verbargen sie vor dem Holzmeister ihren Unmut. Aber die Weiber fingen an, die Männer zu hetzen, und oft genug flogen dem Meister, wenn er im tiefen Sinnen in der Sorge um die Seinigen dahinschritt, giftige und gehässige Blicke nach. Er fühlte selbst, daß ein kleiner Funke genügte, um das Pulverfaß der Unzufriedenheit in die Luft zu sprengen und so mit einem Schlage all das zu vernichten, was er mit dem Einsatz seines ganzen Lebens durch viele Jahre der Mühsal aufgebaut hatte. Heimat und Glaube standen in Gefahr! Furchtbare Seelennot quälte ihn. Und kein Ausweg aus all dem Jammer! Immer größer wurde die Zahl der Abgestifteten.
Kein Ausweg? Wirklich keiner?
O ja! Es gab einen; aber um welchen Preis! In den Dienst des Grafen Hoyos treten und die kaiserliche Holzmeisterei hinschmeißen! Sooft dem Holzmeister der Gedanke kam, so oft verwarf er ihn wieder; wußte er doch, daß er seine kaiserliche Beamtenstelle ohne Anspruch auf Pension für sich und seine Leute hinlegen mußte, wenn er in die Dienste des Grafen trat. Er wollte doch noch lieber mit dem

Kaiser verhandeln. Wenn es ihm gelang, eine Audienz zu bekommen, mußte er den hohen Herrn zu irgendeiner Gnade bewegen können.
Schon war er nahe daran, den letzten entscheidenden Schritt zu tun, als ein unvermutetes Ereignis seine Vorsätze über den Haufen warf.

Josef Hubmer, Georgs ältester Sohn, stand eines Tages vor dem Vater in Naßwald und brachte die im ersten Augenblick ganz unverständliche Kunde, daß der Simmeringer Ländplatz über rechtswirksame Kündigung des Rechnungskammeramtes augenblicklich zu räumen sei. Das dort liegende Schichtholz mußte sofort zu Schleuderpreisen verkauft werden.
Der Holzmeister erbleichte bei dieser Nachricht. Lange saß er sinnend vor dem Fenster und blickte mit tränenfeuchten Augen in sein „Reich" hinaus. Drüben auf dem Berg schlugen soeben die letzten Fichtenstämme des kaiserlichen Waldes zu Boden. Wie gelähmt ließ er seine Arme sinken und murmelte unverständliches Zeug.
Dann sprang er plötzlich auf und sagte mit Bestimmtheit: „So ist´s also entschieden! Gib mir den Stock, Bub, und den Janker. Ich muß nach Wien!"
Der Sohn wollte eine Erklärung. Der Vater hörte ihn nicht mehr. Eilig schritt er davon.
Am nächsten Morgen stand der Holzmeister vor Graf Hoyos. Der alte Herr empfing ihn mit den Worten: „Also doch ...!"
Georg stutzte: „Herr Graf wissen wahrscheinlich, warum ich komm?"

„Es ist nicht schön, daß mir Euer Sohn den Ländplatz in Simmering weggegeben hat!“
„Wie soll ich das verstehen, Herr Graf? Mein Sohn hat doch nit gwußt, daß Sie drauf reflektieren. Und überhaupt hätten wir den Platz nit aus der Hand geben, wenn uns das kaiserliche Amt nit hinausgschmissen hätt. Er war ja kaiserlicher Pachtgrund.“
Der Graf kniff ein Auge zu. „Eine gute Ausrede ist einen Taler wert. So solltet Ihr mir nicht kommen. Habe ich doch erst heute vom Rechnungskammerrat die Verständigung erhalten, daß Herr Josef Hubmer - übrigens, da zeige ich Euch gleich den Wisch des kaiserlichen Amtes.“ Er holte vom Schreibtisch ein Pergament, darauf geschrieben stand: „Es wird hiemit bestätigt, daß Herr Josef Hubmer, als pleno titulo Rechtens Nachfolger im Bestand zu Simmering auf der Holzländ des Herrn Georg Hubmer, kaiserlichen Holz- und Schwemm-Meisters im Naßwald nächst Payerbach und Hirschwang, das Bestandrecht hat per sofort abgetreten an die Holzverwaltung des Zisterzienserstiftes Lilienfeld. Die Abfindungssumme per einhundert Gulden wurde vom Kammerrat des Stiftes Lilienfeld erlegt.“
Georg stand blaß bis in die Lippen. „Herr Graf“, preßte er mit heiserer, zornbebender Stimme heraus, „was da steht, ist ein Lug, eine gottsvermaledeite Lug!“
Der Graf lächelte. „Hier steht´s! Schwarz auf weiß! Das muß doch genügen!“
„Herr Graf, wir haben keinen Knopf für die Ablöse kriegt! Und kein Sterbenswörtel haben wir davon gwußt, daß der Herr Graf ein Aug hätt auf den Ländplatz. Und von einem

Pachtübergang auf die Lilienfelder nix - gar nix! Mein Bub kommt heim und vermeldet, wir seien mit der Holzländ gekündigt. No also, denk ich, das war der letzte Streich, den diese nichtswürdige Gsellschaft gegen mich führt. So denk ich mir, schmeißt die kaiserlichen Ehren hin und gehst zum Grafen Hoyos. Und da bin ich und wollt meine und meiner Leut Arbeit anbieten für den schlagbaren Urwald im Naßtal. Und jetzt muß ich so was hören! So was, das mir den Verstand nimmt!“

Der Graf hatte den zornigen Worten des Holzmeisters aufmerksam zugehört. „Ist das wahr, was Ihr sagt, Hubmer? Habt Ihr wirklich nichts von alledem gewußt?“ Er zeigte auf das Pergament in seiner Hand.

„Einen heiligen Eid schwör ich darauf, Herr Graf, als ein rechtschaffener Mann, der ich mein ganzes Leben war. Aber ich weiß, woher der Wind zieht!“

Und nun erzählte der Holzmeister mit fliegendem Atem, wie man ihn die ganze Zeit her gequält und alles darauf angelegt habe, seine protestantische Gemeinde zu zerstören. Die Verpachtung der Holzlände zu Simmering gehöre mit zu den Sekkaturen, mit denen man ihn zu Tode hetzen wolle. „Ich bin fertig mit dem Gesindel!“ schrie er. „Keine Minute bleib ich länger im Dienste des Kaisers. Ehe ich aber meine Leut entlaß und sie ins Ungewisse fortschick, frag ich an, Herr Graf, ob Sie mir und den Holzknechten Arbeit und Brot geben wollen? Die Waldbestände des Herrn Grafen im Rax- und Schneeberggebiet und drüber dem Gscheidl im Steirischen sind unermeßlich groß. Für Generationen gibt es Arbeit.“

Der Graf hatte mit viel Interesse den Worten des Holzmeisters gelauscht. „Euer Vorschlag, Hubmer, ist nicht schlecht“, sagte er gelassen. „Kann ich mein Holz aus dem Naßtal herausbekommen, so bin ich eine Lebenssorge los. Ich wollte auch die Holzlände in Simmering pachten, weil ich einen Platz brauche für die Schichten. Nun ist mir durch die Lilienfelder ein Strich durch die Rechnung gemacht worden. „Eine sehr böse Situation.“
„Daran sind wir gewiß nit schuld!, erwiderte der Holzmeister. „Was Niederträchtiges dahintersteckt, weiß ich nit! Vielleicht ist der Herr Graf imstand, Klarheit über die Sach zu erlangen. Und - auf Ehr und Gewissen - wir haben die hundert Gulden Ablöse von den Lilienfeldern gewiß nit bekommen. Wer das Geld eingsteckt hat, das müßt sich wohl herauskriegen lassen.“
„Ich werde versuchen, Klarheit zu erhalten. Natürlich mit aller Vorsicht, weil der Hof mir schon aus Konkurrenzneid nicht grün ist. Und da möchte ich Euch bitten, einstweilen strengstes Stillschweigen zu behalten. Ihr wißt doch, warum?“
„Ich weiß, denn ich kenn die Gsellschaft. Und jetzt noch was, Herr Graf ...“
„Nun?“
„Gnädiger Herr! Wir im Naßtal kommen ins Elend. Die Arbeit ist zu End, die Ersparnisse schrumpfen zusammen. Was ich leisten kann aus eigenem Sack, das tu ich derweil. Aber einmal schöpft sich jeder Brunnen aus. Und die Abstiftler sind schon so zusammengepfercht, daß ich Müh hab, sie zu halten. Geht einmal einer, so rennen alle. Helfen Sie

mir, Herr Graf! Geben Sie uns Arbeit in Ihren Wäldern!"
„Nun, ich werde sehen, was sich machen läßt. Ich habe selbst großes Interesse an dem Naßwalder Holz."
„Ich dank Ihnen, Herr Graf, für Ihre Menschlichkeit selbst als Mensch und nicht zuletzt als Christ. Denn dort, Herr Graf, dort im Naßtal hat unser Vaterglauben endlich eine Heimat gfunden. Denken Sie daran, Herr Graf, daß ein starker Glauben alles kann. Wir reißen Ihnen den Urwald nieder und machen Sie reich mit dem Holz. Nur lassen Sie uns unsern Glauben, der unsere Kraft ist."
Der Graf drückte dem Holzmeister gerührt die Hand. „Geht ruhig heim, Hubmer, es wird alles gut werden!"

Eine Woche später kam Post ins Naßtal vom Grafen Hoyos. Der Holzmeister möge kommen.
„Nun ist alles klar", sagte der Graf zu ihm. „Es ist so, wie es im Pergament steht. Den Lilienfeldern ist der Bestand der Simmeringer Lände übergeben worden."
„So glaubt also der Herr Graf, daß wir Lügner und Betrüger sind?"
„Ich habe nie daran gedacht. Wohl ist Lug und Trug im Spiele, aber von höchster, sagen wir es rundheraus, von allerhöchster Seite. Aber nicht nur gegen euch Naßwalder geht die Intrige, sondern vornehmlich gegen mich."
„Kann schon sein. Aber deswegen versteh ich doch nicht, wieso man sagen kann, wir hätten den Abfindungsschilling eingsteckt, wo wir doch keinen Kreuzer gsehn haben?"
„Auch darüber kann ich Auskunft geben. Es wurde gesagt, daß Ihr dem Kammergericht für einen verlorenen Prozeß

hundert Gulden schuldig seid. Ich glaube, Ihr habt Euch irgendeinmal mit einem Beamten zerstritten. Damals wurdet Ihr zu Gericht geladen, und da Ihr nicht erschienen seid, in contumaciam zu hundert Gulden Strafe verurteilt!"
„Aha!" Der Holzmeister griff sich an die Stirn. „Jetzt geht mir ein Licht auf! Die Klage wegen der Affär an der Traisen! Da haben die Lumpen den Strafbetrag also gleich von der Ländpacht gepfändet! Zwei Fliegen auf einen Schlag! Gut! Es bleibt also dabei: Keine Minute bleib ich länger im Dienste eines solchen Gesindels. Herr Graf! Sie wissen, daß ich ein anständiger Mensch bin. Geben S´mir die Arbeiten im Naßtal! Sie sollen Ihre Freude daran haben!"
„Meine Hand darauf, Hubmer, daß ich nur Euch die Holzarbeit anvertrauen werde, wenn alles andere erledigt ist."
„Alles andere? Was fehlt noch?"
„Die Schwemme auf der Schwarza. Sie ist kaiserliches Regal. Ich habe schon Schritte eingeleitet, und sobald ich die Schwemmgerechtigkeit habe, könnt Ihr sofort beginnen."
„Herbst ist, Herr Graf; in einigen Tagen kann Winter sein. Meine Leut brauchen Arbeit. Wie wär´s, wenn wir gleich mit dem Holzen anfangen täten?"
„Erst die Erlaubnis, dann das Holz. Es wird alles gut gehen, denn ich biete dem Hof den höchsten Pachtzins, der jemals gezahlt wurde. Zweihundert Gulden für die Schwemme, zweihundert für die Frachterei am Neustädter Kanal und hundert Gulden für den Ländplatz am Stubentor vor Wien. Ich kann es tun, weil mir das Holz das Hundertfache einbringen wird."
„Gut also! Kann ich mich drauf verlassen und meinen Holz-

knechten sagen, daß sie bleiben können?"
„Ja, es gilt, Hubmer! Wir wollen es den Herren in der Burg schon zeigen! Und sobald wir die Schwemme haben, machen wir den Vertrag. Es soll Euren Leuten nicht schlecht gehen in meinen Diensten."
„Das freut mich, Herr Graf. Und dem Kaiser schmeiß ich den kaiserlichen Holzmeister hin. Ich will mit dem Hof nix mehr z´tun haben!"
„Nichts übereilen, Hubmer! Zuerst das Schwemmrecht! Aber jedenfalls halte ich Euch auch für andere Dienste verpflichtet, wenn uns selbst der Kaiser einen Strich durch die Rechnung machen sollte. Ihr und Eure Leute sollen bei mir Brot und Arbeit finden."
„Gut wär´s, Herr Graf, wenn wir schon ein bissel vorarbeiten könnten mit dem Holz und mit der Schwemm. Zum Holzen wär grad die schönste Zeit, und die Schwarzaschwemm müßt noch ausgebaut werden, weil das Wasser bis jetzt nur für kleine Triften geeignet war. Wenn´s jetzt ins Große gehen soll, muß das Flußbett tüchtig renoviert werden."
„Das wird sich alles rechtzeitig genug machen lassen. Wartet nur noch ein wenig zu."
Gerührt von der Güte des Grafen nahm Georg Abschied und beeilte sich, ins Naßtal zu kommen, seinen Leuten die frohe Botschaft zu bringen.
Schon am Ortseingang hörte er, daß die Holzknechte im Oberhof versammelt seien. Sogleich eilte er dorthin. Wildes Geschrei schlug ihm beim Eintritt in das Haus entgegen. Jäh riß er die Tür auf und drängte durch die aufgereg-

ten Leute nach vorn, dorthin, wo eben einer sprach. Verdutzt blieb Georg einen Augenblick stehen. Die Umstehenden hörten voll Aufmerksamkeit dem Redner zu und bemerkten nicht, daß der Holzmeister unter ihnen war. Der dort schrie und gestikulierte, war der Pehofer-Ferdl. Georg hörte ihn sagen:
„... und laßt ihr euch noch länger zum Narren halten von dem? Auf was wartets denn noch? Bis er euch den letzten Kreuzer aus dem Sack gstohlen hat? Alles stiehlt er, der Kinderdieb! So weit hat er euch schon bracht, daß der Herr Kaiser die kaiserlichen Holzknecht abgstiftet hat von Grund und Boden! Er aber wird nit abgstift! Und warum nit? Weil er mit dem Kaiser hinter eurem Rücken mankelt und euch Dummian verkauft mit Sack und Pack. Er wird sein Häusl und sein Grund nit verlieren! Das hat er für sich und seine Brut schon so eingricht. Aber euch stiehlt er alles! Alles, sogar die Kinder! Mannder, geht euch denn kein Licht auf im Schädel, daß ihr verraten seid? Wollt ihr erst ganz auf der Erden liegen und den Gauner noch anbeten, weil er euch mit schönen Wörteln abspeist? Für brave Holzknecht gibt´s Arbeit gnug! Es muß nit grad im Naßtal sein. Ich bleib nimmer da, und wer gscheit ist, geht mit mir!"
Mit kräftigen Ellbogenstößen bahnte sich jetzt der Holzmeister den Weg zum Pehofer.
„Der Holzmeister!" Es klang wie ein Schreckensschrei durch die Stube im Oberhof. Dann Totenstille. Die bange Frage: „Was wird nun kommen?"
Georg stand vor dem Ferdl, Aug in Aug, Haß gegen Haß. Und da schlug der Holzmeister mit der Faust auf den Ei-

Eine einfache, schmale Bockbrücke überquerte die Schwarza in der Gegend der heutigen Rechenbrücke

chentisch, daß es krachte.
„Pehofer, du!“ schrie er, und seine Stimme zitterte. „Als ein Zudringling bist vor etlichen Monaten ins Naßtal kommen und hast bettelt um ein Stückl Brot. Und jetzt, du Dreckfink, elendiglicher, weil du dich angfressen hast, weil d´ein braves Madel hast verführt und weil ich dir das Kind hab weggenommen, für das du hast nit wollen einstehen, jetzt möchtest da den Judas spielen? Du, ich sag dir was: Dir paßt´s nit da, du willst nimmer bleiben! So geh nur schnell, bevor dich die Naßtaler mit dem nassen Fetzen davonjagen. Und kannst gehn, so wie d´kommen bist. Dein Weib, das von dir mehr Schläg als z´essen kriegt, laßt d´da! Verstehst? So einem liederlichen Lümmel wie dir vertraun wir keine Naßtalerin an. Geh, Pehofer, geh, und laß dich nimmer blicken unter meinen Augen!“
Er packte den Burschen scharf am Arm. Der Pehofer fuhr herum und faßte den Holzmeister an der Gurgel. „Was? Du rührst mich an, Hubmer, was?“ Im nächsten Augenblick traf ein furchtbarer Schlag des Holzmeisters den Schädel des Knechtes, daß er niedertaumelte. Und da ging´s los.
„Er hat sich am Holzmeister vergriffen, der Lump! Schlagt ihn nieder! Nieder!“ klang es wild von allen Seiten.
Mit geballten Fäusten drängten die Holzknechte näher und drohten, den Ferdl für seinen Angriff zu züchtigen.
„Halt! Halt!“ rief Georg, „der Mensch hat von meiner Dachtel gnug! Schmeißt ihn hinaus und laßt ihn in Fried.“
Im nächsten Augenblick flog der Pehofer von einem Arm in den andern, und ehe er sich´s versah, lag er vor dem Oberhof.

Dann sprach der Holzmeister in ruhigem Tone zu den Leuten:
„Soll ich euch so wiedererkennen, Leut? Wenn ich geh, um für euch zu sorgen, laßt ihr euch von einem Windbeutel im Oberhof einfangen und aufhussen? Mannder, das solltet ihr wohl nimmer tun! Lange Jahr haben wir zsammenghalten in Leid und Freud, und jetzt, weil ein bissel Not einzieht ins Naßtal, verliert ihr gleich alles Vertrauen auf mich? Ich will euch was sagen: Ich halt keinen von euch, und wer gern geht, der geht mit dem Pehofer-Ferdl. Wie weit er´s bringen wird, das wird er ja sehn. Ich aber kann euch nur sagen, daß es jetzt gilt, ein oder zwei Monat noch die Zähn zsammenzbeißen, dann geht´s wieder bergan. Heut hat mir einer seinen ehrlichen Handschlag geben, daß wir da im Naßtal wieder zu Brot und Arbeit kommen. Es kann nit schiefgehen, solang noch tausende alte Urwaldbäum im Naßtal und drüber dem Gscheidl stehn. Nächstes Frühjahr schwimmt das Holz! Und viel Holz! Verlaßt euch drauf! Wer´s aber nit glaubt, der soll gehn! Der Pehofer-Ferdl soll ihn weisen!“
Einen Augenblick herrschte Totenstille.
Da drängte sich der Wendel Balthauser durch die Rotte. Einen Strauß später Alpenblumen reichte er dem Holzmeister und sagte: „Holzmeister, diesmal gib ich´s dir, die Bleameln! Holzmeister, du bist unser Vertrau! Ich bleib bei dir!“
„Und ich auch! Ich auch!“ Sie kamen, drängten, quetschten einander. „Holzmeister, wir bleiben!“
Der nächste Weg des Holzmeisters war zur Hubmerin. Dort

hatte er mit dem Johann Pilz abzurechnen. Es war arg, daß sich dieser Mensch um nichts anderes umtat als um die Hubmerin. In der Abwesenheit des Holzmeisters konnte die helle Revolte aufflammen, der Johann Pilz saß in glücklicher Bräutigamstimmung bei seiner Braut. Freilich, zum Teil mußte sich´s Georg selbst zuschreiben, da er ja die ganze Sache eingefädelt hatte. Aber trotz alledem! Wenn er schon den Pilz ins Naßtal gebracht hatte, hatte dieser auch bei der Hand zu sein, wenn es galt, aufgeregte Gemüter zu beschwichtigen. Eine tüchtige Strafpredigt wollte er dem saumseligen Brautgeher halten. Darum legte er es sich schon auf dem Wege zurecht, was er ihm sagen wollte. Als er jedoch vor das Haus der Hubmerin kam, hörte er die kreischende, schreiende Stimme der Frau. Was ist da wieder los? Sollten am Ende die Brautleute -? Er stutzte. Da vernahm er die Stimme des Pilz; laut und eindringlich. Und jetzt eine andere Männerstimme. Ah! Mit einigen Sätzen war er mitten in der Stube. Er mußte sich erst zurechtfinden. Drei Leute standen um die Wiege der Pehofer-Katherl. Und der dem Holzmeister den Rücken zukehrte, war der Pehofer-Ferdl, der jetzt sagte: „Und mein Kind nehm ich mit, wenn ich geh! Das ist mein gutes Recht!“
Da drängte ihn der Holzmeister zur Seite.
„Du! Hast noch nit gnug vom Oberhof her? Das Kind ist nit dein! Du hast es verleugnet. Der Wendlinger kann gradsogut der Vater sein wie du. Ich hab das Kind übernommen, und es bleibt in meiner Hut! Und du geh!“
„Ich bleib! Ohne das Kind geh ich nit!“
„Was willst also, Hanswurst, du? Einmal gehst, einmal

bleibst; was ist richtig?“
Mit hängendem Kopf stand der Pehofer da. Dann sah er den Holzmeister an und sagte: „Wenn d´mir garantieren kannst, Holzmeister, daß ich Brot und Arbeit krieg, so bleib ich!“
„Ich tu mir aus deinen Gnaden gar nix, Pehofer! Überhaupt bitt ich keinen. Wer nit bleiben will, der geht! Der Weg ist jedem frei. Aber nur eines: Ist wieder gute Arbeit im Naßtal, dann kommt mir keiner zurück, der einmal davongangen ist. Einen Judas kann ich nit brauchen!“
„Ein Judas bin ich nit, Holzmeister! Aber ich bin einer, dem nicht alles recht ist. Auch ein Holzmeister muß sich ein Wörtel dreinreden lassen. Auch ein Holzmeister ist noch nit der Herrgott selber!“
„Das stimmt! Und wann einer kommt und sagt mir ins Gsicht, was ihm nit paßt, so hör ich ihn gern an und laß mir auch was sagen und verdeutschen. Aber daß einer hinter meinem Rücken schimpft und mir die Leut verhetzt, so eine Schandtat duld ich nimmer!“
„Ich bin nit allein der Unzufriedene, Holzmeister. Alle sind´s. Das mußt wissen! Stehn wir doch schon wochenlang ohne Arbeit da und verzehren unsere Sparkreuzer. Ich bin fertig mit meinem Gerstl, und ich sag dir, viele andere sind´s auch. Es ist schon völlig so, daß wir von der Luft leben sollen. Und die dort im Oberhof sitzen, gepfercht wie die Schaf, ohne Haus und Grund, als abgstiftete Leut, denen, Holzmeister kannst es nit verargen, wann sie einmal anfangen, brummig z´werden. Ja, du hast leicht reden auf eignem Grund und Boden! Dir könnt´s mancher neiden.

Ich tu´s nit, Holzmeister. Ich geh lieber, eh ich wie ein Vieh krepier. Aber das ist mir recht, daß ich dir´s hab sagen können, was ich am Herzen hab, damit d´siehst, daß es nit notwendig ist, hinter deinem Rücken zu schimpfen."

„Wenn d´gehst, Ferdl, kann ich dich nicht halten." Die Stimme des Holzmeisters klang milde. „Und ich hab jetzt von dir eine bessere Meinung, weil ich gsehn hab, daß d´aufrichtig bist."

„Was bist auf einmal so freundschaftlich mit mir? Hättst ein bissel so gredt mit mir vor die anderen, so hätt ich dir schon die Meinung gsagt. Balds d´mich aber hinausschmeißen hast lassen, hab ich im Naßtal nix mehr z´suchen. Denn auf die Dauer möcht´s dir wohl nit passen, wenn einer da ist, der etwa anders denkt als du! Und ich bin einmal kein Naßtaler, der auf alles ja und amen sagt."

Georg schritt nachdenklich in der Stube auf und ab. Die Anwesenden begleiteten ihn mit den Blicken. Keiner sprach ein Wort. Plötzlich blieb er vor dem Ferdl stehen.

„Du!" sagte er bestimmt, „du bleibst!"

„Ich? Warum?" „Ich brauch dich. Du bleibst!"

„Nein, ich geh! Ich will nit verhungern!"

„Du wirst nit verhungern. Es ist alles eingleitet mit dem Grafen Hoyos. Bald legen wir die ersten Stämm nieder. Bis dahin bleibst. Und wenn´s dir dann nimmer gfallt, kannst gehn!"

„Ich möcht wissen, was du auf einmal hast?"

„Solche Leut wie du, die auch einen eigenen Willen haben, die brauch ich! Und ich geb dir eine Holzknechtrotte zur Führung, oder wann d´willst, kannst an der Schwemm mei-

Die große Klaus

stern. Es wird viel Arbeit sein an der Schwemm, du wirst es zwingen."
Der Pehofer überlegte.
„Stimmt das alles, Holzmeister?"
„Hab ich schon einmal mein Wort nit ghalten?"
„So bleib ich."
„Gut! Aber das Kind, die Katherl, bleibt unter meiner Obhut."
„Bis ich geh vom Naßtal meinetwegen. Anders nit!"
„Das wird sich alles weisen."
Die Männer sahen einander fest in die Augen.
„Brauchst es schriftlich, Pehofer?" fragte der Holzmeister.
„Ich brauch keine Schrift. Ich bind mich nit! Paßt´s mir nit, so geh ich!" Damit schritt der Ferdl davon.
„Also, was ist´s?" fragte nun der Holzmeister den Pilz. „Du bist mir der Richtige. Das Naßtal kann zugrund gehn, du sitzt auf der Kittelfalten, gelt?"
„Holzmeister, mit Verlaub, grad bin ich von Schwarzau kommen."
„So! Was dort?"
„Wegen der Aufkündigung war ich dort!"
„Hat´s so Eile? Was sagt der Pfarrer?"
„Er sagt, jetzt im Quatember ist fürs Heiraten verbotene Zeit. Aber gleich nach Heiligdreikönig traut er uns. Bis dahin laufen die drei Aufkündigungen fertig, und alsdann ist alles in Ordnung."
„So wünsch ich derweil recht viel Glück und ein schönes Wetter!" Der Holzmeister lachte. Dann schritt er zur Wiege und betrachtete das Kind. „Es schaut halt doch so aus",

meinte er, „als ob´s dem Ferdl seins wär! Schreit´s recht stark, wie?“
„Ah ja!“ sagte die Hubmerin, „es hat eine gute Stimm!“
„Alsdann ghört´s schon dem Ferdl! Denn der füttert auch seinen Schnabel nit umsonst! Also bhaltst halt noch das Kindl auf meine Kosten, bis wieder gnug Arbeit ist im Naßtal und der Ferdl wieder verdienen kann.“
Kaum hatte er die Worte gesprochen, als die Tür ging. Der Ferdl kam wieder zurück.
„Fallt mir grad ein, Holzmeister“, sagte er, „daß du mich im Oberhof hast stark beleidigt!“
„Ich? Was hab ich gsagt?“
„Du hast gsagt, daß mein Weib von mir mehr Schläg als z´essen kriegt. Du, Holzmeister, das ist eine Red gwesen, die ich mir nit gfallen lassen kann.“
„So was sagt der Mensch im Zorn leicht heraus. Und ist´´s nit wahr, um so besser!“
„Das ist mir nit gnug, Holzmeister! Das mußt du denen sagen, die es ghört haben!“
„Gut also! Sag ich´s ihnen halt!“
„Aber“, fuhr er fort, „daß ich dir hab eine auf deinen Schädel ghaut, das nimmst mir nit übel, gelt?“
„Ah, woher! Ich hab dich ja auch bei der Gurgel ghabt. Soweit wärn wir ja quitt!“
Das war echte Holzknechtart. Was die Hand tat, mußte die Hand verantworten. Griff gegen Griff; Schlag gegen Schlag. Hand muß Hand wahren. Uraltes Rechtsempfinden saß jedem in der Brust, und den Rechtsschutz machte man sich am besten „handlich“ ab. Die Mannskraft war das Gericht,

die stärkere Faust entschied im Rechtsstreit.
Doch was der Mund tat, das mußte der Mund gutmachen. Und der Holzmeister war ehrlich genug, seine eigenen Fehler zu erkennen. Diesmal war sein Mund vor Zorn übergequollen. Es war ein Unrecht geschehen. Darum wollte er es wiedergutmachen mit einer zündenden Red. Und den Pehofer hatte er zum Freund gewonnen auf Tod und Leben.
Es gab übrigens bald Gelegenheit, den Pehofer-Ferdl zu rechtfertigen.
Der Wendel Balthauser kam zum Holzmeister mit der Meldung: „Du, der Pehofer ist noch alleweil da!“
„Ja, ich weiß!“
„Du weißt es? Wann d´mir´s schaffst, Holzmeister, so stell ich ihn und schlag ihn nieder!“
„Wie? Was?“
„Ja! Ich hab mich mit dem Wendlinger schon zsammengredt!“
„Um Gottes willen, was hat euch denn der Pehofer tan?“
„Uns nix! Aber dir! Und fort muß er, der Hund! Der Wendlinger sagt´s auch, und dem hat er das Kind gstohlen, der!“
„Du, Wendel Balthauser, hol mir die Leut zsamm im Oberhof. Ich muß ihnen was sagen!“
Bald darauf waren die Holzknechte im Oberhof versammelt. Sie kamen alle in der Erwartung, der Holzmeister werde ihnen Arbeit zubringen. Und tatsächlich hatte sich Georg vorgenommen, seine Leute auf eigene Verantwortung in die gräflichen Wälder zu schicken, um dort vorläufig mit dem Roden des Dickichts zu beginnen. Denn lange konnte ja die Einwilligung des Grafen nicht mehr ausblei-

ben. Und würde aus der Sache nichts, so wollte er die Leute aus eigener Tasche bezahlen. Freilich ging auch sein Vermögen bereits zur Neige. Er mußte darauf gefaßt sein, in der Not Stücke des Hausrates zu verkaufen.
So griff er denn zur Notlüge und sagte zu den versammelten Holzknechten:
„Mannder! Heut kann ich euch eine frohe Botschaft bringen. Arbeit ist da! Morgen geht´s an! Drunten im gräflichen Wald gilt´s z´roden und z´richten für den Schlag! Eine Arbeit, die auf Jahre geht, solang wir und eure Kinder leben."
Die Holzknechte brachen in jubelndes Lärmen aus. „Arbeit und Brot! Endlich! Endlich!"
„Und", fuhr der Holzmeister fort, „schlagt sich halt jeder auf meine Verantwortung ein Stückel Wald aus, wie´s ihm paßt! Jeder, der vom Kaiser abgstift worden ist, soll sein Häusel wieder bauen auf gräflichem Grund. Der Herr Graf hat nix dagegen!"
Der Jubel, der nun losbrach, klang in helles Jauchzen aus. „Wieder hausen können als Menschen! Gott sei Dank!"
„Noch eins, Mannder! Das letztemal hab ich den Pehofer-Ferdl arg hergnommen. Leut! Der Mann ist ein braver Mensch; ich hab mich überzeugt! Ehrenhaft und rechtschaffen daheim und bei der Arbeit. Und hat auswärts schon Rottendienst tan, der Ferdl! Also, weil der Gleisegger, euer letzter Rottenführer, krank ist an der Gicht, so tätet ihr mir ein Gfallen, wenn ihr den Ferdl als Rottenführer wollt nehmen!"
Unruhe trat ein.

„Den Pehofer-Ferdl? Den Zugeschloffenen? Warum denn das?“ Widerstand erhob sich gegen den Holzmeister. Die Männer begannen zu murren.
„Wer also übernimmt sonst die Verantwortung? Der soll vortreten!“ Georg maß die Holzknechte der Reihe nach mit seinen Blicken.
„Jeder kann´s!“ klang die vielstimmige Antwort.
„Also sollen lauter Rottenführer sein und keine Holzknecht? Mannder, ich werd wohl wissen, was ich tu! Und ich muß dem Grafen verantworten, was gschieht! Wenn ihr mir entgegenarbeitet, dann leg ich euch die Holzmeisterei hin. Macht den Kram alsdann selber. Glaubt ein jeder, der ein bissel plauschen kann, daß er die Gscheitheit mit dem Schöpflöffel gfressen hat! Das Anschaffen muß mir frei sein. Wenn hundert kommandieren, gibt´s nix als Durcheinander. Ich will den Ferdl als Rottenführer! Wollts ihr nit, so tuts, was ihr wollts! Aber ich, der Georg Hubmer, hab dann bei euch nix mehr z´suchen! Wer spricht dagegen?“
Unheimliche Stille.
Dann der Holzmeister: „Also ist der Ferdl Rottenführer!“
Ohne ein Wort der Widerrede gingen die Holzknechte auseinander. Aber bleischwer lag die Luft über dem Naßtal.
Die Rodungsarbeiten in den gräflichen Wäldern begannen. Uralte Riesenfichten legten ihre sterbenden Häupter auf den farnigen Grund. Die Arbeiten leitete der Pehofer-Ferdl. Die Knechte murrten über ihn, aber sie duldeten ihn, weil der Respekt vor dem Holzmeister es ihnen so befahl.
Georg fuhr nach Wien, um beim Grafen anzufragen, wie weit die Sache mit der Schwemmgerechtigkeit stehe. Er

erfuhr soviel wie nichts. Die kaiserlichen Bürokraten arbeiteten langsam. Es konnte noch bis Weihnachten dauern, bis die Erledigung herabgelangte.
Wie die Sache ausgehen würde? Der Holzmeister erkundigte sich vorsichtig. Jetzt, da seine Leute schon an der Arbeit waren, war es für ihn eine Frage von Sein oder Nichtsein, wenn er bei einer Absage die Arbeiten plötzlich einstellen müßte. Der starke Mann zitterte vor Aufregung, als er vor dem Grafen stand.
„Je nun“, sagte der Graf, „ich habe etliche Münz springen lassen. Außerdem habe ich mich hinter meine Schwägerin gesteckt, die als Hofdame manches richten und beschleunigen kann. Von oben herab Protektion, von unten hinauf klingende Nachhilfe..., ich glaub, Hubmer, die Sache wird gehen! Nur Geduld muß man haben!“
„Freilich, freilich!“ beeilte sich Georg zu sagen. Ein Seufzer der Erleichterung entrang sich seiner Brust. „Wenn´s ein bissel schneller wär, hätt ich nix dagegen. Also frag ich halt in ein paar Wochen wieder an!“
Die Bewilligung ließ aber auf sich warten. Mittlerweile schritten die Rodungsarbeiten rüstig vorwärts. Georg entlohnte die Leute aus eigener Tasche. Der Geldbeutel begann schlaff zu werden. Erst vor kurzem hatte er zwei seiner Töchter, die in Wien aufgezogen wurden, ausgesteuert. Auch der Sohn wollte seine Ausstattung. Geld mußte her! Unter allen Umständen! Was ohne Aufsehen fortgeschafft werden konnte, altes Andenkenzeug, Gold und Silber, ging zum Verkauf. Das hiefür gelöste Geld war wie ein Tropfen auf heißem Stein. Das kleine Hausgerät wanderte allgemach

Schwarzazwänge im Höllental / Partie im Höllental / Beim Oberhof in Naßwald / Holzriese

zum Trödeljuden nach Wiener Neustadt. Viel zuwenig, was hiefür bezahlt wurde. Darum mußte er das Haus belehnen. Alles nur in der Erwartung, daß der Graf doch bald die Bewilligung zur Schwemme erhalten werde. Wie aber, wenn die Bewilligung nicht kam? Wie sollte er sich vor dem Grafen rechtfertigen, der doch erfahren mußte, daß der Holzmeister wie ein Dieb in die gräflichen Wälder eingebrochen war?

Da traf kurz vor Weihnachten ganz unerwartet der junge Graf Ernst Hoyos im Naßtal ein. Eine Treibjagd war angesagt. Viele Gäste kamen mit dem jungen Herrn ins Tal, eine ausgelassene, übermütige Gesellschaft.

Dem Holzmeister verschlug es den Atem, als er den Grafen auf sich zuschreiten sah. Gertenschlank, hochgewachsen war der junge Mann, streng sein Blick und hochfahrend seine Art, mit den Leuten umzugehen.

„Was ist´s, Holzmeister“, sagte er, „Leute brauche ich zum Treiben!“

„Auf Rotwild will der Herr Graf oder auf Schwarzwild?“

„Einen oder ein paar Eber brauch ich zur Julfeier. Mit der Saufeder will ich einen abspießen.“

„Herr! Was Schwarzwild war in dieser Gegend, hat sich verlaufen. Seit zwei Jahren hab ich nix mehr gsehn!“

„Papperlapapp! Unsere Wälder sind groß genug, um tausend Schweine zu verbergen. Wollen sehen! Dort drüben fangen wir an.“ Er wies mit der Hand gegen den Wald, in dem die Knechte rodeten.

„Dort, Herr Graf?“ Dem Holzmeister wurde ungut zumute.

„Warum nicht?“

„Dort ist nix! Höchstens weiter draußen, die Naß talauf, beim Gscheidl oder so“

„Ach was! Dort liegt zu viel Schnee. Meine Gäste wollen es bequem haben. Die Saurüden greifen nicht gut, wenn sie vom Schneewaten müde werden. Es bleibt dabei! In zwei Stunden sollen die Treiber gestellt sein!“

Widerspruch war zwecklos. Daher beschloß Georg, dem Grafen nicht vom Leib zu gehen, um ihn abzulenken, wenn er die Holzknechthütten im gräflichen Walde bemerken sollte.

Mittags begann der Trieb. Die Jäger stiegen mit den Spießen ein.

„Merkwürdig!“ sagte der Graf zum Holzmeister, der hinter ihm schritt, „der Wald ist so schön ausgeputzt, als ob Holzknechte an der Arbeit wären.“

Der Holzmeister antwortete nichts. Man stapfte weiter durch den Schnee. Von ferne schollen das Klappergeräusch der Treiber und das Gebell der Saurüden an der Koppel.

Plötzlich blieb der Graf stehen und stutzte. „Was ist das? Da baut einer mitten im Wald ein Haus? Wem gehört es?“

Der Holzmeister wollte antworten, kam aber nicht mehr dazu, weil im selben Augenblick ein gewaltiger Hirsch geflüchtet kam.

„Verflucht!“ schrie der Graf erschrocken und schleuderte zu seinem Schutz die Saufeder mit aller Kraft gegen das daherbrausende Tier. Und traf. Hoch warf sich der Sechzehnender empor und stürmte im blinden Schmerz auf den gräflichen Schützen los, der in höchster Gefahr war, aufgespießt zu werden.

Der Holzmeister sprang helfend hinzu und riß das schwer weidwunde Wild mit wuchtiger Kraft am Geweih zu Boden.
„Geben S´ihm den Gnadenstoß!“ rief der Holzmeister.
Schwer atmend sagte der Graf nach getaner Arbeit: „Ein Wunder, daß ich noch lebe!“
Kaum waren diese Worte ausgesprochen, ertönte wildes Hundegekläff aus dem Dickicht nebenan. Schon kam eine Wildsau mit mehreren Ferkeln in rascher Flucht auf die kleine Lichtung.
Der Graf, noch erschüttert von dem soeben Erlebten, dachte gar nicht daran, nochmals sein Jagdglück zu versuchen. Das nützte die Wildsau und flüchtete mit ihrem lebendigen Anhang in das noch unfertige Holzhaus. Georg sah es, sprang den Tieren nach und verrammelte mit einigen Latten den Eingang. Die Schweine waren gefangen.
„So! Jetzt könnt man ja die Hatz abblasen lassen“, meinte der Holzmeister.
„Was nicht gar! Jetzt soll es erst lustig hergehen. Meine Gäste müssen dieses Münchhausenstücklein sehen. So etwas kommt nicht alle Tage vor!“
Die jungen Gäste gratulierten dem Jagdherrn zu seinem Weidmannsheil und versuchten, durch eine Fensterluke die gefangenen Schweine zu beobachten. Aber die Tiere hatten sich so gut versteckt, daß sie nicht zu sehen waren.
Da kam der Graf auf den Einfall, das Wild aufzustöbern und befahl: „Soll einer von den Leuten ins Haus und die Schweinegesellschaft durcheinandertreiben.“
„Da tu ich nit mit!“ erklärte der Holzmeister sehr energisch.

„Warum nicht?“
„Weil die Viecherln keine Spielerei sind.“
„So befehle ich Ihm, sofort selber einzusteigen und meinem Befehl zu gehorchen.“
„Nein, Herr Graf! Das tu ich nit! Was da dann herauskommt, ist nimmer Jagd.“
„Was bildet Er sich ein?“
„Ich bild mir gar nix ein, aber ich hab nur zu sagen, daß ich kein Metzger bin und Sie, Herr Graf, wohl auch nit.“
„Unerhört! Er hat es wohl nicht ganz richtig in Seinem Kopf?“
„Ich hab die Viecherln nit deswegen eingsperrt, daß sie jetzt aus purer Spielerei von den Herren abgstochen werden sollen.“
Der Graf geriet in bebenden Zorn. „Schweig Er, sonst...“
„Nix sonst! Ich tu da nimmer mit, ich geh. Und mit mir gehn auch meine Leut!“ Georg steckte zwei Finger in den Mund und tat einen schrillen Pfiff.
Sofort brachen seine Holzknechte durchs Dickicht. „Was gibt´s, Holzmeister?“
„Wir gehn heim. Die Jagd ist aus!“
„Kerl! Elender Wicht! Reizt Er mich dazu, die Hunde auf euch Frechlinge zu hetzen?“
„Ah! Geht´s da hinaus? Leut! Der Graf hetzt die Hund auf uns! Alsdann Messer frei!“
Die Situation nahm sich sehr gefährlich aus. Für eine Zeitlang herrschte völlige Stille. Man konnte den schmelzenden Schnee knistern hören. Der Graf mochte einsehen, daß er es hier nicht zu einem Skandal kommen lassen dürfe

und ließ die Jagd abblasen.
Nach dem Verklingen der Fanfare ging er mit seinen Gästen davon. Im Gehen wandte er sich um und rief dem Holzmeister zu: „Das wird Er mir noch bitter büßen!“
„Ist´s, wie´s ist!“ gab der Holzmeister zurück. Dann schritt er zum Blockhaus und öffnete die Tür. Vorsichtig äugte die Bache ins Freie, sah den riesigen Holzmeister verwundert an, und als ob sie seine freundliche Einladung „Fürcht dich nit, Viecherl!“ verstände, trollte sie sich aus dem Haus. Hintennach liefen grunzend die putzigen Ferkel.
Die Holzknechte sahen den Tieren nach, bis sie im Dikkicht verschwunden waren.
„Leben und leben lassen“, sagte Georg zu den Knechten. „Wir, die wir wissen, was Freiheit heißt, lassen dem Gottesgeschöpf seine Freud am Leben. Das ist Holzknechtart!“

Im Naßtal frostete der Winter mit ganzer Kraft. Wo ein Schritt erklang auf festgefrorenem Schneegrund, sang es unter den Füßen. Die Rax trug wieder ihre Winterhaube und blies den eisigen Odem ins Tal. Glitzerklar waren die tiefblauen Rauhnächte. Der Mond stieg zur Wintersonnenwende ins letzte Viertel und legte sein bleiches Licht auf die schneebedeckten Felder und Kuppen. Im Oberhof war Weihnachtsfest. Da kamen die Holzknechte, stießen den Pulverschnee von den Schuhen, wischten die Eiszäpflein aus den Schnurrbärten und versammelten sich in der warmen Stube.
„Ist der Holzmeister nit da?“ Es war eines jeden erste Frage.

„Noch nit“, sagte Johann Pilz. „Wir erwarten ihn jeden Augenblick. Der Wendel Balthauser ist ihm nach Hirschwang entgegengegangen.“
Ein Christbäumchen stand auf dem großen Tisch des Oberhofes. Mit Äpfeln, Nüssen und Ketten aus Buntpapier geschmückt. Einige Wachskerzlein dabei, die erst entzündet werden sollten, wenn der Holzmeister eingetroffen war.
Schon vorgestern war er fort nach Wien. Post vom Grafen Hoyos, ließ er dem Pilz sagen. Am Weihnachtsabend wär er wieder im Naßtal. Also warteten die Holzknechte.
Es war schon Abend, als der Holzmeister mit dem Wendel Balthauser in das Höllental einstieg. Froh gelaunt war er, denn er brachte gute Nachricht heim.
Beim alten Grafen hatte es gestern noch Sturm gesetzt. Doch heute war alles eitel Sonnenschein.
Der Altgraf hatte Kenntnis von den Vorgängen im Naßtal, denn der junge Herr hatte ihm genauen Bericht gegeben, sowohl über den Vorfall bei der Jagd wie auch über die Vermessenheit des Holzmeisters, ohne Bewilligung des Grafen die Holzarbeiten begonnen zu haben.
„Wir sind nicht miteinander verheiratet“, hatte der alte Graf den Holzmeister angeherrscht. „Ich finde tausend andere, die mir den gleichen Dienst tun.“
Georg wußte, daß es dem Grafen mit seiner Drohung nicht Ernst war. Denn die Arbeiten im Naßtal waren allzu schwierig, um sogleich willige und geschickte Leute zur Hand zu haben. Und überdies, wenn andere auch Holzknechte waren, so waren sie noch lange keine Schwemmer. Hubmer konnte sich auf seine Kenntnisse schon etwas zugute hal-

ten. Deshalb antwortete er gelassen: „Gut! Wenn der Herr Graf glaubt, daß er auch andere Leut findet, so ist´s mir recht. Dann räumen wir halt das Naßtal. Wir finden auch anderswo unser Brot. Nur müßt uns der Herr Graf schon schadlos halten für das unnötige Zuwarten die ganze Zeit her. Übrigens sind wir ja noch alleweil kaiserlich! Also muß sich der Herr Graf entscheiden, ob ja oder nein! Ich kann nit länger die Zeit verleiern."
Der Graf dämpfte allmählich seine Strenge. Dann kam er jäh auf den Vorfall bei der Jagd zu sprechen und hielt dem Holzmeister unverzeihliche Manierlosigkeit vor.
„Herr Graf! Da muß ein ehrliches Wort gesprochen werden", entgegnete der Holzmeister. „Ich bin halt einmal ein richtiger Holzknecht und hab nur soviel Manier, als ich zu meinem Gschäft brauch. Aber wenn ich auch gleich gar keine Manier hätt, so hab ich doch ein Herz mit dem Viech."
„Was soll denn das? Wie kommt denn jetzt das Vieh ins Gespräch?"
„Doch, doch! Schauen S´, Herr Graf, ein wehrloses Tier bloß malträtieren, damit ein paar leichtsinnige Leuteln eine Hetz und Gaude dran haben, das ist nach meiner Meinung eine Schandtat, die ich nit leiden kann. Da kann ich wild werden, Herr Graf, wenn ich so was seh." Mit ein paar Worten erwähnte der Holzmeister den Vorfall mit den gefangenen Wildschweinen. „So was tut ein richtiger Weidmann nit", ergänzte er den Bericht.
„Ihr beleidigt ja meinen Sohn in der ärgsten Weise!" sagte der Altgraf zornig. „Er könnte Euch ja verklagen!"
„Mit der Klagerei fangen wir erst gar nit an, Herr Graf.

Denn wenn ich die Klag erheb gegen den jungen Herrn beim kaiserlichen Kammergericht, daß er auf mich und meine Leut die Hund hat hetzen wollen, dann..."
„Wie, was?" fuhr der hohe Herr auf. „Wagt Ihr es, diese unerhörte Anschuldigung meinem Sohne ins Gesicht zu sagen?"
„Ohneweiters! Der junge Herr wird sich wahrscheinlich noch recht gut dran erinnern können."
Der Altgraf ließ seinen Sohn zu sich bescheiden. Graf Johann Ernst war sogleich zur Stelle und mannhaft genug, die Anschuldigung des Holzmeisters nicht abzustreiten.
Einige Sekunden war es im Raume ganz still. Dann sagte der Altgraf zum Holzmeister: „Für heute genug! Kommt morgen wieder!..."
Am folgenden Tage war der Altgraf von besonderer Freundlichkeit. Es war für den Holzmeister nicht schwer zu erraten, daß es zwischen den Herren eine ernste Auseinandersetzung gegeben haben mußte. Der Altgraf berührte mit keiner Silbe das gestrige Gespräch, sondern fing sofort mit dem Geschäftlichen an.
„Ich kann Euch eine erfreuliche Mitteilung machen, lieber Hubmer. Nun kommt alles allgemach in Ordnung. Die Schwemmgerechtigkeit ist da. Somit kann die Arbeit beginnen!"
Der Holzmeister mußte an sich halten, um nicht vor Freude laut herauszujauchzen.
„Also ist alles, was Sie gestern noch aufgeregt hat, Herr Graf, auch vergessen?"
„Wir wollen nicht mehr daran denken. Es kommen im Le-

ben mancherlei Dummheiten vor, die nicht wert sind, sie in Erinnerung zu behalten.“ Der Altgraf reichte dem Holzmeister die Hand hin. „Gilt es, Holzmeister?“
„Es gilt, hoher Herr!“ Der Holzmeister schlug in die dargereichte Hand so kräftig ein, daß es klatschte.
„Ihr beginnt also möglichst bald mit den Arbeiten in den Wäldern und an den Flüssen?“ „Weil ich weiß, daß Sie uns die Arbeit geben, Herr Graf, wird alles in Ordnung kommen. Es ist nur schad, daß wir nächstes Frühjahr noch nit schwemmen können. Drum rinnt diesmal das Wasser umsonst talab. Aber über den nächsten Winter bringen wir dann eine schöne Ladung Holz. So an zwanzigtausend Klafter wird nit zu viel gsagt sein.“
„Und Eure Bedingungen?“
„Vorläufig bitt ich halt um einen Vorschuß von zweitausend Gulden auf den Vertrag. Den Vertrag selber machen wir, bis die ersten tausend Klafter liegen!“
„Gut! Der Vertrag pressiert ja nicht, obwohl ich sonst nichts ohne Schrift mache. Aber auf Euch kann ich mich ja verlassen.“
„Und ich mich auf Sie auch, Herr Graf! Da wird nix fehlen! Denn heut einen Vertrag z´machen, solang ich noch nit die kaiserlichen Dienste weggelegt hab, das geht nit! Also schmeiß ich dem Kaiser den Dienst hin.“
„Ach so! Ich dachte gar nicht daran, daß Ihr das Verhältnis zum Hof noch nicht gelöst habt. Das macht Ihr wohl baldigst ab?“
„Gleich geh ich zur kaiserlichen Rechnungskammer.“
„Vorerst aber noch zur Zahlstelle meines Waldmeisteramtes.

Ich gebe Euch eine Anweisung auf zweitausend Gulden Vorschuß mit. Recht so?"
„Ich dank, Herr Graf! Es ist ein schönes Weihnachtsgeschenk, das ich da krieg! Jetzt geht´s aufs Kammeramt!"
Mit zweitausend Gulden in der Tasche kam Georg ins Rechnungskammeramt. Dort herrschte bereits Feiertagsstimmung. Die Beamten lümmelten tatenlos umher und sehnten die Mittagsstunde herbei, die heute das Ende der Amtstätigkeit bedeutete. Sie waren daher höchst indigniert, als der Holzmeister knapp vor zwölf Uhr ins Amt trat.
„Ist der Herr Hofrat da?" fragte Georg.
„Der Herr Hofrat hat zu tun! Er empfängt heute niemanden!"
„Warum nit?"
„Heut ist Weihnachtsabend, und übrigens ist es gleich zwölf Uhr und Amtsschluß."
Bis dahin bin ich mit meiner Sache längst fertig! Ich muß ihn sprechen!"
„Kommen Sie nach Weihnachten! Der Herr Hofrat empfängt heute absolut nicht!"
„Ist mir ein Ding! Ich geh hinein!"
Ohne sich um den Protest der Beamten zu kümmern, schritt Georg in die Amtsstube des Hofrates. Aber sogleich kam er wieder zurück.
„Da kann der Herr Hofrat freilich nit empfangen, wenn er gar nit im Amt ist! Also, wer nimmt anstatt seiner meine Sach entgegen?"
„Ach Gott! Ach Gott!" seufzte einer der kleinen Beamten. „Nicht einmal an heiligen Tagen hat man von solchen Leu-

Eine Schwemmklause bei Naßwald, 1855

ten Ruh! Wenn wir Sie nur los hätten, Sie Quälgeist!"
„Ich erlös Sie gleich und für immer! Nehmen S´einen Schreibstiel und notieren S´: Holzmeister Georg Hubmer aus Naßtal legt seine Holzmeisterstell nieder."
„So geht das nicht!" rief der Beamte. „Sie haben ja auch Pflichten! Da müssen Sie ein Gesuch machen um Entlassung aus den kaiserlichen Diensten. Und auf Ihre Pension müssen Sie verzichten! Und was ist´s mit den übrigen Holzleuten?"
„Gehen auch. Es ist für den Kaiser nix mehr z´tun im Naßtal."
„So! - Aber, verehrter Herr, es ist zwölf Uhr. Mein Dienst ist zu Ende! Was wollen Sie noch?"
„Können Sie mir nit das Gsuch machen, weil ich mich halt recht hart schreib ..."
„Für nichts und wieder nichts? Dazu hab ich keine Zeit ..."
Jetzt bemerkte der Holzmeister, daß die Beamten schon einer nach dem andern davonschlichen. Aha! Er griff in die Tasche und legte einen Silbergulden auf den Tisch.
„Geht´s oder geht´s nit?"
„Es geht!" sagte der Beamte.
In wenigen Minuten war das Gesuch für den Holzmeister und zugleich für alle Holzknechte geschrieben und von Georg nach seiner Art unterfertigt.

Am Abend traf der Holzmeister mit dem Wendel Balthauser in Hirschwang zusammen und stieg mit ihm in das Höllental ein.
Die Leute im Oberhof waren ungeduldig. Es war schon spät

und der Holzmeister noch nicht da. Alle möglichen Befürchtungen wurden laut. Da beschlossen einige Holzknechte, dem Holzmeister entgegenzugehen. Als sie aber den Oberhof verlassen wollten, trat der Ersehnte in die Stube.

„Laßts alle Kerzeln brennen und seids lustig, Mannder“, rief er, „es soll heut eine schöne Weihnacht sein!“

Bald flammten die Lichtlein auf, und die Holzknechte sangen ihr altes Weihnachtslied.

Zehn Gulden bekam jeder als Weihnachtsgabe auf die Hand. Und dann sprach der Holzmeister:

„Mannder! Ein Geständnis muß ich euch machen unterm Weihnachtsbaum. Mit Herzklopfen bin ich gestern nach Wien. Nimmer hab ich gwußt, ob ich euch weiter halten kann im Naßtal. Denn alles, was wir gearbeitet haben im gräflichen Wald, war auf meine Kosten und meine Gfahr. Der Graf in Wien hat nix davon gwußt. Jetzt aber, Mannder, ist alles in Ordnung. Die Arbeit ist mir nach Recht und Gerechtigkeit zugsprochen, und sobald ich für mich und euch die Entlassung aus den kaiserlichen Diensten hab, unterschreib ich den Vertrag, der uns Arbeit gibt und Brot für uns und unsre Kinder. Es kann uns nix mehr gschehn! Zweitausend Gulden hab ich als Vorschuß vom Grafen als Angeding. Nach Weihnacht gehn wir die Arbeit an! Und noch was, Mannder! Mit Schrecken hab ich alle Tage gedacht, daß am End doch einmal die Zeit könnt kommen, wo wir auseinander müssen. Nach so viel Jahr, wo wir uns endlich haben eine Heimat gfunden und ein Nesterl eingricht für unsere alten Täg. Ich hätt´s nit verwunden, daß die Kraft unseres Vaterglaubens hätt sollen zersplittert werden. So hab ich halt vertraut und baut auf unsern Gott, daß er uns nit verlaßt in der Not. Und hab euch kein Wörtel gsagt von dem, was mich alle Tag so plagt und druckt hat. In den Nächten aber bin ich auf den Knien glegen und hab betet: Du großer, guter Gott! Du darfst und kannst uns nit verlassen! Schau´, hab ich ihm gsagt, allweil sind wir dir treu gwesen, sei weiter unser Hort und Schirm! Und, Mannder, wie ein helles Wunder ist´s, daß uns das Glück grad am Weihnachtstag kommt! Als Weihnachtsgab legt uns der Herrgott das tägliche Brot untern Baum. Und so betets mit mir: Unser Vater, der du im Himmel bist, geheiligt sei dein Nam, dein Reich komme zu uns! Unser tägliches Brot gib uns heut! ...

Bei diesen Worten richteten sich des Holzmeisters Augen glänzend gegen die Stubendecke und seine Stimme stockte.

„Unser tägliches Brot gib uns heut ...“, wiederholte er, und seine Sprache brach. Schweres Schluchzen entrang sich der breiten Brust des hünenhaften Mannes. Dicke Tränen rollten über seine Wangen.

„Es geht jetzt nit weiter!“ sagte er mit umflorter Stimme. Dann riß er sich zusammen, breitete die Arme weit und rief: „Du lieber Herrgott! Du weißt ja, wie ehrlich ich´s mein!“

Eine glückliche Zeit kam ins Naßtal. Jauchzen und Jodeln gab es bei der Arbeit. Klingend fuhren die Äxte in die Stämme der Urwaldfichten, und Tag um Tag kam mehr Licht

und Sonne ins Naßtal geflutet.
Im Fasching war große Hochzeit der Hubmerin mit Johann Pilz. Auf bändergeschmückten Wagen fuhren die Brautleute und Hochzeitsgäste hinüber nach Schwarzau zur Trauung. Mit Böllerschüssen und Juchhegeschrei begleiteten die zurückgebliebenen Holzknechte das in Seligkeit plätschernde Brautpaar auf dem Wege ins neue Glück.
Einer aber ging verstört umher. Der Wendel Balthauser. Und beim Holzen in den Geierklüften schlug er die Axt mit solcher Wucht in den Baum, daß es drohend klang und weithin splitterte.
„Daß ich ihr zu ihrem Ehrentag nit einmal ein Bleamel kann geben!“ stöhnte er und machte den letzten Schlag in eine alte Fichte, bevor sie zu Boden fallen sollte.
Da - wie ein Wunder war´s - lugte aus der Schneedecke eine leuchtendweiße Schneerose hervor.
„Herr Jesus!“ rief der Wendel und stürmte auf die Blume zu. „Bleamel, du liebs! So bist mir doch noch hergwachsen, daß ich ihr kann eine Freud machen!“
Vorsichtig scharrte er ringsum den Schnee fort. Dann brach er die Blume. Zärtlich führte er sie an die Lippen. „Eine Freud wird s´haben, die Hubmerin! Sie hat ja die Bleameln so gern!“ Er lachte mit glücklichen Augen die Blume an.
Da - ein Schreckensschrei - markerschütternd.
„Wendel Balthauser!“
Mit furchtbarer Gewalt schmetterte der uralte Fichtenbaum zu Boden.
Wendel Balthauser lächelte noch im Tode und hielt die Schneerose krampfhaft in der Faust.

Holzknechttod ... Ein Schatten legte sich über die Festesfreude im Naßtal.
Der Wendel Balthauser hat lächelnd die Schneerose mit nach Schwarzau in sein kaltes Grab genommen ...
So gut es der Winter zuließ, arbeiteten die Wehrknechte an der Naß und an der Schwarza, um die Wehren und Durchlässe für die zu erwartende große Schwemme zu richten. Georg leitete die Bauarbeiten, während die Holzerei der Pehofer-Ferdl beaufsichtigte.
Es wäre sicherlich möglich gewesen, auch schon im heurigen Jahre kleinere Mengen Holzes zu schwemmen, aber es war die Entlassung des Holzmeisters aus den kaiserlichen Diensten noch immer nicht da. Jetzt war Mitte März. Seit Weihnachten war das Gesuch unterwegs. Und noch immer keine Verständigung von der Obersten Rechnungskammer.
An einem lauen Märztage war es, als Georg eben an der Vergrößerung einer Zwänge im Höllental arbeitete, da kam ein Bote des Weges.
„Wohin?“ rief ihn der Holzmeister an.
„Ins Naßtal zum Holzmeister!“
„Da brauchst nit weit zu gehn. Der bin ich! Was willst? Und woher kommst?“
„Ich bring Kundschaft von dem Herrn Grafen von Hoyos.“
„Das ist mir recht. Ich hab ohnedem schon längst mit dem alten Herrn reden wollen.“
„Vom alten Herrn bring ich keine Kundschaft mehr, sondern vom jungen Herrn!“
„Wieso?“ „No, ist´s dem Holzmeister nit bekannt, daß der alte Herr vor drei Tagen gstorben ist?“

„Wie?... Was?...“ Dem Holzmeister verschlug es die Sprache.
„Ja!“ sagte der Bote, „ein Schlaganfall ganz aus der blauen Luft. Augenblicklich war er weg.“
„Herr Jesus!“ stammelte der Holzmeister, dem es plötzlich klar wurde, daß er jetzt seinen größten Gegner als Brotherrn hatte.
„Und, was also ...“, stotterte Georg voll Entsetzen, „ ... was also will der junge Herr von mir?“
„Er will mit dem Holzmeister reden. Heut ist´s Begräbnis. Vielleicht am besten morgen!“
„Komm ich zum Begräbnis noch zurecht?“
„Es ist am Nachmittag. Jetzt ist es acht Uhr. Es wird gehn, mein ich!“
„So mach ich mich gleich auf den Weg, wie ich bin! In Hirschwang oder in Payerbach findt sich schon eine Fahrgelegenheit.“
„Es kann der Holzmeister mit mir fahren. Ich hab die Kutschen in Payerbach eingestellt.“
„Um so besser!“
Der Holzmeister legte sein Arbeitskleid ab, schlüpfte in seinen besseren Rock und machte sich sogleich auf den Weg. Den Leuten gab er schnell noch einige Anleitungen und ließ ins Naßtal kunden, daß er morgen wieder daheim sein werde.
Er kam zum Begräbnis zurecht. Seine Kleidung war leider nicht danach, um sich vor den Leidtragenden sehen zu lassen. So schritt er denn in einiger Entfernung hinter dem pompösen Leichenzug her. Ans Grab trat er erst, als alle

anderen weggegangen waren. Und hielt stummen, innigen Abschied von dem toten Altgrafen Hoyos.
Der Erdklumpen, den der starke Mann hinunterfallen ließ auf den Sarg, zeigte durch sein Gepolter die ehrliche Kraft des trauernden Urwaldriesen.
Am nächsten Vormittag stand er vor dem jungen Grafen. Der saß an seinem Schreibtisch und musterte den Holzmeister von oben bis unten.
„Was geht im Naßtal vor?"
„Es geht alles seinen guten Gang, Herr Graf. Die Bäume fallen, wie sich´s ghört. Scheitholz wird gstößelt und wartet auf die Sonntrocken. Nächstes Frühjahr ist Schwemm. Heuer tut´s es nimmer, weil noch die Zwäng und Wehren auszubauen sind bis gegen Neunkirchen hin."
„Bis zum nächsten Frühjahr ist eine lange Zeit. Wovon werden Sie inzwischen leben?"
„Einen Zehrpfennig haben wir noch. Sobald er zu End ist, komm ich schon wieder um einen Vorschuß zum Herrn Grafen."
„Vorschuß?" Der Graf zog die Brauen zusammen. „Vorschuß? Ja, hatten Sie denn einen Vorschuß?"
„Ei, freilich! Wovon hätten wir denn leben sollen?"
„Das ist doch allein Ihre Sache! Man macht doch nicht Arbeitsverträge und gibt dem Unternehmer, der Sie doch sind, Vorschüsse? Von mir hätten Sie nicht eher einen Knopf bekommen, bevor nicht das letzte Scheit Holz laut Vertrag auf die Lände gespießt ist."
Dem Holzmeister schoß der Zorn ins Gesicht.
„Na ja, von Ihnen hätt ich mir auch nichts anders erwartet.

Aber Ihr gottseliger Herr Vater hat halt mehr Vertrau auf mich ghabt als Sie. Was wir bis jetzt unternommen haben, dazu haben wir keinen Vertrag gebraucht."

„Wie? Es besteht gar kein Vertrag?"

„Vorläufig nit! Zu dem haben ich und Ihr Vater Zeit ghabt."

„Da bin ich wirklich erstaunt, daß mein Vater so unvorsichtig war."

„Was heißt das?"

„Herr!" sagte der Graf scharf. „Ich bin Geschäftsmann und Sie auch! Und unter Geschäftsleuten gibt es keine Vertraulichkeiten. Was es wiegt, das hat es! Ich kann Ihnen unmöglich Vorschüsse zahlen, gleichsam als Prämie für das Nichtstun!"

„Entschuldigen S´, Herr Graf, aber Sie wissen wohl nit, daß Sie einen ehrlichen Menschen vor sich haben?"

„Sie können der beste Mensch der Welt sein, müssen aber einsehen, daß ich mein Geld nicht vorschußweise ohne Vertrag an Leute verausgaben kann, ohne zu wissen, daß die Leute tatsächlich arbeiten."

„Der Herr Graf kann sich jederzeit überzeugen, wie und was gearbeitet wird!"

„Das kümmert mich nichts. Ich schließe den Vertrag und zahle, wenn das Holz da ist. Früher habe ich dabei nichts zu tun. Was geht es mich an, wann Sie das Holz bringen? Sie haben Ihren Vertrag zu erfüllen, basta! Je eher, desto früher haben Sie Ihr Geld."

Der Holzmeister sah finster vor sich hin. Er wußte, daß das Benehmen des jungen Grafen die Rache für die Naßtaler Jagdaffäre war. Aber er konnte dem Grafen im Augenblick

nicht mehr entgegenhalten als: „Ihr Herr Vater hat halt mehr sein gutes Herz sprechen lassen."
„Ach was!" fuhr der Graf auf. „Gutes Herz hin oder her! Mit gutem Herzen schließt man keine Geschäfte. Zug um Zug! Sie liefern und ich zahle! Deutlicher kann kein Vertrag sein! Wollen Sie den Vertrag machen oder nicht?"
„Ich kann ihn heut noch nit machen! Solang ich kaiserlicher Holzmeister bin und meine Entlassung nit hab ..."
„Da ist doch jedes Wort nutzlos! Trachten Sie, die Möglichkeit zur Schließung des Vertrages herbeizuführen, dann wollen wir weitersprechen."
„Jetzt sollen am Ende die Arbeiten stocken?"
„Wieviel haben Sie Vorschuß erhalten?"
„Zweitausend Gulden!"
„Reichlich viel!" Der Graf rechnete. „Zwanzig Kreuzer Tagesverdienst täglich, abzüglich Holzdeputat und Rattholzgebühr per acht Kreuzer täglich, macht Nettoverdienst pro Mann zwölf Kreuzer im Tage. In der Woche zweiundsiebzig Kreuzer. Wann erhielten Sie den Vorschuß?"
„Am Weihnachtsabend im vorigen Jahr."
Der Graf nahm den Kalender zur Hand.
„Seither rund hundert Arbeitstage. Wie ich sehe, haben Sie den Vorschuß bereits abgearbeitet, was sich natürlich von hier aus nicht kontrollieren läßt. Da ich nun nicht wissen kann, ob Sie der Kaiser losläßt und ich auf das Naßtaler Holz keinerlei Augenmerk habe, wird es am besten sein, Sie lassen die Sache stehen."
Georg biß die Zähne zusammen. „Und ...?" fragte er grimmig.

„Und weiter nichts. Ich glaube, wir sind fertig."
„Ja, wir sind fertig", antwortete der Holzmeister und wendete sich zum Gehen. An der Tür drehte er sich um. „Und deshalb hat sich Ihr gottseliger Vater solche Müh geben, daß er die Schwemmgerechtigkeit kriegt? Und alles umsonst?"
„Mir ist nicht darum zu tun", lächelte der Graf. „Naßtaler Holz kostet viel zuviel. Die Arbeitslöhne sind zu hoch! Zweiundsiebzig Kreuzer pro Mann und Woche!"
„Die Wochenlöhn muß doch ich bezahlen!" schrie Georg. „Was geht das Sie an, Herr Graf?"
„Oho! Sie machen mir ja den Vertrag danach, weil Sie die Löhne zugrunde legen! Außerdem schlagenSie guten Verdienst für Sie dazu. Da steht mir das Holz im Naßtal meinetwegen noch tausend Jahre! Indes, überlegen Sie alles gut und machen Sie mir zunächst einen billigen Überschlag!"
„Ich seh schon, Herr Graf, Sie wolln mich drucken!"
„Ich will mich von Ihnen nicht als dumm verkaufen lassen. Bin ich auch noch jung, Grütze habe ich doch im Kopf."
„Und ich bin auch kein Rindvieh!"
„Oh, das weiß ich schon! Und deshalb schütze ich mich nach allen Seiten. Also, Holzmeister, wenn es einmal so weit sein wird, daß wir den Vertrag machen können, wollen wir das Nähere beraten. Für heute ist alle Rederei zwecklos." „Das glaub ich auch. Bhüt Gott!"
Als Georg mit schweren Schritten die Stiege des gräflichen Hauses niederstieg, war es ihm klar, daß der junge Mann ein gefährlich rechnender Gegner war. Der wußte genau,

daß der Holzmeister mit Herz und Seele an dem Naßtal hing, und verstand es, dies auszunützen. Aber was jetzt? Die Arbeit unterbrechen? Und vielleicht noch Monate warten, bis das Gesuch vom Kammeramt herabgelangte?
Und - der Holzmeister blieb nachdenklich stehen - der junge Graf schien ja ein ganz Gerissener zu sein. Dennoch hatte er sich bei der Berechnung der Höhe des Taglohnes geirrt. Mit zwanzig Kreuzern hatte der Holzmeister seine Leute noch nie entlohnt. Und acht Kreuzer Deputatabzug? Der junge Herr hatte wenig Verständnis für die Lohnverhältnisse im Wald. Acht Kreuzer täglich und am Wochenschluß zwei Kreuzer Zubuße, macht in der Woche fünfzig Kreuzer, davon zehn Kreuzer für die Gemeinde, summa summarum vierzig Kreuzer, das war so üblich im Naßtal und überall, wo Holzknechte tätig waren. Und die Leute kamen ganz gut aus. Freilich, für Wein und Schnaps blieb nicht viel, aber das war auch nicht nötig für Leute, die bei klarem Verstand und bei Kräften bleiben sollten. Während Georg so überlegte, schien es ihm trotz der Hochfahrenheit des jungen Grafen doch am besten, den Vertrag für alle Fälle, auch ohne Vorschuß, einzugehen. Denn es hing ja an dieser Arbeit nicht nur die Heimat, sondern auch der Glaube.
Nun, da er in Wien war, wollte er ins Rechnungskammeramt, um anzufragen, wie seine Sache stehe.
Seltsam! Der Hofrat empfing ihn sehr freundlich: „Oh mein Herr, das ist erfreulich, daß Sie selber kommen! Wenigstens brauche ich Ihnen keinen Boten zu schicken! Ihre Sache steht sehr günstig. Ich gratuliere!“

Der Holzlagerplatz am Ausgang des Höllentales, um 1850

„Also, gratuliert mir der Herr Hofrat zum Weggehn?“
„Ich kann Ihnen die erfreuliche Mitteilung machen, daß Seine Majestät, unser allergnädigster Kaiser und Herr, in Anerkennung Ihrer Verdienste und Geschicklichkeit als Holz- und Schwemmeister Sie zum kaiserlichen Domänial- und Forstinspektor der Waldungen im Viertel ober dem Manhartsberg ernannt hat.“
„Mich?“ Der Holzmeister prallte zurück. „Mich?“ Er schluckte an seiner Erregung. „Herr, wieso das?“
„Sie haben sich um den kaiserlichen Forst verdient gemacht. Und in Anerkennung...“
„Das kann doch nit sein! Ich hab doch um meine Entlassung angesucht!“
Der Hofrat lachte.
„Sie sehen, wie sehr Sie Seine Majestät hochschätzt, daß er Ihr Entlassungsansuchen mit der Beförderung zum Forstinspektor beantwortet hat. Derlei Fälle sind selten. Eine große Ehre! Ich gestatte mir, Ihnen nochmals meinen herzlichen Glückwunsch darzubringen.“
„Und, was muß ich jetzt tun?“
„Ihre Stellung wird sehr gut fundiert sein. Ihren Amtssitz haben Sie in Wien.“
„In Wien?“
„Ja, Sie bereisen nur jeden Monat Ihr Gebiet und geben Bericht. Das ist alles!“
„Und meine Leut?“
„Die werden nach verschiedenen Gebieten, wo man Holzknechte braucht, versetzt.“
„Also müßten wir vom Naßtal gehn?“

„Es wird wohl nichts anderes übrigbleiben. Da steht alles schwarz auf weiß. Hier Ihr Akt."
Der Hofrat schlug die Schriftstücke auf und deutete auf eine Stelle: „Bitte, lesen Sie."
Der Holzmeister beugte sich über den Akt und begann zu lesen. Da fiel sein Blick auf eine am Rande hingeworfene Notiz. Und während er so tat, als lese er den Akt, buchstabierte er die Notiz: „Der Holzmeister ist mit allen Mitteln von dem Austritt abzuhalten. Die Naßtaler Gemeinde dünkt als Staatsgefahr. Versetzung nach Wien sofort durchführen!"
Georg durchschaute augenblicklich den teuflischen Plan. Man wollte seine evangelische Gemeinde zerstören! Das war es! Er reckte sich hoch und lachte laut heraus.
Der Hofrat reichte ihm die Feder.
„Sie haben Ihre Beförderung und Versetzung zur Kenntnis genommen?"
„Ja!"
„Dann, bitte, unterschreiben Sie."
Georg ergriff die Feder und - zog zwei dicke Striche kreuz und quer über die Schrift.
„Um Himmels willen, was soll denn das?" Der Hofrat schlug die Hände überm Kopf zusammen.
„Das, was hier steht, nehm ich nit an! Ich will mit den kaiserlichen Ämtern nix mehr zu tun haben. Es bleibt dabei: Ich will meinen Abschied!"
„Bedenken Sie doch..."
„Es nützt nix, mir zuz´reden. Geben Sie sich keine Müh! Mein Gesuch bleibt aufrecht. Für mich und für meine Leut´,

ein für allemal!“
„So belohnen Sie die Milde Seiner Majestät?“
„Ich weiß, was ich tu! Und jetzt bitt´ ich um die schleunige Erledigung des Gesuches.“
Nahm seinen Hut und schritt davon. Der Hofrat ging ihm nicht von der Seite. Bis auf den Gang hinaus begleitete er den Naßwalder Riesen und sprach auf ihn ein. Der Holzmeister ließ ihn reden und ging ruhig seines Weges. Als er unten auf der Straße stand, überlief ein Schauer seinen Rükken.
„Jetzt, was weitergschehn wird, das weiß ich nit! Aber an meine Heimat klammer ich mich wie ein Zeck. Nit mit zehn Ochsen bringen s´mich weg! Und keinen von den Meinigen! So verbeiß ich mich in meine Felsen!“
Mit der Neustädter Post fuhr er davon. Von Wiener Neustadt konnte er erst am nächsten Morgen weiterreisen. Also mußte er übernachten, und am Morgen fuhr er gegen Gloggnitz. Von dort ging er zu Fuß über Payerbach und Hirschwang bis an jene Arbeitsstelle, die er vor zwei Tagen verlassen hatte. So wie er gekommen war, warf er seinen Rock ab und packte sofort an, als ob nichts gewesen wäre. Die Leute grüßten ihn und fragten nicht weiter. Wortlos arbeitete der Meister. Die Arbeit unterbrechen? Den Leuten die Arbeitslust nehmen und wieder Elend einziehen lassen ins Naßtal?
Ein gewaltiger Felsblock lag da und war wegzuschaffen. Die Leute stemmten sich an, strafften die Muskeln. „Hoh ruck!“ Der Block rührte sich ein wenig und blieb dann wieder auf seiner Stelle. Nochmals „Hoh ruck!“ Kein Erfolg.

Der Rottenführer meinte: „Es geht nit, Leut. Der Block muß zerschlagen werden!“
„Was geht nit?“ rief da der Holzmeister, der herangekommen war. „Es muß gehn. Zwei oder drei Ruck, und der Kerl plumpst in die Tiefen! Also nochmals, Leut, und jeder denkt: Es muß gehn!“
Seinen breiten Rücken legte er an den Block und stemmte die Nagelschuhe ins Gestein. Die Leute rechts und links griffen zu. Mit Hebeeisen, Händen, Rücken und Füßen gingen sie den Stein an. Der Holzmeister biß die Zähne zusammen. „Es muß gehn!“ rief er nochmals anfeuernd. Und jetzt: „Ho ruck! - Ho ruck! - Ho ruck! Leut, es geht, gebt eure ganze Kraft her! Es geht! Und nochmals Ho - ruck!“
Da kam der Block ins Wanken und fiel hintenüber. Noch ein Stoß, und er wuchtete zertrümmert in die Tiefe. Hoch richtete sich der Holzmeister auf. Seine Augen leuchteten. „Habts es gsehn, Leut? Alles geht! Alles! Nur zäh sein muß man, dann setzt man´s durch, auch in den hundsledernen Ämtern!“

Die Arbeiten im Naßtal gingen weiter. Die Leute werkten, als ob ein Vertrag bestünde; sie wußten nicht, daß sie in der Luft hingen. Am Gehaben des Holzmeisters war so gar nichts Befremdliches zu bemerken. Nur, daß er bisweilen bei der Arbeit die Zähne zusammenbiß und seine Leute zu Taten anspornte, die auch er sonst für unmöglich gehalten hätte. Wie oft er aber in den stillen Nächten daheim ruhelos hin und her ging und Gedanken spann, das wußten sie nicht. Denn der Holzmeister war wieder einmal am Ende seiner

Mittel. Er mußte Geld schaffen, verpfänden, verkaufen, und wenn er dabei vollends verarmte.
Das Frühjahr war mit seinen Schmelzwässern talab gebraust und hatte heuer kein Stück Holz mit in die Ebene genommen. Umsonst war die unendliche Kraft des Bergwassers durch die Enge des Höllentals gedonnert. Und bis zum nächsten Frühjahr war noch eine lange Zeit. Woher bis dahin Geld nehmen, um die Leute zu entlohnen? Das Haus nochmals belehnen, das war selbstverständlich. Indes, wie lange konnte das Lehngeld langen? Ihm wurde angst und bang, wenn er an die Zukunft dachte. Und doch hielt ihn sein tiefer Glaube aufrecht. Er war überzeugt, daß plötzlich - wundergleich! - irgendein Ereignis ihn aus der mißlichen Lage befreien würde. Irgendein Ereignis! Von Wien her? Daran wollte er nimmer glauben.
Hochfrühling war bereits, alles im hellen Maien, Junggrün auf den Wegen, und noch kein Sterbenswörtlein aus Wien! Vom Kaiser nichts und nichts vom Grafen. Hatte man das Naßtal ganz vergessen? Georg hörte und sah nichts von der Schönheit ringsum. Er achtete nicht darauf, daß die Vögel jubilierten, merkte es nicht, wie lieblich die Sonne ins Naßtal strahlte, und hörte nicht, wie die Holzknechte dem Frühling entgegenjauchzten. Er ging finster und einsam umher. Grüßte ihn einer voll Lenzfreude: „Grüß Gott, Holzmeister! Gelt, das ist eine schöne Zeit!“, dann flog ein seltsam gezwungenes, hartes Lächeln über sein Gesicht, und er antwortete: „Ja, schön ist´s! Seids lustig, Leut!“ Hernach schritt er weiter und stieß die Spitze seines Alpenstockes ins Gestein, daß es funkelte.

Einmal klang´s ihm wieder entgegen: „Grüß Gott, Holzmeister! Wohin des Weges?"
Georg mußte den Schritt verhalten; einer war ihm in den Weg getreten. Er sah auf: „Ah du, Pehofer? Was willst?"
„Anfragen will ich, Holzmeister, was dir ist? Du gehst und sinnierst. Dein Gsicht sagt nix Guts. Was hast, Holzmeister?"
„Ich? Was ich hab? Mein Gott, was soll ich haben? Man hat manchmal seine Gedanken. Was sorgst dich, Ferdl?"
Georg lachte seinen Rottenführer an.
„Wenn d´ auch lachst, Holzmeister, es ist nit dein Lachen wie sonst! Ich kenn dir´s an, daß dich was druckt! Hab ich mir denkt, es muß was nit stimmen und fragst einmal den Holzmeister, vielleicht, daß zwei besser aus einer Fessel sich losbinden wie einer allein."
„Ich versteh nit, was d´willst. Mir ist leicht und gut, ´s ist alles in Ordnung. Ich bin zfrieden!"
„Das machst mir nit weis, Holzmeister. Ich hab eine Sorg um dich und muß dir sagen, daß ich oftmals in der Nacht dich umgehn hab gsehn. Das tut nit einer, der alle Ursach hätt, gut z´schlafen."
„Also lauerst mir auf in der Nacht, Ferdl?"
„Auflauern? Nein! Holzmeister, weißt, ich hab nit viel Zeit zum Schlafen. Mein Weib ist krank. Und wie ich zum Pilz bin um Beistand, hab ich dich nachmitternachts umgehn gsehn. Holzmeister, sag, was hast?"
Der Holzmeister sah dem Ferdl forschend ins Gesicht.
„Ferdl, du! Bist einer, dem man vertraun kann?"
„Wann d´mir nit vertraut hättst, hättst mir die Rottenführerstell und die Aufpaß in der Holzerei geben?"

„Das ist wahr! Du bist ein gschickter Mensch! Aber ob du auch schweigen kannst, Ferdl?“

„Holzmeister, du hast mein Kindl in Verwahr. Dir überlaß ich´s gern derweil, solang mein Weib krank ist. Auf dich setz ich mein Vertraun! Und warum sollt ich dir nit Verschwiegenheit halten können? Du mußt es sagen Holzmeister, was dich druckt. Allein ertragst es nit länger, ich seh dir´s an! Hand drauf, Holzmeister, ich trag mit dir, was immer es ist. Aber so laß ich dich nit länger umgehn. Red, ich hör zu.“

Georg erzählte. Langsam und stockend, fast vorsichtig krochen die Worte über die Zähne.

„Red, wie dir ist!“ drängte der Ferdl, „ich weiß schon was! Red, Holzmeister! Brauchst dich nit schamen!“

Da ging Georg ganz aus sich heraus. Und dann wußte der Pehofer alles.

„Du weißt, Holzmeister“, sagte der Ferdl, „mit Geld kann ich dir nit beispringen. Aber eine Idee hätt ich, vielleicht, daß sich draus ein paar Gulden machen ließen. Das Bündel- und Rattholz, unser Deputat, wir verkaufen´s!“

„Wie bringen wir´s hinaus? Kein gscheiter Weg im Höllental. Und am Buckel bringst nix weiter!“

„Es laßt sich schwemmen!“

„Wohin? Und wer fangt´s auf?“

„Morgen, Holzmeister, legst du einen Weidenrechen als Fang beim Kaiserbrunn. Bis dorthin laßt sich´s schwemmen. Sobald du die Fangweiden aufgricht hast, stau ich am Abend ab und schmeiß in der Nacht die Bündel ein. Hast in der Früh das Bürtelholz am Fang. Von dort per Achs nach

Neunkirchen oder Neustadt, und dort finden sich leicht Käufer.“

„Meine Knecht dürfen nit wissen, wie alles steht! Sobald sie merken, daß das Bürtelholz schwimmt, wird leicht die Sach offenbar. Die Leut wollen ihren Frieden haben um jeden Preis.“

„Am Samstag stau ich, und Sonntag ist das Holz am Fang. Keiner ist da an der Arbeit. Und was unterwegs steckenbleibt, das stechen wir am Sonntag vormittag heraus. Montag kann das Holz schon in der Ebene sein. Tu´s Holzmeister! Tu´s! Sonst wüßt ich nit, wo Geld her soll. Und solang genug Wasser da ist, muß man´s ausnützen.“

Der Holzmeister konnte sich dem eindringlichen Zureden nicht verschließen. Er stimmte zu. Am Samstag, wenn der Abendstern am Himmel stand, wollten sie einander an der Staue treffen und die Bündel richten, um sie mitternachts zur Schwemme einzuwerfen. Bis dahin - es waren noch zwei Tage Zeit - wollte der Ferdl nach Feierabend die Bündel schichten, und der Holzmeister sollte beim Kaiserbrunn, dort, wo die Fahrstraße beginnt, die Fangweiden einlegen. Und für Fuhrgelegenheit am Sonntag früh sollte er auch vorsorgen.

Die beiden Männer arbeiteten auch feierabends bis spät in die Nacht. Der eine an der Staue, der andere weit unten im Höllental. Der Samstag kam. Das Bündelholz lag geschichtet, die Fangweide im Höllental war bereit.

Der Abendstern stand am Himmel, und der Holzmeister wartete an der Staue. Der Pehofer-Ferdl mußte schon dagewesen sein, denn das Wehr war herabgelassen und das Was-

ser schwoll. Der Holzmeister wartete eine Stunde - noch eine - eine dritte. Der Ferdl kam nicht.
Der Abendstern war längst hinter die Rax gesunken. Schwarz lag die Nacht. Die Wasser der Naß gurgelten. Am Wehr hub ein Plätschern an. Die Staue schien sich zu füllen.
Warum kam der Ferdl nicht? Eine tiefe Unruhe saß dem Holzmeister im Herzen. Warum? Warum kam der Ferdl nicht? Verrat? Oder was denn?
Ein Käuzlein irgendwo hinten im Fichtengrund hub zu klagen an. Jämmerlich, wie ein weinendes Kind. Darum sagen die Leute, es singt der Totenvogel. Unheimlich lief es dem sonst so mutigen Holzmeister über den Rücken. Da saß er jetzt in stockfinsterer Nacht wie einer, der ein böses Gewissen hat, auf einem Baumstrunk und harrte seines Komplizen. Der aber kam nicht.
Es wurde Mitternacht. Das Wasser am Wehr hub zu tosen an. Schwemmfertig. Was nun? War´s nicht besser, beim Pehofer anzufragen, warum er nicht komme? Oder sollte er allein die Arbeit tun? Argwohn stieg in Georgs Seele auf. War er doch kein Guter, der Ferdl? Wollte der seinen Holzmeister schuldig werden lassen? Am besten, wenn er hinginge zum Oberhof, um mit dem Ferdl zu reden. Georg sprang auf, nahm seinen Weg zum Oberhof. Zum Oberhof, der voll von Holzknechten war? Er konnte nicht länger warten. Um ein Uhr war es späteste Zeit, das Wehr zu öffnen, damit das Holz noch bis zum Morgen bis zum Weidenfang käme.
Georg tappte einige Schritte in der Finsternis. Da sah er

von weitem das schwankende Licht einer Laterne. Es kam schnell näher. Das konnte nur der Ferdl sein! Endlich! Jetzt eilig laufende Schritte, Knacken von Holzzweigen, keuchendes Atmen und ein verhaltener Ruf in nächster Nähe:
„Holzmeister, bist da?"
„Da bin ich!"
Und schon stand der Ferdl neben ihm.
„Sei mir nit harb, Holzmeister! Sei mir nit harb! Aber mein Weib, es war ihr gar so schlecht!"
Ein schwerer Seufzer kam aus seiner Brust.
„Und jetzt? Wie geht´s ihr?"
„Schon besser, Holzmeister! Ganz gut ist ihr! Ganz gut! Aber jetzt an die Schwemm, es ist höchste Zeit! Das Wasser läuft schon über!"
Ohne ein Wort zu reden, warfen die Männer die Holzbündel in die Flut. Dann Wehr auf! Schleifend und schnalzend ging mit der Strömung das Bundholz talab.
„So!" sagte der Pehofer-Ferdl, „das wär vorbei! Gott sei Dank! Morgen früh ist das Holz am Fang. Kannst ruhig hinuntergehn, Holzmeister. Alles andere machst du, gelt?"
„Und du, Ferdl, gehst nit mit?"
„Ich kann nit, Holzmeister! Es möcht auffallen bei mir daheim. Es sind zu viel Leut im Stüberl bei ihr, ich darf nit länger auswärts verweilen. Jetzt muß ich eilends heim. Gut Glück, Holzmeister!"
Er reichte dem Meister die Hand. Da spürte Georg ein Zittern, Reißen in der Hand des Ferdl. „Was ist, Ferdl? Was ist? In dir arbeit´s stark. Es muß arg sein daheim bei dir, gelt?"

„Es ist arg, Holzmeister!“
Ein verhaltenes Schluchzen kam aus der Brust des Ferdl.
„Du! Was ist? Es steht nit gut um dein Weib? Ferdl, sag! Du!“
„Sie lebt nimmer!“
Fast tonlos waren die Worte aus dem Munde des Rottenführers gekommen. Und jetzt fiel ihm die Laterne aus der Hand. Im nächsten Augenblick sank er dem Holzmeister an die Brust, und er weinte herzzerbrechend.
Der Holzmeister strich ihm übers Haupthaar, während ihm die heißen Tränen über die Wangen liefen. Lange standen sie aneinandergeschmiegt am Wehr. Das Wasser vergurgelte und verrann. Dann war es still. Nur ein heimliches Flüstern vom Naßbächlein her. Es legte sich wie Balsam auf das wunde Herz des Ferdl.
Da riß er sich hoch. „Jetzt, Holzmeister“, sagte er, „schwimmt das Holz schon weit. Mir ist so leicht, daß ich dir hab zuspringen können noch in der letzten Stund. Mußt mir´s glauben, Holzmeister, es war ein arges Ding. Im Bett das sterbende Weib, das liebe, und wissen, du stehst am Wehr und weißt nit, was ist! Just um Mitternacht ist sie mir gstorben. Und wie die Leut kommen sind, hab ich mich hergschlichen, Holzmeister! So verzeihst mir´s halt, daß ich dich hab warten lassen! Jetzt ist alles in Ordnung!“
„Ferdl, du! Du bist ein Guter! Dir werd ich´s im Leben nit vergessen, was du für mich und für die Naßtaler getan hast! Mehr kann ich nit sagen, Ferdl! Aber du! Sei mir nit harb, daß ich dich hab von deinem toten Weib weggrissen, aber ich hab´s ja nit wissen können...“

Der Reithof, Georg Hubmers Wohnhaus / Im Reithof hat heute die Forstverwaltung der Stadt Wien ihren Sitz

„Holzmeister! So oder so! Ich weiß, was du uns allen bist! Das Leben für dich, es wär nit z´viel!“
Die Laterne riß der Ferdl hoch und stürmte davon.
Lange stand der Holzmeister wie versteinert. „Das Leben für mich?“ murmelte er. „Das Leben für mich von solchen braven Leuten? Nein, Nein! Nit einer für mich! Aber mein Leben für alle diese braven Menschen!“
Dann schritt er talabwärts der Naß entlang. Als er zur Schwarza hinabgelangte, graute schon der Morgen. Da und dort sang ein Vöglein, die Fichten huben an, im Morgenwind zu plauschen. Harzduftig zog es herab vom Wald. Die Schwarza murmelte in Frühlingslust. Die Sonne legte ihr Frührot auf den Gipfel der Rax. Strahlenspieße stachen durch das blasse Rot und spielten durch die Streifenwölkchen, die hoch am Firmament schwammen.
Schön ist die Welt, so wunderschön! Und eine Heimat, die man sich gefunden hat durch Not und Tod, die läßt man nimmer. Durch Not und Tod! Die Not, die trug er mit sich, der Holzmeister, hinein in den tauenden Morgen. Und der Tod, der stand an der Bahre der Pehoferin im Oberhof. Und ein Kindl war ja da, das Katherl, das kleine! Ja, das Kind! Dem wollte er es entgelten, was der Pehofer-Ferdl ihm Gutes in dieser Nacht getan. Und es kommt ja doch die Sonne...
Die Sonne kam, und da rauschte der Wald voll Festesfreude. „Immer wieder muß es tagen im Naßtal! Kann nit anders sein!“ Dem Holzmeister kam Hoffnung ins Herz.
Am Weidenfang lagen die Bündel in hoher Schicht. Das Fuhrwerk - drei Wagen - stand auch schon da, und zwei

Wagen waren schon hoch beladen. Der Holzmeister griff zu, und als die Sonne ins Höllental lugte, schwankten die Wagen gegen Hirschwang zu. Noch am selben Tage verkaufte der Holzmeister die Fuhren an einen Händler. Mit klingender Münze in der Tasche und viel Hoffnung im Herzen nahm er den Weg heimwärts ins Naßtal. Auf ein paar Wochen war die größte Not gebannt. Und wenn es wieder not tat, so ging wohl wieder eine Ladung Bundholz zu Tal! Todmüde fiel er daheim ins Bett. Er schlief den Tag und die Nacht durch und sah im Traume einen, der ins Höllental einstieg und langsam näher kam, einen, der sein Herz in der Hand trug. Was das bedeuten sollte?

Als Georg aus dem Schlaf erwachte, lag vor dem Hause hellichter Maienschein. Er rieb sich die Augen. War er nicht bei Tag zu Bett gegangen? Und jetzt ist noch immer Tag? Oder ist schon der nächste Tag? Hatte er die Sonntagnacht durchschlafen? Er stand auf und schlüpfte in seine Lederhose. Guckte zum Fenster hinaus. Da gingen die Leute wie am Werktag. Also doch Montag! Sapperlot! Was hatte ihn so hingeworfen, daß er sechzehn Stunden schlief? Na ja! Nächte hindurch hatte er kein Auge zugemacht. Jetzt aber - er griff an den Hosensack -, ja, jetzt klingelten Silberstücke. Gute Gulden!

Während er hinausblickte auf die Schar spielender Kinder, die ihr ganzes Vertrauen auf die Erwachsenen setzten, da sagte er sich: „Die Würmlein, nein, die darf man nit kränken. Ihnen die Heimat nehmen? Was wär das für ein Verbrechen, Herr - Herr kaiserlicher Domänial- und Forst-

inspektor a. D." Er mußte lachen.
Eben wollte er sich vom Fenster abwenden, da sah er einen des Weges kommen. Nun blieb der Mann bei den Kindern stehen. Und sah just so aus wie der, von dem er geträumt hatte. Ein städtischer Wanderer wohl, wie sie jetzt ab und zu ins Naßtal kamen. Und nun deuteten die Kinder auf des Holzmeisters Haus. Sollte gar ein Zusammenhang bestehen zwischen Traum und Wirklichkeit? Der Mann schritt herzu. Ein großer Mensch mit edlen Gesichtszügen und blauen Augen, Knielederhosen, Wams und Hut, wie es die Steirer tragen. Was wollte der?
Georg fuhr sich rasch mit den Fingern durchs Haupthaar.
Und jetzt klopfte es.
„Nur herein in Gotts Nam!"
Die Tür ging.
„Gott zum Gruß, Holzmeister! Der sind Sie ja wohl?"
Der Holzmeister musterte den Gast.
„Gott zum Gruß auch, Herr! Ja, der Holzmeister bin ich! Was verschafft mir die Ehr?"
„Ich komme im Auftrag Seiner Majestät des Kaisers."
„So! So!"
Der Holzmeister tat unbefangen, obwohl ihm das Herz bis zum Hals hinauf pochte.
„Also wolln wir uns halt ein wenig beim Tisch zusammenhocken, gelt? Es redt sich so leichter", sagte Georg. „Und Botschaft von Seiner Majestät dem Kaiser...?"
„Ja! Seine Majestät hat mit Bedauern zur Kenntnis genommen, daß Sie auf die Ihnen zugedachte Stellung nicht anstehen!"

„Das hat lang dauert“, erwiderte der Holzmeister, „bis der Herr Kaiser das inneworden ist.“
„Wieso?“
„Ja, im März war ich zuletzt in der Rechnungskammer, und jetzt ist bald Juni. Und ich möcht halt doch schon endlich wissen, woran ich bin. Um meine Entlassung aus den Kaiserlichen Diensten hab ich ordnungsgemäß nachgesucht.“
„Ich weiß, Sie sind im Begriffe, mit dem Grafen Hoyos einen Vertrag einzugehn!“
„Ja!“
„Haben Sie alles genau überlegt? Der Herr Graf hat zugeknöpfte Taschen!“
„Mag sein! Mir ist´s gleich. Wenn ich meinen Partikel erfüllt hab, muß er zahlen! Da hilft ihm kein Herrgott!“
„Ich verstehe nicht, daß Sie eine so sichere Position wie den kaiserlichen Dienst vertauschen wollen mit einer Stellung, die nur von der Gnade eines Grafen abhängt. Wollen Sie mir das erklären?“
„O ja, das will ich schon! Wenn einer weiß, was es heißt, die Berge und den Wald liebhaben, so wird er mich verstehn. In kaiserlichen Diensten sein, o ja, vom Herzen gern, wenn es mir vergönnt ist, mit meinen Leuten im Naßtal zu bleiben. Aber daß ich eine Stell in Wien annehm und meine Leut, die mir gholfen haben, eine Heimat zu bauen, laufen lassen soll, Herr, das tu ich nit! Für mich gibt´s nur eines: die Heimat! Und noch eines: den Glauben! Sehen S´, Herr, ich sag Ihnen offen, wie das ist. Hier in dem Naßwaldwinkel hat unser Vaterglauben eine Heimat gfunden. Die geb ich nimmer her! Nix auf der Welt, kein Titel und kein Amt

kann mir das ersetzen - Herr! Mein Leben hab ich dafür eingsetzt, und ich schmeiß es hin für Heimat und Glauben. Das wurzelt mir so tief im Herzen, daß es niemand herausreißen kann. Auch der Kaiser nit."

„Der Kaiser hält große Stücke auf Sie, Herr Hubmer!"

„So? Das ist mir neu. Und warum unternimmt er´s dann, mir meine Heimat zu zerstören? Und warum hat er mir meine bravsten Leut abgstiftet, ihnen Haus und Heim gnommen? Nein, nein! Wenn die großen Stückeln, die der Kaiser auf mich halt´, so ausschaun, da glaub ich´s nit gern, daß der Kaiser mich mag. Ich mein aber, der sollt uns in Ruh lassen. Wir legen ihm nix in den Weg. Und zum katholischen Glauben finden wir keine Brucken. Wir wollen anständige Holzknecht bleiben und in Frieden werken! Das ist alles, mein Wunsch und fester Wille."

Der fremde Mann sah lange nachdenklich zu Boden. Dann hob er langsam den Kopf und sagte:

„Was bietet Ihnen die Heimat?"

„Den Frieden, Herr! Und die Kraft, Herr! Gehst auswärts, so legst dein Glück in den Wind, und ohne Wurzeln halt´ nit der stärkste Baum. Schauen S´an, Herr! Da kommt der französische Kaiser und will die Welt erobern und glaubt, er wird sein Glück auswärts tragen. Von der Heimat fort, das ist gfehlt!"

„Und geht doch siegreich durch die Welt!" seufzte der Fremde.

„Das ist nur Schein! Einmal reißt der Faden, der ihn an die Heimat bindt, und dann ist´s aus! Nur daheim steht die Kraft!"

„Hat nicht die Schlacht bei Hohenlinden das Gegenteil gezeigt?“
„Wie der General Moreau den Erzherzog Johann hat gworfen? Dort im Bayrischen Wald? - Herr! Das war es eben, daß ein österreichischer Erzherzog hat müssen auswärts rennen, um dort sein Glück zu suchen. Wär er schön daheimblieben bei uns, da, in den steinernen Alpen, und hätt uns Holzknechten gsagt, nehmts das Messer und die Flinten und die Baumstämm und die Stein, Herr, da hätt kein Franzmann einen Schritt mehr tan ins Österreichische. Und soll´s einer probiern, ins Naßtal z´kommen! Kein Napoleon und kein anderer steigt mir über meine Felsen! Sehn S´, Herr, bei uns hätt müssen der Erzherzog stehn. Da hätt er nit rennen müssen wie im Bayrischen Wald. Wir Holzknecht, wir suchen keinen Feind auswärts, weil wir draußen keinen haben. Kommt aber einer, der unsere Heimat will schänden, dann, Herr, werden wir wild. Um der Heimat willen, Herr, schlagen wir die ganze schlechte Welt auf Scherben!“
Der Grimm des riesenhaften Holzmeisters und seine zornfunkelnden Augen nahmen den Fremdling gefangen.
„Herr Hubmer, Sie sind - ich seh´s - ein ganzer Mann! Sie bleiben im Naßtal! Solche Menschen in der Nähe zu wissen, ist Glück!“
„Wohnt leicht der Herr in Payerbach oder sonstwo in der Näh?“
„Ich wohne in Graz.“
„Und bringen vom Kaiser aus Wien Botschaft?“
„Ich bin des Kaisers Bruder!“

„Heiliger Gott!“
Der Holzmeister war erschrocken aufgefahren, und nun sah er sein Gegenüber hilflos an. „So sind Sie am Ende der...“
„Der Besiegte von Hohenlinden.“
„Nein, aber ... Herr Erzherzog ... da bitt ich ... ich hab Sie doch nit epper beleidigt?“
„Sie haben mir die Wahrheit gesagt, Herr Hubmer! Das kommt selten vor!“
„Selten! Bei Euch kaiserliche Hoheiten ist halt viel Lug daheim, gelt?“
Erzherzog Johann lachte hell heraus.
„Sie mögen recht haben. Nun aber weiß ich, was ich dem Kaiser zu berichten habe. Sie wollen im Naßtal bleiben, also bleiben Sie im Naßtal! Hand darauf! Ich weiß, was ich an Ihnen habe! Und, falls Sie etwas von mir brauchen, kommen Sie ruhig zu mir nach Graz. Dort sitz ich seit dem Unglück bei Hohenlinden als Privatmann.“ Der Erzherzog wendete sich zum Gehen.
„Herr...Herr...“, stammelte der Holzmeister und streckte die Arme bittend aus. Da aber fiel die Tür ins Schloß.

Erzherzog Johann hielt Wort. Zwei Wochen später hatte der Holzmeister seine und seiner Leute Entlassung aus den kaiserlichen Diensten. Und nun war die Zeit da, mit dem Grafen Hoyos den Vertrag zu machen. So fuhr er denn nach Wien. Der Graf feilschte wie ein Handeljud mit dem Holzmeister. Schließlich einigte man sich doch, der Vertrag wurde unterschrieben und gesiegelt.
Mit dem Vertrag war aber noch lange kein Geld da.

Schleunige Arbeit war also zu leisten, um alles herzurichten, damit man die nächsten Frühjahrswässer genügend ausnützen konnte. Denn es war vereinbart, daß der Holzmeister dem Grafen jährlich vierzehntausend Klafter Holz nach Wien bringen sollte. Dazu war nötig, daß gute, starke, wurmfreie Stämme richtig gescheitet heuer noch bis an die Naß geschafft wurden, um von dort im Frühjahr von den Fluten der Naß und der Schwarza hinabgetragen zu werden in die Ebene. Die Schwemme mußte also ordentlich hergerichtet, das Flußbett gut ausgekehrt und mit vielerlei Vorrichtungen versehen werden, damit das Holz nicht ins Stocken käme. In Neunkirchen mußte für den Aufbau eines großen Fangrechens Sorge getragen werden, mußte man Anstalten treffen, damit von dort das Holz in den Kehrbach kommen konnte, um vom Wasser bis in den Park der kaiserlichen Militärakademie in Wiener Neustadt getragen zu werden. Dort mußten alsdann die Hölzer herausgespießt und an der Lände zum Trocknen aufgestößt werden. Sonntrocken lud man sie hernach auf Transportschiffe, die auf dem Wasserwege des Wiener-Neustädter Kanals, von Pferden gezogen, bis zur gräflichen Holzlände am Wasserbecken vor dem Wiener Stubentor gebracht wurden. Um im Frühjahr alles glatt vorwärtszubringen, bedurfte es großer Vorarbeiten für den Naßwalder Holzmeister. Dies war alles um so schwieriger für ihn, weil ja die Strecke bis Wien einen Fußmarsch von fast vier Tagen erforderte. Georg war also gezwungen, sich ein Pferd anzuschaffen, damit er schnell genug an den Arbeitsstätten sein konnte.

Jetzt, da er häufig draußen in der Ebene weilte, konnte er

leichter Verbindungen mit Leuten herstellen, die Holz brauchten. Daher ließ der Pehofer-Ferdl allwöchentlich am Samstag abend einen Stoß Bundholz talab schwimmen. Die Sache konnte den Knechten nicht länger mehr verborgen werden. Sie fanden ja unterwegs im Flusse steckengebliebene Bündel und fragten, wo diese herstammten. Also offenbarte der Holzmeister an einem Sonntag im Oberhof den Leuten das Geheimnis. Die Leute sahen ein, daß der Holzmeister nicht anders konnte, und stellten künftig ihre Kräfte zur Verfügung.

So ging am Holzschlag und an der Schwemme die Arbeit flott vorwärts.

Die Zeit verrann. Herrliche Sommertage flogen vorüber, ein prächtiger Herbst kam ins Naßtal gezogen. Und dann krochen wieder die Nebel zu Tal, Schnee und Winter waren da.

Jetzt war richtige Holzzeit! Wuchtige Stämme sausten auf den Holzriesen zu Tal. Mit wunderbarer Geschicklichkeit brachten die Holzknechte das Scheitholz die steilsten Wege herab. Mitten in Gefahr und Arbeit erscholl der Jauchzer des freien Alpenmenschen in Gottes freier Natur.

Nach Weihnachten fing es in schweren Flocken zu schneien an. Der Himmel warf Schnee Tag und Nacht, immerzu. Und als das Neujahr ins Naßtal kam, waren die Häuser bis zu den Dachfirsten im Schnee vergraben.

Es war arg. Die Leute vermochten es nicht, sich durchzuschaufeln. Haushoch lagen die Wächten. Schneelöcher mußte man graben, um von einem Haus zum andern zu gelangen.

Einige Tage stockte die Arbeit. Dann fiel der Schnee in sich zusammen. Überdies ließ der Raxsturm die Schneefläche zu Eis erstarren und schuf eine tragfähige Kruste.
Inzwischen war Georg, ehe noch der Frost gekommen war, mit den Arbeiten am Wehr fertig geworden. Der Holzmeister feuerte zur Arbeit an, damit alles gerichtet sei, wenn die Frühlingswässer zu Tal rannen und die große Schwemme begann.
Mitte Februar war alles bereit. Hoch an der Zeit! Wieder kam ein ungeheurer Schneefall, der jede Arbeit unmöglich machte. Es war, als ob der Himmel die Erde im Schnee ersticken wollte.
Zum Oberhof hin führte ein regelrechter Schneetunnel.
Zu Josefi war es, am 19. März, da wirbelte am Vormittag der Schnee in großen, nassen Flocken. Um Mittag kam der Föhn geflogen. Und am Abend, als die Knechte im Oberhof beisammensaßen, fingen die Dachrinnen zu singen an. Plötzlich erzitterten die Fensterscheiben, die Erde bebte. Die Knechte fuhren auf.
„Die Lahn geht!"
Donnern und Brausen, Sturmwind um das Haus.
„Das war in nächster Näh! Scharfe Lahnen gehn heuer!"
Der Holzmeister trat ins Freie. Regen peitschte ihm ins Gesicht. Dann kam er zurück. Seine Augen blickten finster.
„Was ist, Holzmeister?" fragten die Knechte.
„Es wird arg, Leut! Morgen früh ist hohes Wasser! Zwei Mannder gehn gleich ans Wehr auf Wasserwacht. Wehr hoch auf, damit das Wasser abschießen kann. Alle zwei Stund Ablös!"

Zwei junge Burschen gingen hinaus in die regenschwere Nacht, kämpften sich durch Sturm und Schnee bis zum Wehr durch. Dort klang und krachte das Eis, gefährlich türmten sich die Blöcke übereinander. Fernher von der Rax donnerten die Lawinen.

Mit dem Aufgebot ihrer ganzen Kräfte zogen sie das Wehr hoch. Da brach das Eis und schoß in großen Stücken mit dem Unterwasser davon. Irgendwo ein klingendes Krachen, wie wenn Eisschollen aufeinanderstießen. Der Sturmwind heulte, fegte den schweren Regen vor sich her. Eine furchtbare Nacht. Das Wasser hub an zu gurgeln, am Wehr zischte und planschte es beängstigend.

„Was ist das?“ rief der eine Wehrknecht dem andern zu. „Hörst nit? Mir ist, als käm das Wasser von untenher!“

„Geh, Narr, bergauf wird´s rinnen! Aber es schaut sich nit gut an, wie´s von obenher kommt.“

Ja, es schossen von allen Seiten die Wasser in das Wehr ein. Das Gurgeln wurde zum Brausen. Lauter, tosender von Minute zu Minute. Und jetzt planschte es beim Wehr ganz eigenartig. Der eine Wehrknecht lief hinzu.

„Meiner Seel, es ist wahr! Wie kann das sein? Das Wasser kommt von untenher!“

Und es kam wirklich von untenher. Irgendwo da unten talab mußte sich der Eisstoß gestaut haben.

„Renn um den Holzmeister, du!“

Bald war Georg zur Stelle und leuchtete mit der Laterne das Wehr ab.

„Einer geht mit mir!“ entschied er kurz und arbeitete sich durch den brusttiefen, naßklebrigen Schnee flußabwärts.

Der Eingang zum Höllental in der Nähe des Hirschwanger Eisenhammers. Deutlich ist die Trasse der neuen Straße zu sehen, 1856

Und dann sah er es. Dort staute das Eis und drängte das Wasser rückwärts.
Ohne viel zu überlegen, sprang er auf die schwimmenden Schollen bis zum verstopften Auslauf und zerrte an den Eisbrocken. Vergebens! Die Schollen waren ineinander verkeilt. Das Wasser aber schwoll hochauf und ergriff einen Holzbündelstoß am Ufer. Riß Bündel um Bündel in die Flut. Das Eis schaukelte unter den Füßen des Holzmeisters. Der Sturm umbrauste ihn, löschte die Laterne. Einen Augenblick schwankte er hin und her in der Finsternis, dann suchte er in weiten Sprüngen das Ufer.
„Da bleibt nix anders übrig, als alles dem lieben Gott zu überlassen!“ sagte er dumpf und ging davon.
Um Mitternacht stürzte ein Wehrknecht, naß bis auf die Haut, in den Oberhof. Er rang nach Atem.
„Was ist?“ fragten die Versammelten.
„Das Jüngste Gericht! Das Wasser ist über!“
„Geht ein jeder zu den Seinigen“, entschied der Holzmeister ruhig. „Es kommt arg, Mannder! Und bleibt mir nur ja bei gutem Verstand, wenn´s aufs Äußerste geht.“ Die Knechte eilten davon. Nur der Pehofer-Ferdl blieb. Die beiden Männer sprachen kein Wort. Mit angstgeweiteten Augen lauschten sie durch die offene Tür hinaus in die Nacht. Von Stunde zu Stunde hob sich draußen das Brüllen, Lärmen, Brausen, als ob die Hölle los wäre. Und da - ein lautes Krachen vom Wehr herüber.
„Heiliger Gott! Der Stoß geht!“ rief der Holzmeister und verhielt sich die Ohren. Krachend, splitternd, polternd klang es durch den wütenden Sturm. Und jetzt ein Knall, wie ein

Böllerschuß so laut.
„Also hat´s auch s´Wehr zerrissen!“
Regen - Regen! Unaufhörlich!
„Du lieber, himmlischer Gott! Alles, alles ist hin!“ schrie der Holzmeister. Da hörte er Hölzer klirren. Wieder ein Stoß, der talab trieb. „Wenn´s doch nur schon tagen möcht!“
Und der Tag kam, ein Tag des Schreckens und Grauens. Die Bächlein des Naßtales waren zu reißenden Strömen geworden und brausten ohrenbetäubend aus den Engen und Zwängen der Berge. Als es halbwegs lichtete, sah der Holzmeister mit Entsetzen, daß die Wellen schon an den Oberhof heranleckten. So weit das Auge reichte, eine heulende, brüllende, jagende Wassermasse. Darin trieben die Hölzer, als ob es die große Schwemme gäbe.
Vom Walde drüben gellende Hilferufe, die das Brausen des Wasserlärms durchschnitten. Was war geschehen? Nur undeutlich konnte man durch den Regenflor erkennen, daß dort die Leute händeringend umherliefen. Und nun sah man etwas im Wasser davontreiben. Ein Blockhaus. Und dann noch eines.
Apathisch stand der Holzmeister und starrte in die Fluten. Neben ihm der Ferdl. Sie sprachen kein Wort. Das Wasser spielte um den Türsockel des Oberhofes.
Jetzt schwamm unter lautem Gequieke ein Ferkel in der Flut. Mit einem Sprung standen beide Männer im Wasser, griffen zu. Doch der Strom entriß das Tierchen ihren Händen. Es war nicht mehr zu erreichen.
Da, ein Schrei in nächster Nähe. Die beiden Männer sahen sich um.

Die Hubmerin! Händeringend kam sie durch das Überschwemmungswasser daher. Schreiend, gestikulierend. Zerrauft das Haar. Und jetzt hörten die Männer, was sie gellend rief: „Das Kind! Das Kind!“
Da trieb von obenher irgend etwas. Ein kleines Pünktchen zuerst, größer und größer in rascher Flucht des brausenden Stromes. Und mitten drinnen. Nur schwimmend war das Ding zu erreichen. Jetzt war es deutlich zu erkennen. Ein Kinderärmchen ragte hervor, verschwand. Ein Köpfchen. Ein Kind!
„Herr Jesus!“ stöhnte der Holzmeister. Das war heute sein erstes Wort.
Dann stürzten sich beide Männer in das Wüten und Tosen des Wassers.
Da trieb das Kind schon daher. Der Ferdl haschte es an den Haaren. Und nun sah er´s, sein Katherl. Seine Füße suchten nach Grund, um an das Ufer zu flüchten. Denn von obenher trieb eine ungeheure entwurzelte Fichte, mit den struppigen Wurzeln voran. Seine Füße fanden keinen Grund. Er sank. Der Holzmeister schwamm rasch herzu und riß das Kind empor. Der Ferdl ließ es ihm, und Georg schwamm dem Ufer zu. Da tauchte des Ferdls Kopf wieder empor. „Schwimm, Holzmeister, schwimm!“ rief er noch. Dann brauste der Fichtenstamm über ihn hinweg. Mit dem halbtoten Kind im Arm stand der Holzmeister und blickte dem treibenden Fichtenstamm nach. Ob der Pehofer-Ferdl nicht doch wieder den Kopf emporstreckte? Der Fichtenbaum entschwand seinen Blicken. Der Ferdl tauchte nimmer auf.
Die Hubmerin stürzte auf den Schwager zu. „Georg! Gott

sei Dank!“ Sie nahm ihm das Kind ab. Er ließ es ruhig geschehen und sah der Davoneilenden mit umflorten Augen nach. Lange, bis sie seinen Blicken entschwunden war.
Nun stand er ganz allein bis zu den Knien im tobenden Wasser, starrte in die Fluten und sah sein mühsam aufgerichtetes Werk, seinen Stolz, sein alles davonschwimmen im grausamen Wasser.
Wär´s nicht am besten, sich gleich nachzustürzen in den tosenden Strom?
„Nit wanken, Holzmeister, nit wanken!“ sagte er sich selber. „Durchbeißen durch die Kümmernis!“
Aber was denn noch? Es war ja alles dahin! Die Wehre und Stauen zerfetzt und zerrissen, das Holz davongeschwommen, irgendwohin in die Donau und hinab ins Ungarland. Über eine Nacht alles zerstört! Von vorn anfangen? Womit...?
Das Wasser stieg und stieg.
Da ging er heim in sein Haus. Von der Haustür aus übersah er das entsetzliche Unheil, das über sein Naßtal flutete. Und dort um den Hügel, wo die Barbel lag, tosten und brüllten die Wasser. „Hörst, Barbel, hörst es? Ich weiß nit, was das ist. Mich hat der Herrgott verlassen!“
Wohin er blickte, keine Hilfe! Die Leute konnten nicht zu ihm und er nicht zu ihnen. Abgeschnitten von allen stand er da, er, der Holzmeister, mutterseelenallein im Unglück. Jetzt packte ihn schier die Furcht vor dem Gewaltigen da oben. „Du!“ rief er, die Hände zum Himmel erhoben, „so erbarm dich doch, du grausamer Gott! Was hab ich dir tan, daß d´mich so strafst? Mein Werk hast mir zerschlagen,

was willst denn noch? Willst mich ertränken, du? So tu´s gleich! Schnell!“
Noch lange starrte er zum Himmel empor und sah den fliegenden Wolkenfahnen nach. Dann ging er in die Stube, warf sich aufs Lager und vergrub den Kopf in den Decken. Da strich ihm der Schlaf über den Scheitel und drückte ihm die Augen zu.
Und wie war das doch? Als er erwachte, leuchtete draußen die Sonne. Er fuhr in die Höhe. War´s ein böser Traum? Er eilte ans Fenster. Ja, die Sonne schien und beleuchtete lachend die abfließenden Wasser. Kein Brausen mehr und kein Tosen, sondern nur ein Glucksen und Gurgeln. Die Fluten ebbten ab und fielen wieder ins alte Bett zurück. Sonst aber Grauen und Verwüstung.
Der Holzmeister trat ins Freie. Der Wind kam anderwärts. Frostig zog er daher und trocknete rasch auf. Gegen Abend rannen die Wässerlein sachte und plauderten hämisch von der „großen“ Tat, die sie heute nacht vollbracht hatten.
Im Oberhof versammelten sich die Knechte mit Weibern und Kindern. Jammer, blasser Jammer überall und lautes Wehklagen. Heim und Getier waren davongeschwommen, nichts war den Leuten geblieben als das nackte Leben. Auf nichts gestellt die Zukunft. In armseligen Träubchen kuschelten die Weiber und Kinder, noch durchnäßt in ihren letzten Kleidern, in den Winkeln des Oberhofes.
Da kam der Holzmeister. Sie hatten ihn erwartet, umringten ihn, bittend und schreiend. „Holzmeister! Du! Hilf uns! Holzmeister! Verlaß uns nur du nit!“
Georg riß sich zusammen. „Jetzt nur stark sein, Holz-

meister!“ sprach er zu sich. Also atmete er tief und sagte: „Kinder! Mit Gottes Willen ist das Unheil über uns kommen, wir müssen´s tragen. Bleibt nur bei mir und haltet treu aus! Was immer ich für euch tun kann, das wird gschehn! Kopf hoch!“
Im Sinnen stand er eine Weile und sah durchs Fenster. Aller Augen hingen an ihm.
Plötzlich wandte er sich um und sagte mit einem schmerzhaften Lächeln: „Was meint ihr, Leuteln, wohin die Wasser jetzt rinnen?“
„Wohin?“ Die Leute rieten hin und her. „In die Ebene... in die Donau... ins große Meer...“
Er winkte ab. „Talein oder talaus?“
„Talaus doch!“
„No, sehts, Leuteln, solang die Wasser so rinnen, geht auch unser Schicksalsweg schön talaus nach der alten, guten Straßen. Folglich müssen wir wieder hinein ins alte Gerinn, denn das ist unser Leben, geht´s dabei, wie´s will. Und auf gut Glück zupacken heißt´s. Wir Holzknechtleut lassen uns nit biegen. Eher brechen.“
Seinen verwitterten Hut vom Kopf reißend, blickte er zum Himmel hinauf und rief: „Du, unser Vater im Himmel, wir haben deine Prüfung bestanden. Jetzt hilf uns, bitte schön, aus der Not!“

Furchtbar zeigte sich die Verwüstung. Klausen, Stauen und Wehre zerrissen, die steinernen Fangköpfe zerschmettert, die Rechen und Fänge geknickt und zerfetzt. Bis Neunkirchen hin alles zerstört. Das Holz davon, die Holzknecht-

hütten abgetragen, Leid und Sorgen überall.
„Wie soll´s werden? Wie denn nur?“ fragte sich der Holzmeister, als er gedankenvoll seines Weges längs der Naß und der Schwarza abwärts ging, um zu sehen, ob nicht doch etwas zu retten wäre. Im Höllental ein schreckliches Gewirr von Steinblöcken und verspießten Baumstämmen. Der Weg unterwaschen und vermurt. Monatelange Arbeit, bis der Fluß wieder reingekehrt war. Und alles von vorn beginnen! Die Stauen und Klausen neu ausbauen, die Fangköpfe neu mauern, neue Rechen einlegen, das verspießte Holz sammeln und frisch aufzäunen. Ein volles Jahr würde er zu tun haben, um die Schäden auszubessern. Dann erst konnte er daran denken, Holz zu bringen. Und wann - das war das Wichtigste - würde er Geld erhalten zum Weiterarbeiten? Er dachte in seiner Not daran, sich an den Erzherzog Johann in Graz zu wenden. Als er diesbezüglich in Graz anfragen ließ, erfuhr er, daß der hohe Herr nach Tirol gegangen sei, um die Bewaffnung des Bergvolkes gegen Napoleon ins Werk zu setzen. Also auch hier nichts! Und sich an den Kaiser wenden? Nie und nimmer! Das hieße, alles ausliefern, was teuer und heilig war, Heimat und Glauben.
Es galt also, sich auf sich selbst zu stellen.
Nach dem Pehofer-Ferdl hielt er ständig Ausschau. Ob er nicht doch wenigstens seinen Leichnam fände, irgendwo im verfilzten Gemure des Flusses? Indes, vom Ferdl war nichts mehr zu sehen. Aber er brauchte eine verläßliche Stütze. Da schickte der Holzmeister um seinen Sohn Sepperl, der in Wien verheiratet war. Der kam ungern ins Naßtal. Aber er kam.

Das Naßtaler Unglück war in Wien bekanntgeworden. Auch nach Sankt Pölten war die Kunde gedrungen und nach Gutenstein. Und jetzt kamen eilige und sonderbare Angebote zur Hilfeleistung. Man wollte gern helfen, hieß es, wenn die Naßtaler vom Ketzerglauben ließen. Und einer kam, der hielt im Oberhof eine schwungvolle Bekehrungsrede und bezeichnete das ganze Unheil als eine gerechte Strafe für die ketzerischen Naßtaler.

Georg ließ den Mann zu Ende sprechen. Dann richtete er sich hoch auf und sagte: „Heut ist´s nit schwer, Mensch, die Köpf zu verwirren! Leicht könnt der eine oder andere glauben, es wär wahr, was du gsagt hast. Aber eine Lug ist´s, verstehst? Prüfungen schickt der Herrgott über alle, auch über katholische Christen! Diesmal hat´s uns troffen. Was aber wären wir für Leut, wenn wir so eine Prüfung nit überstehn täten? Dazu ist ja die Prüfung da, daß der Mensch zeigt, was er vermag. Und wir werdn´s zwingen, verlaß dich drauf. Und es ist halt doch so, daß Gott bei denen ist, die standhaft sind auch in der Not und mannhaft in der Tat. Ja, wegwerfen alles, was uns bis jetzt heilig war, das ging schon! Aber zu welchem Zweck? Und wär´s nit die größte Feigheit, der sich jeder anständige Mensch sein ganzes Leben lang schämen müßt? Nein und nein! Wir Holzknecht sind aus hartem Holz, und wenn´s sein muß, werden wir zu Stein! Nit locker lassen, an sich selber glauben, das heißt einen Gott haben! Und glauben, daß auf den Winter der Sommer, auf den Regen der Sonnenschein kommen muß. Muß! Aber wenn in der Not einer auf den Knien rutscht und lamentiert und die Zeit verbandelt mit Winseln und Wehklagen, der

verliert derweil seinen Herrgott. Seine Kraft vertut er und ersauft in seinen Tränen. Wir Holzknechte sind das Zupakken gewöhnt und kennen den Herrgott auch mit dem grantigen Gsicht. Bemüh dich nit, Freund, geh heim und sag dem, der dich hergschickt hat, mit den Naßwaldern wär kein Gschäft z´machen, weil sie mit dem Glauben nit handeln!"
Auch der Schwarzauer Pfarrer versuchte sein Glück im Bekehren. Auch er ging mit hängendem Kopf heim nach Schwarzau...

Eines Tages ereignete sich aber etwas Unerwartetes. Etwas, an das der Holzmeister nie gedacht hätte. Graf Johann Ernst Hoyos kam mit zwei Fuhren Lebensmitteln ins Naßtal. Ohne sich um Georg zu kümmern, besah er das Unheil, das die Überschwemmung angerichtet hatte, und zog die Holzknechte ins Gespräch. Frauen und Kinder hörten neugierig zu.
Er beschenkte die Leute reichlich und versprach, auch weiterhin nach besten Kräften beizustehen.
Als der Holzmeister, der bislang trotzig abseits gestanden war, dieses sah, kam er auf den Grafen zu, lupfte den Hut und sagte: „Also bedank ich mich halt recht schön dafür, daß Sie, Herr Graf, so edel für meine Leute gsorgt haben!"
Graf Hoyos musterte den Holzmeister von oben bis unten. „Nicht notwendig!" antwortete er, „die Leute haben das schon selber besorgt. Übrigens - es wird jetzt lange dauern, bis Sie mit den Aufräumungsarbeiten fertig werden. So ist also an die Erfüllung des Vertrages infolge Einschreitens

der höheren Gewalt etwa vor zwei Jahren nicht zu denken. Sie brauchen bis dahin Geld, nicht wahr?"
„Ja! Geld, das brauch ich! Wo ich´s aber hernehm, das weiß ich heut noch nit!" sagte der Holzmeister.
„Ich stehe nicht an, Ihnen Kapitalien flüssigzumachen."
„Herr Graf! Sie? Ist das wahr? Wirklich wahr?"
Des Holzmeisters Augen begannen zu leuchten. „Also ist doch auf der Welt ein Mensch, der sein Herz am rechten Fleck hat!?"
„Redensarten!" schnauzte der Graf zurück. „Von Herz` kann keine Rede sein. Wieviel brauchen Sie?"
„Mein Gott! Was soll ich sagn? Geben Sie, Herr Graf, geben Sie, was Sie wollen! Sie tun ein gutes Werk!"
Graf Hoyos schnitt ein saures Gesicht: „Ich tu kein gutes Werk! Ihnen tu ich aus prinzipiellen Gründen keines. Mit Ihnen mache ich nur Geschäfte! Wenn ich Ihnen Geld gebe, so geschieht es bestimmt nicht aus gutem Herzen. Sie verzinsen mir selbstverständlich die vorgestreckten Kapitalien. Sechs vom Hundert!"
Georg sah, daß er hier einen ebenbürtigen, steifnackigen Gegner vor sich hatte. Also ging auch er ins Geschäftliche.
„Herr Graf", sagte er, „es ist klar, daß ich von Ihnen nix gschenkt brauch! Wenn Sie mir das Geld geben, so kriegen Sie regelmäßig Ihre Zinsen, und, sobald ich kann, das Kapital."
„Für alle Ewigkeit kann ich Ihnen das Geld nicht leihen, das werden Sie wohl einsehen! Was geben Sie mir als Sicherheit?"
„Einen Haussatz laß ich auf Sie schreiben."

Beim Aufkeilen / Wie muß der Baum fallen? / Beim Entrinden / Winterliches zu Tal bringen der Baumstämme

„Gut! Wieviel brauchen Sie?“
„Vorläufig zwanzigtausend Gulden! Wenn Sie das Geld bei sich haben, kann ich Ihnen gleich einen Schuldschein geben. Und die Anschreibung aufs Häusel können Sie selber veranlassen.“
Sie gingen ins Haus. Dort übernahm der Holzmeister das Geld und ließ von Johann Pilz den Schuldschein schreiben.
„So hab ich den Naßwalder Holzmeister gern“, lachte der Graf und steckte den Schuldschein fürsorglich in die Mappe. „Zug um Zug! Wir haben einander nichts zu schenken. Immerhin, wenn Sie in Verlegenheit sind, stehe ich Ihnen zu Diensten!“
„Ich werd schon wieder kommen, Herr Graf! Und so dank ich Ihnen, wenn S´ es auch nit wollen, für Ihre Guttat!“
„Guttat? Ich begreife nicht, daß Sie mir für etwas danken, das Ihnen doch keinen Vorteil bringt? Das Geld müssen Sie ja wieder für mich verwenden? Dafür zahlen Sie noch sechs vom Hundert Zinsen. Ich an Ihrer Stelle würde mir anders entgegenkommen.“
„Herrgott, Herr Graf, Sie sind doch ein spaßiger Mensch! Aber ich sag Ihnen was: Sie wissen ja nit, was an dem Geld drum und dran hängt. Da sind sechs Prozent Zinsen für mich ein Pappenstiel. Mit dem Geld baun wir uns eine Heimat, verstehn S´ das, Herr Graf? Da sind S´ alleweil in der Nachhand. Und darum dank ich Ihnen vom Herzen. Wär´s nit darum, Herr Graf, ich möcht Ihnen schon die richtige Grobheit sagen. Aber wir kommen schon noch zsamm, und bei gelegener Zeit schenk ich Ihnen nix! Heut aber sind S´ mein Engel.“

„Na, Sie haben eine merkwürdige Vorstellung von diesen Himmelswesen!"
Der Graf lachte und ging. Stieg aufs Pferd und ritt, ohne den Gruß der Leute zu erwidern, auf der Straße gegen Schwarzau davon.
„Es ist merkwürdig", sagte Georg zum Johann Pilz, „daß die gröbsten Lackeln die besten Herzen haben. Und jetzt sag ich dir was, Schwager: Der junge Graf ist ein nobler Mensch. So wär mir der Kaiser recht!"
„Der den Untertanen Geld leiht zu sechs Prozent Zinsen? So einer ist der Graf!" antwortete Johann Pilz lachend.
„Tepp du!" fuhr ihn der Holzmeister an. „Mir ist einer, der mir Dreck ums Maul schmiert, wenn er mich aus´m Morast herauszieht, weitaus lieber als ein andrer, der mich versaufen laßt und mir dabei Honig ums Maul streicht. Ich bin ein grober Klotz. Da paßt ein grober Keil. Und auf ein Jutesack näht man kein Seidenfleck. So ist das! Und jetzt sollst sehn, was aus dem Naßwald wird!"
Er dehnte die Brust, streckte die Arme weit. Griff dann nach seinem Alpstock und wanderte in den Wald hinein.

Die sieben fetten Jahre zogen ins Naßtal. Arbeit, Brot und viel Lust und Freude ringsum. Die Holzknechte hausten wieder in eigenen Häuschen. Jauchzer klangen durch das Tal.
Nach zwei Jahren ging der Schwemmdienst nach Wien in bester Ordnung. Und nun konnte der Holzmeister endlich stolz vor den Grafen hintreten und sagen: „Herr Graf, ich bin da, daß wir abrechnen miteinander. Achtzehntausend

Klafter liegen auf der Länd. Zwanzigtausend Gulden haben S´ mir gliehen. Vierundzwanzighundert zahl ich Ihnen an Zinsen. Somit kriegeten S´ von mir zweiundzwanzigtausendvierhundert Gulden. Fünfundzwanzigtausend Gulden krieg ich von Ihnen, also zahln S´ mir sechsundzwanzighundert Gulden, und wir sind quitt. Natürlich müssen S´ die Last von meinem Häusel löschen lassen."

„Moment!" sagte der Graf, schritt zur großen Kassa, brachte den Schuldschein zurück und eine Rolle Geldes. „Den Schuldschein zerreiß ich", sagte er und zerriß ihn. „Und hier ist das Geld!" Er schob die Rolle dem Holzmeister hin. Georg wog die Rolle in der Hand und sagte: „Das kann nit stimmen! Da ist mehr drinnen!" Er riß die Papierhülle ab. Da lagen vor ihm abgezählte fünfundzwanzigtausend Gulden. Ohne eine Miene zu verziehen, zählte der Holzmeister zweitausendsechshundert Gulden aus den Geldstücken und steckte sie ein. „So! Das andere geht mich nix an!" Er stand auf, nahm seinen Hut und wollte davon.

Der Graf vertrat ihm den Weg.

„Holzmeister", sagte er, „Sie haben durch Ihre Haltung gezeigt, daß Sie ein braver Mann sind. Ich bitte Sie, betrachten Sie den damaligen Vertrag als einen Scherz, und nehmen Sie das Geld! Sie haben es redlich verdient um meines Vorteiles willen! Ich werde an dem Holz bestimmt nicht zu kurz kommen."

Der Holzmeister sah finster drein.

„Herr Graf! Ein Vertrag und eine Schuld sind kein Scherz. Was geschrieben ist, gilt! Und Zug um Zug! Ich laß mir von Ihnen nix schenken!"

„Holzmeister..."
„Nix da! Ist der damalige Vertrag ein Spaß, so ist´s epper der andere auch. So was duld ich nit! Reiner Tisch muß sein! Wir zwei sind Gschäftsleut, basta! Und jetzt möcht ich bitten, daß Sie die Last von meinem Häusel löschen lassen!"
„Ich muß Ihnen gestehen, daß ich sie niemals angeschrieben habe. Von mir aus ist Ihr Haus lastenfrei."
„Da hört sich aller Gspaß auf!" greinte der Holzmeister. „Muß sich einer von einem Grafen alles gfallen lassen? Sie sind mir der richtige Gschäftsmann! Bhüt Gott!"
Der Graf lachte herzlich. Der Holzmeister lachte aber auch, als er draußen stand und vergnügt brummte: „Wart, Bürscherl, hineingfallen bist mir doch!"
Und sooft sich im Laufe der Jahre die beiden Dickschädligen begegneten, gab es jedesmal Streit, so daß es häufig schien, als ob jede Verbindung zwischen ihnen augenblicklich aufhören müßte. Aber was sie äußerlich mit rauhen Worten kundtaten, sah in ihren Herzen ganz anders aus.
Für den jungen Grafen bedeutete die Bekanntschaft mit dem Holzmeister eines der schönsten Erlebnisse, und seine Seele erstarkte an dem Wesen des grundehrlichen Mannes.
In seinen Mußestunden trieb es ihn oft in das Naßtal, um dort mit dem Holzmeister zusammenzutreffen. Und jedesmal, wenn er kam, gab´s Sturm.
„Sind S´schon wieder da, Herr Graf?"
„Was geht das Sie an?"
„Oho! Holzmeister bin ich!"
„Und ich bin Graf Hoyos, wenn Sie nichts dagegen haben."

„Dagegen hab ich nix; aber daß Sie mir in alles die Nasen hineinstecken, was Sie nix angeht, das möcht ich mir verbitten!“
„Sie haben gar nichts zu verbitten, ich kann in den Wäldern spazierengehen, wie ich will.“
„Wenn Sie aber ein Baum erschlagt, trag ich keine Verantwortung!“
„Wer sonst?“
„Himmelsakra! Sie haben da nix z´tun, Herr Graf!“
„Ich tu, was mir gefällt!“
„Also kann Sie meinetwegen ein Stamm niederhaun. Was geht´s mich an?“
Dabei dachte aber der Holzmeister mit Entsetzen daran, daß jemals so etwas geschehen könnte. Schimpfend führte er den Grafen stets weitab von Stellen, wo es dem jungen Manne gefährlich werden konnte.
Und einmal, als Graf Hoyos wieder dem Holzmeister auf den Fersen klebte, sagte Georg: „Wissen S´ was, Herr Graf? Wenn S´ schon überall Ihre Nasen dabei haben müssen, so sagen S´ mir, was gschehen soll, wenn der Wald herüber dem Gscheidl abgholzt ist?“
„Wie soll ich das wissen? Ich bin doch nicht Holzmeister!“
„Das ist wohl ein Glück! Denn dann wärn meine Leut in vierzehn Tagen verhungert! Aber mir scheint, Ihnen ist das gleich, was mit den schönen Stämmen gschieht, die drüberm Gscheidl stehn? Drüberm, Gscheidl, verstehn S´, Herr Graf, was das heißt? Ins Steirische hinüber steigt der Urwald ab. Also, was soll gschehn?“
„Sie sind mir der richtige Holzmeister! Wenn ich es wäre,

wüßte ich schon was!"
„Also was?"
„Ich würde die Bäume abholzen!"
„Abholzen! Abholzen! Wissen S´, Herr Graf, da sieht man, daß S´ von der Holzerei soviel verstehn wie der Has vom Eierlegen. Abholzen!
Wie denn das, wenn wir dann die Stämm mit Stricken übers Gscheidl schleppen müßten? Jeden Stamm extra tausend Fuß hoch. Ein Schwemmen ist aber dort nit möglich, weil ja die Wasser drüberm Gscheidl ins Steirische rinnen. Oder solln wir Ihr Holz nach Graz schwemmen, statt nach Wien?"
„Was geht das mich an? Sie sind Holzmeister! Meinetwegen können Sie das Holz bergauf schwemmen!"
„Bergauf schwemmen?" Der Holzmeister dachte lange nach.
„Bergauf schwemmen?"
„Ja! Das wäre ein Kunststück für einen richtigen Holzmeister!"
„Bergauf schwemmen?" Den Holzmeister ließ der Gedanke nicht mehr los. „Warum soll das nit gehn?"
„O ja!" lachte der Graf, „man kann ja auch bergauf gehen. Warum soll abwechslungsweise nicht auch das Wasser einmal bergauf rinnen? Ein tüchtiger Holzmeister muß auch das zuwege bringen."
„Und ich bring´s auch zuweg, damit Sie, Herr Graf, einmal ordentlich das Maul aufreißen vor Staunen, was ein tüchtiger Holzmeister kann."
Der Graf bog sich vor Lachen.
„Ich will mir die Sache nächste Woche ansehn!"
„Nächste Woche wird´s ein bissel z´früh sein. Aber in etli-

chen Jahren rinnt das Wasser bergauf, Herr Graf. Wenn das Gscheidlwasser auf der Steirerseite tausend Jahr nach Steiermark in die Mürz abgronnen ist, wird´s in einer Wochen nit den umgekehrten Weg machen und übers Gscheidl in die Naß rinnen. Aber ich fang mir´s schon ab und bring´s herüber übern Berg. Und das steirische Gscheidlholz bring ich im steirischen Gscheidlwasser nach Wien.“

Dem Holzmeister gab die Sache keine Ruhe. Nicht Tag und Nacht. Und alltäglich stieg er hinauf auf das Gscheidl und hinüber in den steirischen Wald. Maß mit seinem Stock da und dort und machte sich Merkzeichen mit kleinen Holzpflöckchen. Über das Gscheidl die Wasser bringen, das ging freilich nicht, weil die steirischen Quellen mindestens 240 Fuß unter der Gscheidlspitze entsprangen und in die steirische Mürz abliefen. Da war nichts anders zu tun, als sie ein hübsches Stück unter der Gscheidlspitze durch den gewaltigen Berg hindurchzuführen. Ja, aber wie machte man denn das? Ein Loch durch den starren Berg graben?

Wenn der Holzmeister mutterseelenallein am Gscheidl drüben und herüben auf und nieder stieg, rechnend und messend, wenn er dabei die uralten, gewaltigen Fichtenstämme des steirischen Urwaldes rauschen hörte, zog ein starkes Wollen durch seine Seele. Ich muß es schaffen! Ich muß! Seiner Schätzung nach stand da ein Wald von 5000 Joch Ausdehnung, der über eine halbe Million Klafter Holz liefern konnte, wenn man die steirischen Wässer durch das Gscheidl brächte. Das wäre der einzige Weg, dem Grafen den Urwald nach Wien zu schaffen. Wohl wäre es möglich gewesen, die Stämme, die zuhöchst am Gscheidl standen, zu schlagen und talwärts in die Naß zu riesen. Aber das ging nur im Winter, wenn Eis und Schnee zur Hand waren, um die Stämme talwärts zu schleifen. Im Sommer mußte jede Arbeit stocken, weil dann die natürlichen Hilfsmittel fehlten, das Holz ins Tal zu schaffen. Und die Leute mußten doch jahraus, jahrein Arbeit haben! Sobald die Stämme aber auf der steirischen Seite tiefer stiegen, war es fast unmöglich, sie mit Stricken bergwärts und von der Gscheidlspitze in die Naß zu bringen. Das Holz wäre auf solche Art dem Holzmeister und dem Grafen viel zu teuer gekommen. Mit den primitivsten Hilfsmitteln arbeitete der Holzmeister. Mit Schnur, Ebenwaage und Holzpflöckchen. Er maß, steckte ab, rechnete und schätzte hüben und drüben. Und schlug eines Tages jenseits vom Gscheidl einen starken Pflock in die Erde und tat desgleichen auf der herüberen Seite. Das war 250 Fuß unter der Gscheidlhöhe.

Alsdann ging er zu Tal, versammelte die Holzknechte im Oberhof und teilte ihnen seine Absicht mit.

Acht Mann, die stärksten und verläßlichsten, wählte er aus und ging mit ihnen am nächsten Morgen aufs Gscheidl. Dort stellte er bei dem einen Pflock vier Leute auf mit Spitzhacke, Krampen, Brecheisen und Schaufeln und ebenso vier Leute bei dem Pflock steirischerseits.

Dann stellte er sich auf die Gscheidlhöhe, so daß ihn seine Leute sehen und hören konnten, und rief mit lauter Stimme: „Jetzt, Leut, in Gotts Nam einbrechen!“

Und da klangen die ersten Schläge mit der Spitzhacke auf das Gestein der Alpen. Die Brecheisen verbissen sich im Fels, um ein Werk zu schaffen, ein verwegenes Werk durch die Mauer des Alpengesteins, wie es noch keiner gewagt hatte. Der Holzmeister vom Naßtal bohrte mit der Urkraft seines erzenen Willens den ersten Tunnel in Österreichs Alpen.

Die dort hoch oben am Gscheidl unter der Leitung des Holzmeisters sich in die Alpen einbohrten, gruben und schlugen Monate und Jahre. Georg war alt geworden und stieg seinen Lebensweg bergab. Er wollte es aber noch erleben, sein Werk beendet zu sehen, bevor er sein graues Haupt in die Erde bettete. Nur noch schauen, wie die steirischen Wasser herwärts rinnen, wie das Holz durchs Gscheidl geschwommen kam, hinab in die Seitengewässer der Naß und in die Schwarza nach Wien zum Stubentor. Zwei Schichten arbeiteten tagaus, tagein, Sommer und Winter. Und kein Ende abzusehen.

Der Graf kam öfters und sagte scherzend: „Wann lieber Holzmeister, wann kommen denn die steirischen Wasser?"

„Sie kommen schon, Herr Graf! Heut noch nit, aber sie kommen!"

Im dritten Jahre war´s, während die Knechte tief unter der Erde werkten, als eines Tages ein Knecht gelaufen kam, atemlos, Entsetzen in den Mienen.

„Holzmeister! Holzmeister! Alles ist hin! ´S geht nimmer!"

„Was denn?" Georg war tief erschrocken.

„Die Knecht kriegen keinen Atem mehr und fallen um wie die Stöck! Stickig und giftig ist die Luft im Loch. Und bald ein Feuer willst anzünden, verlöscht´s auf der Stell!"

„Die Arbeit einstellen!" befahl der Holzmeister ruhig. „Soll

einer hinunter nach Hirschwang. Dort sind glernte Bergleut. Soll einer her und Rat schaffen."
Von Hirschwang kam ein gelernter Bergmann. „Na ja", sagte der, „das sind die bösen Wetter im Berg. Da muß frische Luft hinein und die stickige heraus."
„Das weiß ich selber auch", erwiderte der Holzmeister, „aber wie macht man das?"
„Von oben her einen Schacht bohren und eine Saugpumpe aufstellen."
„Einen Schacht von oben her? Du Narr! Glaubst, ich tu noch drei Jahr um, bis das Loch fertig wird? Die Gschicht muß einfacher gehn."
„Anders geht´s nit!" sagte der Bergmann. „Ich werd´s wohl wissen!"
„Für den Rat bedank ich mich schön! Kannst wieder gehn mit deiner Weisheit! Es wird mir schon was einfallen!"
Der Holzmeister verfiel in tiefes Sinnen. Seine Gedanken drehten sich stets um denselben Punkt. „Wie krieg ich frische Luft in das Loch?" Er sann und sann, und eines Tages wußte er es.
„Ein Mühlrad muß her!" entschied er zum Erstaunen aller.
„Ein Mühlrad?" riefen die Knechte lachend. „Wozu denn?"
„Ja, ja, ein wirkliches Mühlrad! Gehts ins Tal und bringts so ein Ding herauf!"
Graf Hoyos kam gerade zurecht, als die Knechte das Mühlrad bergwärts schleppten.
„Holzmeister!" rief er belustigt, „was wollen Sie denn da mahlen?"
„Das werden S´ bald innewerden, Herr Graf!" Georg wandte

sich den Knechten zu und befahl: „Jetzt noch einen Schmiedblasbalg und etliche Brunnenröhren.“
Staunend verfolgte der Graf die seltsamen Vorbereitungen, die der Holzmeister da in Szene setzte. Er sah, wie der Mann den Schmiedblasbalg mit dem Mühlrad verband, wie er an den Blasbalg die Brunnenröhren anfügte. Verwundert schüttelte er den Kopf. Auf seine erstaunte Frage antwortete der Holzmeister nur: „Kommen S´morgen wieder, Herr Graf, dann werden S´alles wissen!“
Und als Graf Hoyos am nächsten Tage kam, sah er, daß das aus dem Loch rinnende gesammelte Tropfwasser auf das Mühlrad rann und dieses in Bewegung setzte. Lustig lief das Rad und trieb den Blasbalg an, der die Luft durch die Brunnenröhren in das Innere des Berges blies. So kam frische Luft in den Tunnel und verdrängte die stickigen Gase. Die Brecharbeiten konnten wieder flott vorwärtsgehen.
Und die Männer gruben und gruben von beiden Seiten her durch lange, lange Monate...
Es war kein Ziel abzusehen. Nun wollte auch schon dem Holzmeister der Mut sinken. Er mußte sich´s eingestehen, daß er sich bei seinen Berechnungen vielleicht doch geirrt haben könnte. Weiß Gott, wohin sich die Leute im Berg vergruben!
Es war schier zum Verzweifeln.
Die Knechte begannen wegen der Aussichtslosigkeit der Arbeit zu murren und stellten ihren Zweifel am Gelingen des Werkes dem Holzmeister eindringlich genug vor. Es sei doch alles zweck- und nutzlos.
Schon war Georg entschlossen, die Arbeiten einzustellen,

Im Neuwaldgebiet am Gscheidl

als eines Morgens ein Knecht gelaufen kam und vermeldete: „Holzmeister, es rührt sich was! Wir hörn die Leut von der andern Seite her klopfen!“

„Ist´s wahr? Ist´s möglich?“ Sofort eilte der Holzmeister zum Stollen und drang in das finstere Loch ein. Und horchte. Ja! Man hörte ganz deutlich das Klopfen von drüben. Einige Sekunden stand er überlegend, dann befahl er: „Pulver her! Wir sprengen!“

Augenblicklich mußten die Leute die Grabarbeiten einstellen. Pulver wurde ausgelegt, und die Zündschnüre wurden beiderseits bis ins Freie gezogen. Bald züngelten die Flämmchen in das Innere des Berges.

Die Leute standen erwartungsvoll und schweigend um ihren Meister.

Jetzt - ein gewaltiger Krach im Berginnern, dann noch einer.

Langsam verzog sich der Rauch aus dem Loch. Dann drangen die Leute, unter ihnen der Holzmeister, mit Lichtern in den Berg ein. Von beiden Seiten gingen sie einander entgegen.

Und wahrhaftig! Sie sahen, wie die Lichteln näher kamen, größer wurden. Und bald sahen sie die Leute beiderseits aufeinander zukommen. In der Bergmitte, bei der Schußstelle, trafen sie zusammen und reichten einander durch das große Sprengloch die Hände. Hierauf krochen sie durch das klaffende, steinerne Maul und umarmten und küßten einander vor Freude.

Überwältigt von der Größe des Gelingens eines jahrelangen Werkes, sanken sie in die Knie, rissen die Hüte ab und

sangen in andächtiger Verzückung: „Nun danket alle Gott...!“
Der Holzmeister konnte die Tränen nicht meistern. Er weinte vor Freude wie ein Kind.
So war also der Durchschlag fertig, und der Holzmeister konnte daran denken, das steirische Holz durch das Loch ins Niederösterreichische zu bringen. Nun ja, der Schwemmtunnel war wohl hergestellt, aber das ziemlich kleine Bächlein, das durch den Berg rann, war nicht stark genug, die riesigen Holzmassen, die im Steirischen auf die Fortbringung warteten, zu tragen. Die Wässer am Berg waren abgefangen und plätscherten in einen Kanal längs des Berges, aber sie alle zusammen machten noch keinen tüchtigen Schwemmfluß aus. Nur zaghaft und langsam rodelten die einzelnen Scheiter und Prügel durch das Loch im Berg. Da mußte Abhilfe geschafft werden.
Georg sah tiefer unten die Wässer talwärts fließen. Sie rannen in die Mürz, ins Steirische hinein, ohne dem Holzmeister zu Willen zu sein. Diese Wässer mußten her! Sie mußten in die Höhe statt talwärts, wo sie nichts leisteten. Aber, wie machte man das?
Wieder versank Hubmer in tiefes Sinnen. Das Wasser bergauf? Geht denn das?
Es ging.
Die Quellwässer, die bisher unnütz in die Tiefe verpritschelten, fing er ein und sammelte sie in einem großen Becken. Dann stellte er ein nur aus Holz und Stricken gefügtes primitives Schöpfwerk auf, das durch die Kraft der Wässer getrieben wurde. In großen Eimern wurde das Wasser hoch-

gehoben und floß durch den Kanal und den Durchschlag ins Niederösterreichische ab. Das steirische Wasser war da, es kam bergauf und war dem Holzmeister zu Willen. Genug Schwemmwasser, das durch das Loch brauste und die Hölzer talwärts riß.
Nun aber galt es, auch das tiefer stehende Holz auf einfachere Weise als bisher in die Höhe zu bringen. Um einen Massentransport für wenig Geld einzurichten, mußte das Wasser seine Kraft hergeben. Georg baute deshalb für das Holz eine Hebevorrichtung, die ähnlich wie das Schöpfwerk funktionierte und mit diesem in Verbindung stand.
So arbeiteten zwei vom steirischen Wasser getriebene, überaus einfache Maschinen für den Holzmeister.
Ein lustiges Zutalbringen war es. Zu Tausenden schossen die Hölzer durch den Durchschlag hinunter ins Naßtal und von da in die Schwarza, um auf dem Wasserwege des Neustädter Kanals bis zur Lände vor Wien gebracht zu werden.
Glückliche Tage zogen ins Naßtal. Jauchzer klangen, und der alte Holzmeister sah lächelnd zu, wenn die großen Holzfrachten als Geldverdiener davonschwammen.
„So hat uns der Herrgott halt doch nit verlassen!“ sagte er mit einem dankbaren Aufblick zum Himmel.
In seiner Freude über das gelungene Werk beauftragte er Johann Pilz, auf feingehobelten Brettern zum „ewigen Gedächtnis“ mit schöner Schrift die Daten der Entstehung des Durchschlages hinzupinseln. Die eine Tafel wurde über dem Eingang angebracht. Da stand zu lesen:
„1822 im August angefangen. Es werde Licht!“
Die andere Tafel über dem Ausgang verkündete:

„Durch Beharrlichkeit und Einsicht und mit Gottes Hilfe am 8. März 1827 beendet."
Die Kunde von der großen Tat des Holzmeisters drang nach Wien.
Graf Hoyos kam ins Tal und sah voll Entzücken, was sein Holzmeister für ihn geleistet hatte.
„Holzmeister..." Der Graf wollte seinen Dank sagen, schluckte an den Worten, dicke Tränen kugelten über seine Wangen.
Der Holzmeister wehrte ab. „Herr Graf, nix da! Nur das eine: Ist´s möglich, daß die Wasser bergauf rinnen? Ja oder nein?"
„Ja! Bei Ihnen ist alles möglich!"
„Haha! Sehn S´, Herr Graf, man braucht nur wollen, dann geht alles auf der Welt!"
„Noch etwas muß ich vollenden, bevor ich von euch geh", sagte der Holzmeister eines Sonntags zu den Knechten im Oberhof. „Für unsern Herrgott ein würdiges Haus, anders als die andern Häusel im Naßtal! Es geht nit, daß wir unserm Herrgott nur so eine Hütten hinstellen, als ob er bei uns ein Zugschloffener wär. Er soll seine Kirchen haben wie anderswo. Deswegen will ich unser Bethaus ein bissel noch auswendig schön machen und die Fenster oben hübsch abrunden, wie sich´s für ein anständiges Gotteshaus ghört! Und noch was: Wir Naßwalder brauchen auch einen ordentlichen Friedhof, weil wir unsere Toten nit stundenweit bis Schwarzau schleppen können."
Nun ja, das war alles recht gut und schön, aber die Anlage eines neuen Friedhofes war keine so einfache Angelegen-

heit. Der Pfarrer von Schwarzau machte sofort Schwierigkeiten. Ebenso der Bezirksvorsteher von Gutenstein und alle die Instanzen, die mit der Sache zu tun hatten. Es bestand gar keine Aussicht daß Georg jemals ein Rastplätzchen neben seiner Barbel erkämpfen werde. Indes, der Zufall kam ihm zu Hilfe.

Erzherzog Johann kam wieder einmal ins Naßtal. Ihm trug der Holzmeister seinen Wunsch vor.

„Epper, daß der Herr Erzherzog beim Kaiser ein guts Wörtel einlegt, dann wird´s schon gehn!" „Machen Sie ein Majestätsgesuch, lieber Freund. Ich nehme es gleich nach Wien mit."

„Heidibix! Sie sind ein goldener Mensch, Herr Erzherzog!"

Sogleich ließ der Holzmeister durch Johann Pilz das Gesuch anfertigen. Der Erzherzog versprach, es wärmstens zu befürworten.

Schon nach einigen Tagen ließ Erzherzog Johann sagen, daß Seine Majestät zwar ungern, aber doch ausnahmsweise die Erlaubnis geben werde. Georg schritt voll Freude hinüber zur Lärche zu Häupten seiner Barbel, stand lange sinnend dort und sagte dann, mit dem Stock auf den Boden klopfend: „Barbel, hörst, lang hat´s dauert, gelt, Barbel? Aber so wirst halt doch bald in geweihter Erden liegen, wie ein richtiger Christenmensch. Und bald bin ich bei dir, Barbel! Wartst nur noch ein wengel!"

Ehe die Bewilligung des Kaisers für den Friedhof kam, war noch das Bethaus für den Herrgott zu richten. Schöne Fenster wollte der Holzmeister machen. Er zeichnete selbst die Vorlagen hierzu. Dann begannen die Knechte, die etwas

Die Kirche in Naßwald, um 1950

vom Mauern verstanden, mit der Arbeit. Bald war alles im besten Gang.
„Ordentlich andächtig schaut sich´s an!“ erklärte voll Stolz der Holzmeister, als die Rundbogenfenster fertig waren. Er konnte nicht ahnen, daß er sich durch diese unschuldige Tat eine schreckliche Sekkatur zuziehen werde.
Denn eines Tages kam der Schwarzauer Pfarrer - es war längst nicht mehr der alte, sondern ein ganz junger, der viel Ehrgeiz zeigte - und erschrak entsetzlich, als er die Rundbogenfenster sah.
„Was soll das?“ herrschte er den alten Holzmeister an. „Wissen Sie nicht, daß Sie sich dadurch gegen das Gesetz vergehen?“
„Davon ist mir nix bekannt. Ich kann meine Fenster bauen, wie ich will; schief, achteckig, was weiß ich...“
„Da muß ich Sie eines Besseren belehren. Dieses hier“, er deutete auf das Haus, „ist kein katholisches Gotteshaus. Kirchenfenster sind nur der anerkannten Kirche gestattet. Protestantische Bethäuser sind Privatgebäude und dürfen nichts an sich haben, was an ein Gotteshaus erinnert. So verlangt es das Gesetz!“
„Was dem Herrgott zur Ehr ist, kann kein Gesetz verbieten. Oder wollt ihr dem Herrgott vorschreiben, bei welchen Fenstern er heraus oder hereinschauen darf?“
„Damit hat unser Herrgott nichts zu schaffen, schon gar nichts mit einem protestantischen Bethaus. Die Fenster müssen ausgebrochen und wieder so gemacht werden, wie sie waren.“
Der Holzmeister lachte.

„Herr Pfarrer! So wie die Fenster jetzt gebaut sind, sind s´ gut gebaut. So halten s´ ein paar hundert Jahr. Also bleiben die Fenster rund!“
„Nun, dann muß ich die Anzeige erstatten!“
„Wie´s beliebt. Aber die Fenster bleiben rund!“
Eine Woche später war ein Abgesandter des Bischofs von St. Pölten da.
„Die Fenster müssen eckig gemacht werden“, befahl er.
Georg verharrte bockbeinig: „Die Fenster bleiben rund!“
Wieder eine Woche später stand ein Abgesandter des Kaisers da.
„Seine Majestät wird die Bewilligung des Naßwalder Friedhofes insolange inhibieren, als die Rundfenster am Bethaus nicht ausgebrochen sind. Mehr habe ich nicht zu vermelden.“
Das war nun eine harte Drohung für den Holzmeister. Aber jetzt bäumte sich erst recht sein Holzknechttrotz auf.
„Und justament! Die Fenster bleiben rund!“
Und als eines Tages Graf Hoyos ins Naßtal kam, erzählte er ihm die Streitangelegenheit.
„Was täten Sie in dem Fall, Herr Graf?“
„Sie - Sie wissen sich keinen Rat? Sie, der Holzmeister vom Naßtal? Ich an Ihrer Stelle würde ganz einfach auch noch den Friedhof herstellen. Einen Platz, mit einer Mauer rundherum. Man muß die Leute vor eine vollendete Tatsache stellen. Und wenn sie alle vor Wut explodieren!“
„Das ist eine Idee! Also mach ich auch gleich den Friedhof!“
Er ließ die nötigen Steine schleppen und bestimmte jenen

Hügel, wo seine Barbel begraben lag, zum Gottesacker. Alsdann zeichnete er mit seinem Stock die Linie, wo die Mauer laufen sollte. An dem Tag aber, an dem er mit dem Bau der Mauer begann, kam ein kaiserlicher Reiter und meldete die Entscheidung Seiner Majestät:
„Dem Holzmeister im Naßtal, Georg Hubmer, wird, insolange die Fenster des Bethauses nicht umgebaut werden, wie es dem Gesetze entspricht, sein Gesuch um Bewilligung zur Herstellung eines Friedhofes im Naßtal nicht willfahrt. Alsogleich ergehet der allerhöchste Befehl, Frist von dreißig Tagen a dato das bewußte Bethaus niederzureißen, widrigens nach fruchtlosem Ablaufe der Frist die Demolierung durch k.k. Genietruppen bewerkstelliget werden wird."
Der Holzmeister verharrte weiter im Trotz.
„Nit biegen lassen, Georg!" sagte er zu sich.
Graf Hoyos war über die Entschließung des Kaisers fuchsteufelswild und versprach, dem Holzmeister durch eine Vorsprache beim Kaiser zu helfen. Indes, die Audienz wurde erst zu einem Zeitpunkt bewilligt, da die vom Kaiser eingeräumte Frist längst vorüber sein mußte. Was tun? Ein Zufall kam ihm zu Hilfe. Gelegentlich des Hofballes kam der Graf mit Erzherzog Johann ins Gespräch und teilte ihm die Angelegenheit mit der Bitte mit, für den Holzmeister beim Kaiser ein gutes Wort einzulegen.
„Ich werde zunächst mit dem Holzmeister selber sprechen. Es wird gut sein, wenn er dem Kaiser pariert. Er ist ja doch der schwächere Teil, und ich will nicht, daß dieser brave Mensch durch seinen Dickkopf zu Schaden käme."
Schon am folgenden Tage reiste Erzherzog Johann ins Naß-

tal. Die Angelegenheit erschien ihm wichtig genug, mit Hubmer zu verhandeln.
„Lieber Freund“, sagte er nach der Begrüßung, „was treiben Sie für Sachen? Wenn Sie so fortmachen, verscherzen Sie sich die Gnade Seiner Majestät gewiß!“
„Herr Erzherzog“, antwortete der Holzmeister, „ich sag Ihnen was: Wenn der Kaiser so einer ist, daß er seine Regimente auf den alten Holzmeister loslassen will, dann, Herr, strammen sich auch noch meine Muskeln in meinen alten Tagen. Ich weiß, was kommen wird, wenn der Kaiser das tut! Es wird einen harten, blutigen Kampf geben, Sie kennen mich, Herr Erzherzog, und Sie kennen meine Holzknecht. Eher brechen als biegen! Kein Quantel von dem, was unserm Herrgott ghört. Die Leut´ sind verständigt, Herr; die im Naßtal, die in Mitterbach, die in den Ötschergräben, die in der Veitsch, die vom Hochlantsch, die von Eisenerz und Wildalpen und die von Salzburg! Alle kommen s´, damit dem Herrgott die Fenster rund bleiben. Wir decken den Herrgott mit unsern Leibern, jawohl, Herr Erzherzog! Und schießt mir so ein Kaiserlicher eine Kugel durch die alte Brust, dann sterb ich für meinen Gott! Für meine Heimat! Für meine Leut! Der Kaiser mag tun, was er will. Wir warten auf seine Soldaten! Mit unsern Fäusten, unsern Zähnen, mit unsern Steinen wollen wir unsere Heimat verteidigen, wie der Anderl Hofer in Tirol.“
Des Holzmeisters Stimme schlug über; seine Augen feuchteten sich.
„Herr Erzherzog, das sagen S´ dem Kaiser. Wir warten auf ihn mit unserm Zorn und mit Pulver und Blei! Die Heimat

gilt´s und den Glauben zu verteidigen!“
Da fing Georg zu wanken an.
Erzherzog Johann, tief erschüttert von den Worten des Holzmeisters, stützte den silberhaarigen Greis.
„Nicht so aufgeregt, lieber Freund, es wird alles in Ordnung kommen.“
„Ja, das wird´s auch, ob der Kaiser will oder nit! Die Fenster bleiben rund, der Friedhof wird stehn! So will ich´s und so wird´s gschehn!“
Der Erzherzog sprach dem Manne Trost zu, dann ging er. Er wußte, was er dem Kaiser zu sagen hatte.
Erzherzog Johann versuchte den kaiserlichen Bruder umzustimmen und betonte die großen Verdienste des Naßwalder Holzmeisters.
Jedoch der Kaiser hatte seinen Dickkopf aufgesetzt und blieb unerbittlich.
„Jetzt erst recht nicht!“ sagte er. „Glaubt denn dieser protestantische Holzknecht, mir Trotz bieten zu können? Auf die Anklagebank möchte ich den Kerl setzen, wenn er nicht so alt wäre. Nur die Achtung vor seinem weißen Haar verbietet mir, ihn auf dem nächsten Baum aufknüpfen zu lassen. Er muß meinem Befehle gehorchen! Entweder - oder!“
Was war also da zu tun? Erzherzog Johann wußte, daß der Holzmeister nicht nachgeben werde. Sollte wirklich Blut fließen im Naßtal?
Und die Zeit rückte heran, da nach dem strengen Befehle des Kaisers das Bethaus bis auf den Grund niederzureißen war.
Der hohe Herr wollte noch einmal versuchen, den trotzi-

gen Holzmeister umzustimmen.
Als er ins Naßtal kam, lag dieser krank darnieder. Die Schwäche des Alters warf ihn zuweilen aufs Lager.
„Wie geht es, lieber Freund?“
„Je nun, aufs Letzte geht´s halt, Herr Erzherzog! Ich weiß schon, daß ich bald meinen Kopf werd in die Erd betten müssen. Keine zwei Monate mehr, dann ist´s aus. Hab schon den verflixten Gschmack auf der Zungen!“
„Wie wär´s, Holzmeister, wenn Sie doch mit dem Kaiser Frieden schließen wollten?“
„Ich bin nit harb auf ihn.“
„Er aber auf Sie! Sehen Sie, es handelt sich doch nur um eine Kleinigkeit! Machen Sie doch in Gottes Namen die Fenster eckig!“
„Die Fenster bleiben rund!“
„In vierzehn Tagen läuft die Frist ab! Bedenken Sie, der Kaiser schickt Soldaten!“
„Tut er´s wirklich?“
„Es gibt keinen Zweifel!“
„Dann also geht´s ums Letzte. Heda!“ rief er in die Küche hinaus, wo Johann Pilz saß, „Schwager, komm her!“
Johann Pilz trat ein.
„Schwager, es ist soweit! Sollen also Boten gehn gleich auf der Stell, du weißt schon, wohin. Sollen alle kommen, alle, die sich verschworen haben für die Heimat und den Glauben. Keiner soll vergessen, sein schärfstes Hackel mitznehmen! Für alles andere ist gsorgt. So! Jetzt geh!“
Der Erzherzog war bleich geworden. Rasch vertrat er Johann Pilz den Weg.

„Das kann nicht sein und darf nicht sein!“ rief er. „Sie bleiben! Ich werde alles tun, den Kaiser umzustimmen!“
Mit gefalteten Händen wandte er sich bittend an Georg: „Holzmeister! Wenn Sie mir jemals gut waren, dann warten Sie noch etwas zu!“
„Wie lang?“
„Drei Tage! In drei Tagen bringe ich die kaiserliche Entscheidung!“
„Wer bürgt dafür, daß Sie mich nit im Stich lassen?“
„Ich, Erzherzog Johann! Mit meinem ritterlichen Ehrenwort! Ist´s Ihnen genug?’“
„Gut! So wart ich noch die drei Tag. Dann aber, Herr Erzherzog, dann...“
Des Holzmeisters Augen funkelten.
„Lieber Freund, ich bringe Ihnen die runden Fenster und den Friedhof!“
„Haben wir schon alles!“ Der Holzmeister zeigte auf den Hügel, wo seine Barbel begraben lag. „Sehn S´ dort die Mauer? Und den Christus am Kreuz? Das ist der Friedhof!“
„Auch das noch!“ seufzte Erzherzog Johann und verabschiedete sich rasch.
Auf dem Wege nach Wien überlegte der Erzherzog hin und her.
Was tun? Wieder zum Kaiser? Plötzlich fuhr ihm blitzartig ein rettender Gedanke durchs Gehirn. Warum ihm dies nicht schon längst eingefallen war?
Ja, das wollte er tun: Zu Metternich! Zu dem allgewaltigen Machthaber Österreichs!

Und kaum war er wieder in Wien, setzte er mit zündenden Worten dem „Haus-, Hof- und Staatskanzler" derart zu, daß dem Fürsten die Gänsehaut aufkroch.
Er malte ihm die blutigen Folgen des Zwistes in den sattesten Farben, schilderte die furchtbaren Folgen, die ein Kampf zwischen den Holzknechten und den kaiserlichen Soldaten zeitigen müßte, sprach davon, daß die protestantischen Fürsten des Deutschen Reiches dem Kampf der um Glauben und Heimat ringenden Holzknechte nicht tatenlos zusehen würden, und rief schließlich eindringlich:
„Fürst! Tun Sie, was in Ihrer Macht steht! Ihr Wort wiegt bei Seiner Majestät schwer! Verhindern Sie durch Ihre staatsmännische Klugheit einen Kampf, der den Untergang Österreichs bedeuten könnte. Handeln Sie, Fürst! Ich weiß, Sie sind der fähigste Kopf auf dem Kontinent!"
Fürst Metternich fühlte sich durch die anerkennenden Worte des Erzherzogs geschmeichelt und versprach, die Sache in Ordnung zu bringen.
Unverweilt ging er zum Kaiser. Der Erzherzog wartete.
Eine Viertelstunde später brachte der Kanzler dem Wartenden die kaiserliche Entscheidung: „Alles bewilligt!"
Sofort fuhr Erzherzog Johann ins Naßtal und teilte freudestrahlend dem Holzmeister die kaiserliche Bewilligung zur Anlage eines Friedhofes und der runden Bethausfenster mit.
Der Altmeister dankte und meinte lachend:
„So ist halt doch gschehn, was ich hab wollen!" „Das wohl!" antwortete der Erzherzog, „aber es hätt auch schiefgehen können. Ein klein wenig Nachgiebigkeit Ihrerseits hätte die Sache viel schneller vorwärtsgebracht."

„Nachgiebigkeit? In anderen Dingen wohl; aber in Glaubenssachen nit einen Schritt zurück! Hätt ich mich duckt und auch nur ein Fenster eckig gmacht, wären die Feind über uns hergfallen und hätten ein Stückel ums andere aus unserm Bau brochen. Was ich mit soviel Mühsal hab hergstellt, hätten s´mir zsammengrissen zu einem Schutthaufen! Das aber darf nit sein! Gott hat mich hergestellt, daß ich das schwache Reis des evangelischen Glaubens hereinpflanz nach Österreich. Der Sturm ist oftmals durchs Naßtal gebraust, und schier tausendmal war das Pflanzl in Gfahr, aus dem steinigen Boden grissen z´werden. Aber wir Holzknecht haben´s mit unsern Leibern beschützt. So hat sich´s festgwurzelt in der Naßwalder Erden. Und es greift schon hinaus in d´ Welt. Zudem hängt am Glauben unsre Heimat, die wir schrittweis erkämpft haben. Eben das ist der Grund, warum unsere Bethausfenster rund bleiben müssen!"
Noch am selben Tage erhob sich der Holzmeister mühselig von seinem Lager und ließ sich, gestützt auf die kräftigen Arme zweier Holzknechte, auf den neuen Friedhof führen.
„Dorthin führts mich, wo der Lärchbaum steht!" bat er.
Die Lärche zu Häupten seiner Barbel war die langen Jahre her ein stattlicher Baum geworden und wiegte ihr lichtgrünes Haupt im Winde, als ob sie den Holzmeister grüßen wollte.
Der Holzmeister stand lange sinnend davor. Niemand wußte um das große Geheimnis, das der Lärchenbaum mit seinem Schatten deckte. Viele Leute umgaben den Meister und sahen ihn schweigend an.

Plötzlich befahl er: „Sollen Krampen und Schaufeln her!“ Und während die Leute um die Werkzeuge liefen, ritzte er mit der Eisenspitze seines Stockes ein Rechteck, so groß wie ein Grab, in die Erde. Nicht aber dort, wo seine Barbel unten lag, denn sie sollte ihre Ruhe haben. Aber dicht nebenan zog er die Linie.

Und dann waren die Leute da mit den Schaufeln und Spaten.

„So also, liebe Kinder, nun bitt ich euch, grabt mir mein letztes Bett! Zwei Klafter unter die Erd!“ Da fingen die Weiber ringsum laut zu weinen an.

„Nit weinen, Kinder! Das letzte Ausrasten müßt ihr mir gern vergunnen! Ich hab mich hart plagt mein Lebtag! Mannder, greifts zu!“

Und er leitete die Arbeit, während sie gruben. Da gab auf einmal der Spaten einen schrillen Klang.

„Wir kommen auf Stein, Holzmeister!“

„Also das Loch mit Pulver sprengen!“

„Ob es epper anderswo doch leichter ging?“ fragte einer.

„Nein, nein, mein Lieber“, beharrte der Holzmeister, „eher sterb ich nit, bis nit mein Grab dahier zwei Klafter unter der Erd ist.“

Dann ließ er sich heimführen, und die Knechte sprengten ihm mit harter Mühe sein Grab aus dem Felsen. Er besah es noch und hieß es gut.

„Und also geh ich und leg mich nieder zum Sterben. Die Zeit ist da! Soll einer schnell nach Schwarzau um den Pfarrer. Der soll sein geistlichs Werkzeug mitbringen, er kriegt bei mir z´tun!“

Der Pfarrer kam gegen Abend zum Haus des Holzmeisters. Georg ließ sich ins Freie tragen. Erschüttert und neugierig zugleich umstanden die Naßwalder den silberhaarigen Greis, der, auf einem Tragstuhl ruhend, aus der Hand des katholischen Pfarrers die Sterbesakramente empfing.
Dann trat der Geistliche zurück.
Mit einem wehmütig dankbaren Blick umfing der Holzmeister seine Gemeinde. Liebevoll betrachtete er die Gegend ringsum, die eindringlich von seinen Werken erzählte. Er hob die Hand und wollte etwas sagen. Seine Stimme versagte aber den Dienst.
Er neigte das Haupt zur Seite und schloß die Augen.
Und schlief still hinüber in die Ewigkeit...
Das war am 30. März des Jahres 1833.
Der Goldglanz des sinkenden Tagesgestirns lag auf den steinernen Wänden der Rax...

Die Holzknechte bestatteten ihn, wie er es angeordnet hatte, dicht neben seiner Barbel. Und gaben ihm in treuer Liebe diese Grabschrift:

Ruhe sanft
von deines Tagewerkes Last und Hitze!
Ob auch deine Hülle modert,
bleibt doch dein Name unvergeßlich
und teuer allen, denen du Vater, freund
Tröster und Ratgeber warst,
unauslöschlich in diesem Tale,
eingegraben in des Berges Tiefen,

geschrieben in den Wäldern ringsumher.
Und sehnend, dankend ruft einst noch
der Enkel Stimme:

Hier ruhet

Georg Hubmer

Die Hubmer-Gedenkstätte in Naßwald / In der Hubmerhütte

„Die Fenster bleiben rund!“

Aus dem Leben und Wirken des Georg Hubmer und seiner Leute in historischer Sicht

von Manfred Riss, 1988

Nachfolgende geschichtliche Daten und Fakten sind eine sinnvolle Ergänzung für alle Leser des „Raxkönigs“ und für all jene, die an der Entstehungsgeschichte der evangelischen Gemeinde Naßwald interessiert sind. Er hilft uns, die damalige und auch die heutige Zeit besser zu verstehen und zu beurteilen.
Ottokar Janetscheks, bereits in mehreren Auflagen erschienener Roman „Der Raxkönig“ wird durch diese Ergebnisse der geschichtlichen Forschung im wesentlichen untermauert.

Wenn man heute durch das wild zerklüftete Höllental zwischen Rax und Schneeberg fährt, würde ein Fremder kaum vermuten, daß die Abzweigung bei der „Singerin“ noch zu einer ganzen Ortschaft führt: Naßwald.

Singerin, um 1900

Nach Naßwald muß man auch eigens hinfahren. Eine Durchfahrt ist nicht möglich. Bis vor etwa 200 Jahren hat es dort keine Ortschaft gegeben. Dieses wasser- und waldreiche Gebiet lag lange unberührt da, weil die Nutzung der Urwälder dort zu viele Schwierigkeiten machte, oder gar unmöglich schien. Bis 1782, dem Beginn der Besiedlung, gab es vier verstreute Hütten in Naßwald, einsam und mitten im Wald gelegen:

Die **Wasserbauernhütte** (heutige Singerin), bei der Einmündung des Naßbaches in die Schwarza. Das Haus sei knapp am Wasser gelegen und in der Gründungszeit Naßwalds von einem Jäger namens Singer bewohnt gewesen. Nachdem er bei der Hirschjagd verunglückte, betrieb seine Witwe eine kleine Gastwirtschaft bis zu ihrem Tod 1829/1830. Daher der Name „Singerin“. Der Name Johann Singer, Revierjäger im Höllenthal, scheint auch mehrmals in den Matriken in Schwarzau und Mitterbach auf. Er war katholisch, aber bei manchen evangelischen Paaren wird er als Trauzeuge angeführt.

Die **Hinterleuthen** ist sehr alt - sie soll bereits zu Ende des 16. Jahrhunderts errichtet worden sein, und zwar an der Stelle des späteren Forsthauses der Wiener-Neustädter Militärakademie, gegenüber des Reithofes, innerhalb der heutigen Ortschaft Naßwald, auf der rechten Seite der Naß.

Der **Reithof**, links an der Naß, bevor der Preinbach einmündet. Er wurde früher auch Naßalm oder dann Hubmeralm genannt. Heute wird die Bezeichnung Hubmeralm woanders verwendet. Der Reithof bestand bereits Anfang des 16. Jahrhunderts.

Schließlich der **Oberhof**, am Zusammenfluß von Schwarzriegelbach und Naßbach gelegen, wo heute Kirche und ehemalige Schule stehen. Die Besitzerin, „die Witwe des Gregor Jägerhoffer, Agnes, hei-

Das alte Gasthaus Oberhof

ratete 1627 Jakob Flurhofer, einen Schuster", heißt es in einem alten Dokument.

Wie kam es nun zu einer evangelischen Gemeinde in diesem unzugänglichen Gebiet mit seiner durchwegs katholischen Umgebung?

Daß Naßwald bis heute eine evangelische Kirche, aber nicht einmal eine katholische Kapelle hat?

Nun, der Anlaß war vorwiegend wirtschaftlicher Natur. Die Innerberger Hauptgewerkschaft mit ihrem Eisenhammer in Reichenau litt Ende des 18. Jahrhunderts an akutem Holzmangel und mußte das

Hammerwerk in Hirschwang, um 1865

Holz mühsam über den Semmering heranschaffen. Das war natürlich mit hohen Transportkosten verbunden und stellte den Weiterbestand des Werkes in Frage. So wurde nach Überwindung zahlreicher Schwierigkeiten am 1. März 1781 (nach anderen Quellen bereits 1779) mit dem Grafen Hoyos ein Abstockungsvertrag geschlossen, um 4.000 Klafter Holz (ca. 13.600 Raummeter) aus dem nahen Urwald an der Naß zu schlägern.

Um die einheimischen Holzfäller mit ihren Familien unterzubringen, kaufte das Eisenwerk Reichenau den Oberhof und den Wasserbauernhof und errichtete sogenannte „Kasernen". Das sind große Gebäude, ganz aus Holz, jedoch in der Grundfeste mit einer Mauer ganz nach dem Modell der hiesigen Bauernhäuser.

Als ca. 1100 Klafter geschlägert waren, stellte sich die Holzbringung nach Reichenau beziehungsweise nach Hirschwang als unmöglich heraus. Keiner wagte dieses Unternehmen. In ihrer Not wandte sich Reichenau an die Direktion in Eisenerz um Hilfe.

Über deren Vermittlung bewarben sich zwei Unternehmer um die Schlägerung und Bringung des Holzes aus diesem Gebiet:

Leopold Diggruber und seine vier Söhne forderten 5 Gulden pro Klafter, die Brüder

Johann und Georg Hubmer

forderten nur 4 Gulden.

So schloß die Innerberger Hauptgewerkschaft mit den beiden Hubmers einen „Holz Verdingungs Contract". Darin verpflichteten sich die beiden Hubmers, jährlich 4000 Klafter, bei Bedarf mehr, Kohlholz abzuliefern. Weiters mußten sie sich verpflichten, in besonderen Notfällen mit ihren Leuten der Hauptgewerkschaft zur Verfügung zu stehen, mit einem Taglohn von 15 Kr. Der Gesamtlohn für dieses Unternehmen sollte erst nach erfolgter Lieferung ausbezahlt werden. Offenbar zweifelte das Oberverwesamt an der Durchführbarkeit der Schlägerungsarbeiten. Aber die Brüder Hubmer nahmen an.

Die Brüder Hubmer

Der Name Hubmer ist untrennbar mit der Geschichte Naßwalds verbunden, nicht nur weil die Hubmers die Gründer dieser Gemeinde waren, sondern auch weil die Ortschaft von den Hubmers nachhaltig beeinflußt und geprägt wurde.

Wer waren nun Johann und Georg Hubmer? Die beiden Brüder wurden im Salzkammergut geboren, wo ihre Eltern Georg und Katharina (?) das sogenannte Rieplgut in Gosau besaßen. (Anmerkung: Ich halte es für möglich, daß die Eltern Hubmer Georg und Elisabetha hießen, da lt. Sterbebuch Schwarzau am 27.9.1793 Elisabetha

Hubmer, 73-jährig, und am 16.10.1799 Holzmeister Georg Hubmer 82-jährig verstorben sind. Demnach hätten die beiden Brüder ihre Eltern oder Verwandten von Gosau hergeholt, was wegen des inzwischen erreichten Wohlstandes denkbar ist.)

Das ganze Salzkammergut, besonders aber Gosau und Goisern, galt als eine Hochburg des „Geheimprotestantismus" (1624 - 1781). Entsprechend hatte die Bevölkerung auch ständig unter Bespitzelung und Verfolgung aller Art zu leiden. Trotz aller Versuche der Obrigkeit, den Protestantismus im Salzkammergut auszurotten, konnte sich dieser dort über zwei Jahrhunderte im Geheimen erhalten. Auf Almhütten, in Felshöhlen und in den Bergen wurden geheime Gottesdienste abgehalten. Bibeln und evangelische Erbauungsbücher wurden gut versteckt, viele davon sind bis heute erhalten. Dennoch gab es immer wieder Bestrafungen. Maria Theresia (1740 - 1780) hatte noch strengere Rekatholisierungsmaßnahmen getroffen als ihre Vorgänger: Noch 1776 wurden alle, die die Sonntagsmesse versäumten, im Arrest für 24 Stunden bei Wasser und Brot gehalten! Auf öffentliches, hartnäckiges Festhalten am neuen Glauben stand Zwangsaussiedlung nach Siebenbürgen und Ungarn. Im 18. Jahrhundert kamen noch schlechte wirtschaftliche Verhältnisse dazu, sodaß sich manche notgedrungen zur Auswanderung gezwungen sahen. Einige zogen in andere Gebiete der österr.-ungar. Monarchie, um so der Verfolgung

Gosau, die alte Heimat der Naßwalder, evang. Pfarrkirche

und Entdeckung ihres Glaubens zu entgehen.

In der Geschichte des Gosautales steht: Die höchsten Zahlen erreichten die Exulantenzüge aus dem Salzkammergut in den Jahren 1752 bis 1757. Der nachmals berühmteste Auswanderer unter ihnen ist Georg Hubmer geworden, der erst im Jahre 1772 seine Gosauer Heimat aus wirtschaftlichen und religiösen Gründen verlassen mußte, denn der kleine Besitz konnte die Familie Hubmer mit 5 Kindern nicht ernähren. Der Vater verdingte sich deshalb als Holzknecht, für einen Taglohn von 15 Kreuzern.

Georg Hubmer selbst berichtete über diese Zeit, daß er mit seinem Bruder Johann zusammen nur eine Lederhose besaß, sodaß sie nur abwechselnd zur Kirche gehen konnten. Als Georg kaum 17 Jahre alt war (geboren 1755), ist er mit seinem Bruder Johann (geboren 1752) auf Wanderschaft gegangen; offenbar um beidem zu entgehen: der wirtschaftlichen und der religiösen Not.

Ihr Weg führte sie erst nach Linz. Dort verdingten sie sich (wohl mangels Fahrgeld) als Ruderknechte auf einem Donauschiff bis Melk. Dann traten sie an der Ysper in den Dienst einer Schwemmunternehmung, und arbeiteten zwei Jahre im Besitz des Freiherrn von Führenberg auf der Herrschaft Pöggstall im Waldviertel.

Es folgten zwei Jahre bei den Karthäusermöchen in Gaming mit der Arbeit auf der Erlauf. Dort soll Johann geheiratet haben (Maria, geborene Nutz).

Danach (1776) übernahmen die beiden Brüder Hubmer bei der k.u.k. Hauptgewerkschaftsdirekton Eisenerz ihre bis dahin schwierigste Aufgabe: als Partieführer die Abstockung der Herrenalpe bei Lunz. In dieser Zeit fand die Heirat Georgs statt (Katharina, geborene Scheiber, eine Holzknechtstochter).

1782 wurden die beiden Hubmers aufgrund eines Hilferufes von den Eisenerzern nach Reichenau geschickt (siehe oben), um das Holz zur Verkohlung von Naßwald nach Hirschwang zu bringen. Sie waren die tüchtigsten Leute.

Johann Hubmer

Er ist als der ältere der beiden Brüder am 28.2.1752 in Gosau geboren. Er soll in Gaming (1774 - 1776) geheiratet haben, und zwar (die sicher aus Gosau stammende) Maria Nutz.

Seine Kinder:

Als erstes fand sich im Sterbebuch Schwarzau eine Eintragung über den Tod der 3-jährigen Katharina, am 29. März 1787. Als Todesursache sind die Blattern angegeben.

Das 2. Kind des Johann Hubmer und der Maria wurde kurz vor dem Tode des vermutlich ersten Kindes (Katharina) geboren: Theresia, geboren am 20.3.1787. Dann folgten:

Johann, geboren am 13.8.1789,
Katharina, geboren am 29.3.1791, und
Joseph, geboren am 7.9.1793;
möglicherweise im Jahre 1798 noch eine Franziska, denn es ist im Trauungsbuch Mitterbach die Verehelichung einer 25-jährigen Franziska Hubmer, Holzmeisterstochter aus Naßwald, für den 29.11.1823 in Schwarzau eingetragen.

Nach Überwindung aller Anfangsschwierigkeiten baute sich Johann im heutigen Hinternaßwald, „wo der Weg nach der hohen Ameiswies und im Reisthal sich kreuzen", ein Steinhaus. Denn schon bald war, bedingt durch Sparsamkeit und Tüchtigkeit, der Wohlstand in Naßwald eingezogen.

Pfarrer May aus Schwarzau berichtet in seiner Chronik: *„...daß durch die Holzleuthen in Nasswald schon bald nach ihrer Ankunft soviel Geld in Umlauf kam, besonders Ducaten, daß man am Ende nicht imstande war, sie Hierorts zu wechseln oder in kleineres Current-Geld umzusetzen."*

Johann trank keinen Alkohol, hatte aber die Gewohnheit, stets einen Holzknecht ins Wirtshaus mitzunehmen, der an seiner Stelle trinken mußte, denn der Wirt sollte ihn nicht spotten und durch ihn nicht zu kurz kommen.

Hinternaßwald, mit Gasthaus Wallner im Vordergrund. Bildmitte links das Haus Johann Hubmers

Altes Binderwirtshaus im Reißtal (abgerissen)

Gasthaus Wallner, Hinternaßwald (abgerissen)

Johann, offenbar stets der Ruhigere von beiden, war auch im Umgang mit Behörden und feinen Leuten der Geschicktere. Zusammen erwirkten die beiden bei der kaiserlichen Hofstelle die Errichtung einer evangelischen Schule, die 1799 eröffnet wurde. Mehrfach ist auch angegeben, daß es sich bei dem Lehrer um einen Schuster handelte, der lesen und schreiben konnte. Als Schule diente anfangs das Haus Johann Hubmers in Hinternaßwald.

Die beiden Brüder schlossen miteinander ein Abkommen, daß im Fall des Todes beide Familien genau gleich berechtigt bleiben sollten. Der Tod kam dann auch bald für den 48-jährigen Johann Hubmer. Der Überlieferung nach ist er an den Folgen einer Rauferei in Hirschwang gestorben (Janetschek schreibt in seinem Roman von einem Messerstich). Im Sterbebuch Schwarzau ist als Todesursache „Steinschlag" vermerkt, im Sterbebuch von Mitterbach „Schlagfluss". Als Sterbedatum gibt Schwarzau, wo er auch beerdigt wurde, den 3. Oktober 1799 an, Mitterbach dagegen schon den 2. August 1799.

Eingedenk des brüderlichen Abkommens drängte Georg nun seine Schwägerin, wieder zu heiraten, sodaß die Schwemmgesellschaft im Sinne des Bruders weitergehen konnte.

Am 24. Juli 1800 hat die Witwe Johanns in Mitterbach wieder geheiratet, und zwar den 29-jährigen (?) Johann Pilz aus Gosau, der zuletzt als Holzgedinger in Neuberg/ Mürz lebte. Er war der Sohn eines Superintendenten, konnte gut lesen und schreiben und damit auch gut die Stellung Johann Hubmers in Naßwald und in der Schwemmgesellschaft einnehmen.
In dieser Ehe wurde am 14. Juli 1802 die Tochter Anna geboren.
Maria Pilz starb am 1. Oktober 1837 in Naßwald, 80-jährig,
Johann Pilz starb am 15. März 1857 im Alter von 92 Jahren(?).

Georg Hubmer

Er ist als der jüngere der beiden Brüder, am 8. April 1755 in Gosau geboren. Er hat, den Berichten zufolge, in der Zeit von 1776 bis 1782 geheiratet; in dieser Zeit arbeiteten beide Brüder auf der Herrenalpe bei Lunz. Seine Braut Catharina Scheiber soll die Tochter eines Gosauer Holzknechtes gewesen sein. Er hat sehr an ihr gehangen und ist über ihren Tod am 1. März 1807 scheinbar nur schwer hinweggekommen. Sie starb 46-jährig an „Blutgang und Brant". Janetschek schreibt in seinem Roman davon, daß Georg seine Frau aus Eisenerz, bzw. Wildalpen, sterbenskrank, zusammen mit den 4 Kindern nach Naßwald holen wollte, sie aber unterwegs gestorben sei. Außerdem trug sie im Roman den Namen Barbara. In Wahrheit hat sie (denverfügbaren Unterlagen zufolge) gut zwei Jahrzehnte in Naßwald gelebt.

Den Unterlagen nach ist Georg Hubmer mit 2 Kindern hergekommen, die anderen 4 wurden in Naßwald geboren und finden sich im Taufbuch von Schwarzau.
Seine Kinder waren:
Joseph,
Katharina,
Maria, geboren am 14.3.1786,
Maria Anna, geboren am 7.1.1788,
Theresia, geboren am 21.3.1790, und
Georg, geboren am 17.8.1792.

Vier Jahre nach dem Tode seiner Frau am 13. Mai 1811 hat er dann noch einmal geheiratet, und zwar Katharina Pehofer, 26-jährige Tochter des Gottlieb Pehofer.

In der Lebensweise war Georg ähnlich wie sein Bruder, der nur Milch und Wasser liebte, am liebsten Honig, Butter, Obst und Mehlspeisen aß und sich das ganze Jahr nicht nach Fleischspeisen sehnte. Hin und wieder trank Georg ein Glas Wein.

Sein und seines Bruders Charakter waren wohl geprägt von der Arbeit und dem harten Lebenskampf, den sie bereits daheim führen mußten, aber auch von dem Segen fleißiger Arbeit und Sparsamkeit. Dazu hatten sie daheim wohl auch schon gelernt zu glauben und dem Evangelium die Treue zu halten.

Es wird berichtet, daß Georg drei Dinge nicht leiden konnte: Regenschirm, geglänzte Stiefel und einen Goldring! Diese Dinge hielt er für unstatthaften Luxus! Außerdem war er wesentlich temperamentvoller als sein Bruder Johann, der ihn des öfteren besänftigen mußte. Graf Hoyos, bei dem er ab 1805 im Dienst stand, hat darüber eine Anekdote überliefert:
„Als der Graf eines Tages mit seinem Schwemmeister eine längere Unterredung hatte, konnten die beiden sich über einen

Kaiserbrunn im Höllental

Punkt in keiner Weise einigen. Dadurch geriet Georg so in Zorn, daß er seinem Herrn beinahe an die Kehle gesprungen wäre, sich aber noch im letzten Augenblick besann, den Deckel der Ofenröhre aufriß, den Kopf hineinsteckte und in das schwarze Loch aus Leibeskräften brüllte! Nur so vermochte er - ohne größeren Schaden anzurichten - seinen überschäumenden Zorn abzureagieren".

Georg wußte, was er wollte und wußte seinen Willen auch bei größten Hindernissen durchzusetzen. Als Hitzkopf kam er bald in Rage, war aber auch bald wieder versöhnt. Sein unbeugsamer Wille, seine Kraft, seine Intelligenz und nicht zuletzt sein Glaube, ließen ihn unwahrscheinliche Leistungen vollbringen.

Bald kaufte Georg Hubmer auch den Reithof und baute sich dort ein Steinhaus, in dem später eine Gastwirtschaft untergebracht war, und in dem sich heute die Forstverwaltung der Gemeinde Wien befindet.

Der Reithof, ehemaliger Stammsitz des Raxkönigs. Davor die kleine „Gsötterhütte", in der diverse Küchenabfälle als zusätzliches Futter gesotten wurden. Im Hintergrund der von Hubmer errichtete evangelische Friedhof. 1833 wurde er selbst als Erster dort begraben.

Was die Brüder Hubmer, später nur Georg Hubmer, mit den anderen zusammen leisteten, kann man heute nur noch ahnen, wenn man das Gelände einigermaßen kennt! Denn Straßen gab es damals noch keine durchs Höllental, die Leute mußten erst mühsam einen Fuß-Steig errichten, mit einem schmalen Steg auf Eisenträgern, der Felswand entlang, wovon man heute noch geringe Spuren sehen kann. Das Flußbett selbst mußte freigemacht werden, damit das Holz überall durchkonnte. Holzrechen zum Auffangen des Holzes mußten errichtet werden, sowie Stauanlagen (Klausen), um genügend Wasser für den Holztransport zu sammeln.

Die große Klaus (Neubacher Klaus)

Nach dem Tode Johann Hubmers trat Johann Pilz als dessen Nachfolger und Stellvertreter, bzw. Vormund der 6 unmündigen Kinder in das Geschäft ein.

Durch seine selbstbewußte, keinen Widerspruch duldende Art, kam Georg Hubmer oft in Schwierigkeiten mit den Beamten und Direktoren der Innerberger Hauptgewerkschaft, zumal in dieser Zeit die Arbeiten im Ansehen der Beamten zu einem Nichts zusammenschmolzen.

Wohl blieb die Hubmerische Schwemmgesellschaft nach dem ersten Erfolg im Dienst des Oberverwesamtes, aber die Konflikte steigerten sich von Jahr zu Jahr.

In dieser Zeit herrschte in Wien großer Holzmangel. Im Jahr 1793 waren deshalb kaiserliche Kommissäre unterwegs, um geeignete Wälder ausfindig zu machen. Von dem riesigen Urwaldgebiet am Neuwald,

Schwemmarbeit bei der Singerin

Die Naßwalder Holzknechte in Hirschwang, dem ersten Ziel der Schwemmstrecke

das neben Naßwald zu den Hoyos´schen Besitzungen gehörte, meldeten diese nach Wien, daß von hier über eine Million Klafter Holz in die Hauptstadt geliefert werden könnten. Dem Grafen Hoyos wurde die Nutzbarmachung dieser Wälder für Wien als patriotische Tat nahegelegt.

Georg Hubmer hatte dafür schon Pläne gemacht, so sicherte der Graf der Regierung die Lieferung von 10.000 Klafter Brennholz (ca. 34.000 Rm) zu. Dieses sollte auf der Schwarza und dem Kehrbach bis in den Garten der k.u.k. Militärakademie Wiener Neustadt getriftet, und von dort auf dem Wiener-Neustädter-Kanal bis Wien verschifft werden.

In einem Brief vom 23.9.1797 erklärte sich Georg Hubmer bereit, zusammen mit seinem Bruder Johann, die Lieferung des Holzes gegen einen Lohn von 4 Gulden je Klafter zu übernehmen. Außerdem verlangte Georg die Erlaubnis zur Haltung von Zug- und Rindvieh, sowie die Überlassung der dafür notwendigen Wiesen und Weiden.

Auch sollten seine Holzknechte vom Militärdienst freigestellt werden. (Ähnliche Vorzüge gab es auch in Gosau in Anerkennung der Verdienste um die Salzgewinnung).

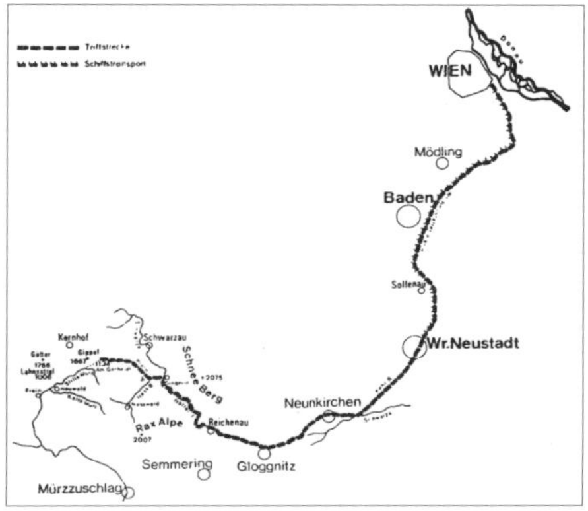

Kartenskizze der Triftstrecke

Vom Eisenwerk Reichenau wurde dieses Projekt scharf bekämpft. Auf Einladung der n.ö. Landesregierung kam es dann 1805 in Wien zu einem - beiderseits annehmbaren - Vergleich. So wurde am 15. August 1805 ein Scheiterlieferungsvertrag mit dem Erben, Johann Ernst Graf von Hoyos geschlossen, nachdem Philipp Graf von Hoyos, mit dem die Verhandlungen geführt wurden, im März 1803 gestorben war. Hubmer wurde gräflich von Hoyos´-scher Schwemmführer.

Nun ging es an die Erschließung des bisher unberührt gebliebenen Neuwaldes. Es war dies ein riesiges Waldgebiet mit vielfach 600 Jahre alten Bäumen. Eine Beschreibung aus dem Jahre 1833 berichtet, daß Fichten, Tannen und Lärchen bis zu 64 m hoch und 2,5 m im Durchmesser standen, und diese Bäume ca. 64 fm Holz lieferten.

Mit diesem Vertragsabschluß war die Triftstrasse für das im Neuwald geschlägerte Holz frei. Die im Neuwald entspringende Stille Mürz fließt Richtung Steiermark, darum mußte das Holz zunächst im Winter auf Schlitten zum Holzaufzug geführt werden; im darauffolgenden Sommer per Holzaufzug über das 1134 m hohe

Gscheidl ins Preintal. Erst von hier aus war die Triftung möglich (Preinbach Nassbach - Schwarza - Kehrbach - Wr. Neustädter-Kanal - Wien-Brigittenau). Auf diesem Weg wurde eine Versorgung Wiens aus dem 120 km entfernten Neuwald erstmals 1808 möglich.

Nach Vertragsabschluß ging Hubmer zunächst an den Ausbau der Wasserstraßen, um das Holz schwemmen zu können. Über die Benützung des Wr. Neustädter-Kanals mußte mit der zuständigen Hofkommission verhandelt werden; erfolgreicher Abschluß war der 10. August 1807 (das Todesjahr seiner Frau).

Die Holzpreise in den Kriegsjahren stiegen fast ins Unermeßliche, so wurden z.B. für 1 Klafter weiche Scheiter in Wien 100 Gulden, für harte Scheiter 200 Gulden bezahlt. Dies änderte sich bald. Österreich war durch die hohen Kriegslasten bald zur Einführung des Papiergeldes gezwungen. 1811 wurden die Banknoten dann zu 1/5 des Nennwertes eingezogen. Das führte zu weitgehender Verarmung, Holz konnte trotz niedrigster Preise kaum mehr abgesetzt werden, die Not brach auch über Naßwald herein...

Der Durchbruch durch das Gscheidl

In jener Zeit - 1810 - faßte Hubmer den Plan zu seinem größten Werk, einer technischen Pionierleistung seiner Zeit: den Gscheidlstollen. Die Idee zum Durchbruch dieses Bergrückens stammte von dem Hoyos´schen Oberjäger Grabner. Bereits 1799 war anderswo ein ähnlicher Plan aufgetaucht, aber wohl wegen der hohen Kosten und der großen technischen Schwierigkeiten nie durchgeführt worden. So wurde Georg Hubmer der Erbauer einer der ersten Tunnels in Europa. Dieser Mann, der nie eine Schule besucht hatte, und nicht einmal schreiben konnte, begann nun mit einfachsten Mitteln die Lage des zukünftigen Stollens zu messen und zu errechnen. Doch mit dem Beginn der Arbeiten mußte er warten. Ein erster Versuch 1811 mußte wohl wegen der Geldentwertung eingestellt werden, einem zweiten Versuch setzte das Hochwasser am 10. und 12. September 1813 ein Ende, da es sämtliche Schwemmanlagen zerstörte und Hubmer, der bereits ein vermögender Mann war, beinahe an den Bettelstab brachte. Zwei Jahre lang mußte Hubmer alles einsetzten, um die zerstörten Anlagen wieder aufzubauen. Dies war ihm nur möglich durch einen Kredit des Grafen Hoyos.

Als 1814 bis 1817 auch noch Mißernten eintraten, verbunden mit einer starken Teuerung, kam es in Österreich zu einer Hungersnot. Zur Abwehr des Elends suchte Hubmer andere Verdienstmöglichkeiten, und fand sie in einem Schwemmprivilegium auf der Traisen, wodurch er k.u.k. Schwemm-Meister wurde. Langfristige Abstockungsverträge mit dem Stift Lilienfeld und anderen Großwaldbesitzern sicherten seinen Leuten Arbeit und Brot für die nächsten Jahre. Damit übersiedelten alle entbehrlichen Holzknechte ins Traisengebiet. Mit dem Rest wurden die Instandsetzungsarbeiten nach dem großen Hochwasser fortgesetzt.

Ein angeblich dritter Versuch zum Bau des Gscheidl-Stollens scheiterte ebenfalls, aber Hubmer ließ nicht locker. Am 18. August 1822 erfolgte endgültig der Anstich am Gscheidl von Niederösterreich her, wenig später von der steirischen Seite. Inzwischen entstanden die Holzknecht-Coloni-

Am Gscheidl entstand infolge des Tunnelbaues eine eigene kleine Siedlung, die eine zeitlang sogar eine eigene Schule hatte

en am Gscheidl und am Lahnsattel. Die Holzlieferverträge waren am 21. März 1821 von 10.000 auf 14.000 Klafter Scheiter erweitert worden.

Mit sechs Bergleuten und sechs Taglöhnern nahm Hubmer das Projekt Gscheidl-Stollen in Angriff. Dabei wurde genau nach seinen Angaben vorgegangen. Mancher Zeitgenosse zweifelte am Erfolg des Unternehmens, so auch der Schwarzauer Pfarrer May. Nachdem man bereits 480 Fuß in den Berg eingedrungen war, traten die gefürchteten schlagenden Wetter auf, und die Arbeit mußte unterbrochen werden. Man riet zum Bau eines Lüftungsschachtes von oben her, das hätte aber zu viel Aufwand gekostet an Zeit und Geld. Hubmer fand Abhilfe. Er sammelte das Sikkerwasser in einer Rinne zum Antrieb eines breitschaufeligen Mühlenrades am Stolleneingang. Dieses sorgte für Frischluftzufuhr mittels Blasebalg durch hölzerne Brunnenröhren. Die Arbeit konnte weitergehen. Nach vier Jahren Bauzeit sollen Hubmer aber doch langsam Zweifel gekommen sein an der Richtigkeit seiner Berechnungen, bis im fünften Jahr die Meldung kam, daß die Arbeiter einander hören konnten. Der 72-jährige Hubmer eilte aufs Gscheidl, ließ sprengen und stieg dann als erster durch den Durchbruch.

An dieser Stelle wird spontan etwas von seinem Glauben sichtbar. Der 72-jährige Hubmer, heißt es, „sank auf die Knie, dankte Gott für seinen Beistand, umarmte die Arbeiter und beschenkte jeden mit 10 Gulden.

Der Tunnel hatte eine lichte Weite und Höhe von 3.80 m und war ca. 450 m lang. Über 4000 Pfund Pulver wurden beim Bau verbraucht. Heute ist er verfallen und zugeschüttet. Nur der zweite Durchschlag, von den Nachfolgern 1852-1853 gebaut, ist heute noch teilweise begehbar.

Neben der Wasserriese durch den Tunnel war ein Bretterweg gelegt, der auch von Wanderern und später vor allem von Wallfahrern nach Mariazell eifrig benützt wurde.

Das Werk Hubmers und seiner Leute hatte sich gelohnt. Es warf sehr guten Gewinn ab. Aber bald stieg der Holzpreis am Stock und der Verkaufspreis fiel. Dann mußte das Holz von einer weiteren Entfernung hergeschafft werden.

Deshalb entschloß sich der Schwemmeister zum Bau eines 2.4 km -, später noch 9 km langen Kanals, etwa 100 m unterhalb des Durchschlages. Er wurde aus 22 Quellen im Ursprungsgebiet der Stillen Mürz gespeist, und diente dem Holztransport mittels Plätten.

Die Anlage umfaßte zuletzt diesen Kanal, auf dem die Plätten von Pferden zu einem künstlichen Teich gezogen wurden. Dann wurde das Holz auf einen mit Wasser betriebenen Schrägaufzug verladen (doppelgleisig, mit Holzschienen und einer Treppe in der Mitte), der auf einer Länge von 228 m einen Höhenunterschied von 116 m überwand. Er war nach verschiedenen älteren Vorbildern erbaut. Und endlich konnte das Holz durch den Tunnel geschwemmt werden, um dann nach Wien zu gelangen.

Zeitgenössische Darstellung des Hubmer´schen Holzaufzuges am Gscheidl, der mit Wasserkraft betrieben wurde

Das Schul- und Bethaus

Inzwischen hatte Hubmer aber noch ein anderes Werk vollendet. Im Jahre 1826 hat er das Bethaus errichtet, und zwar beim Oberhof, der der Gewerkschaft Reichenau gehörte. Allein - hatte man sich an das starrköpfige Wesen Hubmers schon da und dort gewöhnen müssen - denn eigenartigerweise hatte er wirklich immer Recht mit dem, was er sagte -, mit dem Bau dieses Bethauses hatte er bestimmt nicht Recht! Denn die Rundbogenfenster widersprachen der Vorschrift! Jetzt wurde Sturm gelaufen. Bis zum Kaiser drang die Sache. Hubmer blieb beharrlich und wollte nichts ändern lassen. „Die Fenster bleiben rund!" soll er gesagt haben. Da konnte auch ein Kaiser nichts ausrichten. Der wollte freilich erst Militär schicken, um das Haus abreißen zu lassen, - aber Hubmer drohte nun mit bewaffnetem Widerstand. Erzherzog Johann, der das Tal öfters besucht haben soll, und den Hubmer kannte, erreichte zunächst nichts beim Kaiser, bis er ihn über Fürst Metternich schließlich zum Einlenken bewegen konnte (- den Kaiser!). Bis zum Jahre 1833 errichtete Hubmer auch noch einen evangelischen Friedhof auf dem Gelände des Reithofes, angeblich auch wieder ohne lang auf behördliche Bewilligungen zu warten! Alle mußten sich fügen. Die Bewilligung wurde erteilt. Dabei war Hubmer durchaus nicht gegen den Kaiser eingestellt. Aber er wollte sich nichts dreinreden lassen - dies galt ganz besonders für Dinge, die mit seinem Glauben zusammenhingen. Seine Treue zu Kaiser und Vaterland bewies er unter anderem dadurch, daß er in den Kriegsjahren 1806 und 1809 seine Leute gegen Napoleon bewaffnet hat und auf Naßkamm und Gscheidl Stellung bezog. - Er soll dafür vom Kaiser eine Gedenkmedaille erhalten haben.

Georg Hubmer bewies aber nicht nur zähe Willenskraft und Intelligenz, sondern auch spezielle Verantwortung. Während in Kriegs- und anderen Notzeiten die Leute überall entlassen wurden, hat Georg Hubmer keinen seiner Leute weggeschickt - wenn er dabei auch oft nur ein Minimum an Lohn ausbezahlt hat. Wie wir gesehen haben, hat er nach der Überschwemmungskatastrophe sogar Schulden gemacht und neue Arbeitsmöglichkeiten gesucht, sodaß seine Leute leben konnten.

Der Oberhof mit Kirche

Kirche mit hölzernem Glockenturm, im Hintergrund die 1903 erbaute evangelische Volksschule. Die Kirche wurde 1826 als Evangelisches Schul- und Bethaus errichtet. 1840 aufgestockt und 1859 mit drei Glocken versehen. Sie hingen 50 Jahre im Holzgerüst neben der Kirche. Der jetzige Turm wurde 1910 gebaut.

Aber beide Brüder Hubmer haben auch dadurch Verantwortungsbewußtsein bewiesen, daß sie sich z.B. um die Errichtung einer Schule bemühten. So heißt es in der Rückschau des Jahres 1861: „Die beiden Brüder erwirkten bei der kaiserlichen Hofstelle die Errichtung einer evangelischen Schule, die von dem Lehrer Findenig noch im vorigen Jahrhundert eröffnet wurde." Als Schulhaus diente damals (1799) bekanntlich das Wohnhaus Johann Hubmers in Hinternaßwald. Bereits 1800, nachdem Johann tot war, errichtete Georg Hubmer neben dem Haus seines Bruders ein kleines Haus, das als Schule und Lehrer wohnung diente.

Nach der Besiedlung von Heufuß und Preintal wurde die Schule in den Reithof verlegt, weil zentraler gelegen. Ab 1826 diente das neu gebaute Bethaus wochentags als Schule. Heute noch kann man in den Kirchenbänken die Löcher für die Tintenfässer sehen. So bewiesen die Brüder Hubmer, obwohl sie beide amtlich nie eine Schule besuchen konnten, doch auch diesbezüglich Verantwortungsgefühl für ihre Leute und deren Kinder. - Der erste Mitterbacher Lehrer, Anton Pehofer (1786-1805 Lehrer in Mitterbach), scheint dann nach Naßwald gekommen zu sein. Sicher ist, daß Paul Gamsjäger, der 20 Jahre lang als Lehrer in Mitterbach gedient hatte, mindestens noch 19 Jahre in Naßwald unterrichtet hat. Aufgabe des Lehrers war auch die Abhaltung von Lesegottesdiensten, in denen er auch die Lieder vorsang, sowie Lesung und Gesang bei den Beerdigungen.

Die evangelische Volksschule. 1903 errichtet und bis 1977 in Betrieb

Am 1. Juli 1810 heiratete Theresia Hubmer, die Tochter Georgs, den Schullehrer Balthasar Spilbichler, 28-jährig, ledig. Somit wäre folgende Reihenfolge der Lehrer in Naßwald möglich:
Findenig
Anton Pehofer (ab 1806)
Balthasar Spilbichler (ab 1810?) und
Paul Gamsjäger (ab 1844)

Bezahlt wurde der Lehrer von der Hubmerischen Schwemmgesellschaft, sodaß die Kinder kein Schulgeld zahlen mußten. Dies wird auch von Pfarrer May anerkennend vermerkt.

Die soziale Verantwortung nahm Hubmer aber auch in medizinischer Hinsicht wahr, indem er 1802 „bereits alle Kinder seiner Gemeinde hat vaccinieren lassen...". Die katholischen Bauern in Scharzau hingegen, „ließen ihre Kinder um keinen Preis vaccinieren".

Zu Lebzeiten Hubmers blieb die Zahl der Gemeindemitglieder unter 500 Personen, sodaß Naßwald nicht Pfarrgemeinde werden konnte. Diesen Lieblingsgedanken Hubmers, die Gründung einer selbständigen Pfarrgemeinde, konnten erst die Erben weiterführen.

Am 20.3.1833 wurde Georg Hubmer, der „Vater von Naßwald", als erster in dem neu geschaffenen Friedhof beerdigt.

Die Autoren des obigen historischen Berichtes sind:
Pfr. Mag. Alexander Galavics, Pfr. Manfred Riss und Bgm. VDir. Josef Flug
Die darin abgedruckten Abbildungen stammen von:
V. Allitsch, A. Engleitner, J. Flug, O. Kurz, J. Pehofer und A. Posch

Impressum

Verleger: KRAL-Verlag - Anton Kral GmbH (Inh. Robert Ivancich),
Kennedyplatz 2, A-2560 Berndorf,
Tel.: 02672-82236, Fax: DW 4
Email: buch@kral-berndorf.at www.kral-verlag.at www.kral-kinderbuch.at

Erschienen in Berndorf 2010

ISBN: 978-3-99024-100-4

3. Auflage